KB182533

3 와가하라 사토시
일러스트 029

용사의 아들
YU-SHA NO SEGARE

용사의 아들

CONTENTS

Original Design 키무라 디자인 랩

용사의 아들

YU-SHA NO SEGARE

3 와가하라 사토시

일러스트 029

표지 · 본문 일러스트
029

서장

어느 평일 밤 7시.

부엌에서는 냉장고의 구동음만이 울리고 있었다.

구입한 지 이미 10년이 넘은 그 냉장고의 문에는 꽤 오래 전에 수도업자가 붙여놓은 노란색 자석으로 배달 피자의 전단지가 고정되어 있었다.

싱크대 옆에는 방금 씻은 식기가 착착 정리되어 있었다.

사용한 식기는 다섯 세트. 젓가락도 다섯 쌍.

조금 전에 일가가 저녁 식사를 마쳤다는 것을 알 수 있는, 일본의 어디에나 있을 만한 부엌에 무거운 목소리가 울렸다.

"더 이상은 무리다."

절박한 그 목소리에 자리의 전원이 움찔 몸을 떨었다.

모두가 그 말을 두려워하고 있었다. 아니, 어쩌면 기다리고 있었을지도 모른다.

켄자키 가의 전원이, 언젠가 그 말이 일가의 가장인 켄자키 히데오의 입에서 나올 것을 알고 있었다.

"이제는…… 무리라고 생각한다."

"아빠……."

"여보……."

켄자키 히데오의 딸인 켄자키 노도카.

그리고 아내인 마도카가 걱정스럽게 히데오를 보았다.

"야스오…… 너도 이해해 주겠지……."

"……."

마지막에 이름이 불린 일가의 장남, 켄자키 야스오는 신음 소리만 낼 뿐이지 대답이 없었다.

하지만 그 소리에는 달리 어쩔 수 없다는 체념 같은 것이 묻어 있었다.

여태까지의 그에게는 있을 리 없는 일이었다.

하지만 이미 아버지의 마음을 모를 만큼 야스오는 현실을 모르는 어린애가 아니다.

그렇게 무거운 분위기인 켄자키 가의 가족 네 명과 비교해서 한층 무거운 분위기를 띤 이가 있었다.

일본인에겐 없을 금발의 그 소녀는 녹색 눈동자에 숨길 수 없는 초췌함을 띠고 당장이라도 기어들어 갈 듯한 모습이었다.

본래 지금 켄자키 가를 습격한 이 사태는 그녀로서 환영해야 할 흐름이었다.

하지만 그녀는 그것을 무조건 반길 수 있을 만큼 무신경하지 않다.

오히려 이 자리의 누구보다도 마음 아파하며 기어들어 가는 심정이었다.

히데오는 그런 금발 소녀, 디아네이즈 크로네를 힐끗 본 뒤에 드디어 그 말을 했다.

"여보, 야스오, 노도카……. 나는…… 나는!"

드디어 왔다. 야스오는 긴장했다.

"나는 이세계 안테 란데에 간다!"

강철의 결의와 함께 나온 그 말을 그 자리의 모두가 충격과 함께 받아들였다.

"이해해 다오……. 이해해 다오……. 이 이상은 견딜 수가 없다……."

강철의 결의 다음에 나온 것은 그런 마음 약한 변명.

켄자키 히데오는 힘없이 펼친 오른손을 쳐들고 엄지를 굽혔다.

"현관……. 그다음은 차."

그 순간 디아나가 몸을 움찔거리고, 마도카도 어깨를 늘어뜨렸다.

"그리고 다음에는 목욕탕이다."

중지를 꼽았을 때, 야스오도 노도카도 끄덕일 수밖에 없었다.

"정말로 죄송합니다! 제가, 저희가 부족한 탓에!"

결국 디아나가 견딜 수 없어져서 테이블에 머리를 박을 기세로 사과하기 시작했다.

"야스오, 알겠지? 나는 안테 란데에 간다! 이대로 현황을 방치했다간 가족보다 먼저 이 집이 흔적도 남지 않게 날아간다! 그렇게 되기 전에 안테 란데에 가서 확실하게 모든 상황을 정리하고 싶다! 이해하겠지?!"

고작 한 달 전, 야스오는 아버지의 이 선언에 한껏 반발했다.

하지만 지금은…….

야스오는 이를 악무는 아버지와 테이블에 엎드린 디아나를 보고,

"조심해서 다녀와……."

그렇게 수긍할 수밖에 없었다.

"이해해 준다니 다행이군."

아버지의 지친 목소리가 야스오의 귓불을 때렸다.

"그리고 말이다, 야스오."

"응?"

"이번 일에서 그 타테와키인가 하는 아이 말인데……."

그대로 계속해서 나온 말을 듣고 야스오는,

"어……?"

잠시 동안 멍하니 입을 벌린 채로,

"지, 진짜로……?"

그저 당황할 수밖에 없었다.

1장 통과해야만 하는 것

학교에서 돌아오는 길, 메시지 앱인 ROPE에 들어온 메시지와 그 발신자를 보고 타테와키 쇼코는 무심코 긴장했다.

켄자키 야스오가 보내온 메시지는 지극히 간결했다.

[오늘 만날 수 있을까?]

"어……? 어어?"

멈춰 서서 숨을 삼키고, 마셨다가 내뱉고, 필사적으로 마음을 진정시켰다.

동요할 만한 일은 하나도 없다.

다시금 길을 걸어가려는 때에 추격타 같은 메시지가.

[하고 싶은 이야기가 있어]

"괜히 있어 보이는 듯한 말 하지 마."

무심코 소리 내어 대답하는 쇼코.

문장을 끊는 게 완전히 고백하러 불러내는 듯한 그것이다.

한동안 기다려 보았지만, 그 이후로 메시지나 스티커 등의 추격타가 오는 기색은 없었다.

메시지 화면을 보았으니까 상대에게 읽음 마크가 떴을 것이다.

너무 길게 끌다가 또 이상한 추격타가 와도 곤란하다.

상대는 야스오다. 바로 저 켄자키 야스오다.

메시지의 속내를 읽는 것까지는 그렇다고 쳐도, 읽어내야 할 속내는 분명히 상식적인 내용이 아니겠지.

"으음~. 으음…… 하아."

쇼코는 이를 악물면서도 마음을 굳히고 답신을 보냈다.

[오늘, 강좌 후라도 좋다면.]

고등학교는 달라도 쇼코와 야스오의 집은 가깝고 학원도 같은 곳을 다닌다.

만나려고 하면 기회는 있지만, 학원의 강좌가 끝난 뒤가 가장 '보통' 이겠지.

그러자 기다리고 있었다는 듯이 바로 답신이 왔다.

[다른 사람 귀에 들어가지 않았으면 하는 이야기야. 단둘이서 말하고 싶어.]

"……."

쇼코는 순간 얼굴을 찌푸렸다.

그리고 액정화면이 망가지는 게 아닐까 싶을 정도로 힘을 주어서 휴대폰을 조작하여 재빨리 ROPE의 통화 버튼을 누르자, 몇 번의 신호음 뒤에 야스오가 전화를 받았다.

[아, 타, 타테와키, 갑자기 미…….]

"말을 좀 가려서 해!!"

[어?! 뭐 이상한 소리 썼어? 미안!]

이쪽도 나름대로 매일 긴장하고 있다.

그날. 자신과 야스오의 관계성이 크게, 확실하게 변화한 그날.

귀가한 쇼코는 침대 안에 들어가서, 베개에 얼굴을 묻고, 대략 한 시간 정도 누구에게도 들리지 않는 신음 소리와 절규를 내질렀다.

　그 뒤에도 그 순간의 일을 떠올릴 때마다, 자택의 복도 벽, 교실의 책상이나 로커 등에 머리를 찧고 싶어지고, 실제로 그러기도 했다.

　그때는 정말 거리낌 없이 할 수 있었다.

　야스오에게 자신의 마음을 밝히는 것을.

　그럴 수 있었지만, 그다음이 최악이었다.

　분위기에 휩쓸렸다고 해도, 왜 그렇게 가벼운 짓을 한 걸까.

　잠깐 정신이 나갔다고 할 수밖에 없다.

　자기 몸에 일어난 일을 생각하면, 정신이 좀 나간다고 해도 어쩔 수 없다.

　대답을 요구하지 않았던 것도 잘못이다.

　하지만 이건, 그렇다고 해도 이건, 좀 너무하다.

　"이상한 소리밖에 안 썼어! 뭐야! 내 고백에 대답을 할 마음이라도 들었어?!"

　[우엣?! 어, 아, 그그그그건.]

　"이쪽은 언제든지 환영이야!"

　[아니, 미안, 그럴 생각은 아니었는데, 내가 그런 느낌으로 적었나?]

　"오히려 내가 고백받는 흐름이잖아, 이건!"

　[에엣?!]

"알고 있어! 그로부터 얼마 안 지났는데 이런 소리를 한다면 진짜로 중요한 이야기인 거지?! 분명 안테 란데 관련이지?! 그래서 남의 귀에 안 들어갔으면 하니까 단둘이서 보자는 거지?! 응?!"

[그, 그렇습니다, 옙.]

"그럼 처음부터 그렇게 적어! 기대하게 되잖아!"

[어? 기대?!]

"그래! 지금 내 마음을 알아? 기대하지만 왠지 기대를 가질 수 없어서, 아쉬운 마음밖에 없는데도 그래도 좀 기대하는 스스로가 한심해!"

스스로도 무슨 소리를 하는 건지 알 수 없어졌지만, 그래도 쇼코는 이 경우 자기가 틀린 소리를 하지 않았다고 생각했다.

"그래서! 그건 지금 하면 안 되는 이야기야?! 지금 내 주위에 아무도 없는데?!"

[어, 어, 어어, 전화로도 안 될 건 아니지만, 정말로 중요한 이야기니까 사정을 포함해서 설명하고 싶어서.]

완전히 목소리가 기어들어 가는 야스오에게 쇼코는 봐주지 않고 말했다.

"테마는!!"

[테, 테마? 어어, 그렇지, 뭐라고 해야 좋을까……. 타테와키랑 같이 가고 싶은 곳이.]

"내가 아까 말을 가리라고 했지?"

[어?]

"그거 분명히 데이트 요청 아니지? 그거 안테 란데 이야기지?"

[어?! 데이트?! 어?! 행선지가 안테 란데라는 건 어떻게 알았어?!]

"너는 나를 바보로 아는 거니! 당연히 알지!"

자기가 사랑의 고백을 했다지만, 켄자키 야스오는 결코 과감한 성격도, 어른스러운 성격도 아니다.

여자에게 면역이 없는 것은 뻔히 알겠고, 어른스러움보다도 아이 같은 느낌이 압도적으로 강하다.

그 대신이라고 하긴 그렇지만, 동년대 남자 중에서는 진지함과 성실함이 강한 느낌이라고 생각한다.

그런 야스오가 고백에 답하기 위한 자리를 ROPE로 정할 리가 없다.

어떻게든 진지하게 대답하려다가 어딘가에서 실수하는 게 눈에 선하다.

그렇게 되면 야스오와 쇼코 사이에 올라올 중요한 의제라고는, 대학 입시라든가 이세계 안테 란데 정도밖에 없지 않나.

"하아, 이제 됐어. 그럼 뭔지는 몰라도 오늘 마지막 강좌 다음에! 학원 라운지에서 봐! 그럼!! 아으으으!"

야스오의 대답도 듣지 않고 통화를 끊은 쇼코는 가쁜 숨을 내뱉으면서 무심코 휴대폰을 움켜쥐었다가,

"엣."

그 손에서 휴대폰을 빼앗겨서 고개를 들었다.

어느샌가 곁에 금발과 녹색 눈동자를 가진 아름다운 소녀가 서서 복잡한 표정으로 쇼코의 얼굴을 바라보고 있었다.

"눈. 나왔습니다."

소녀는 그렇게만 말했고, 쇼코도 무심코 자기 두 손을 손으로 눌렀다.

"아아……. 으으……. 손이 차가워……."

쇼코는 눈을 누른 두 손에서 느껴지는 냉기 밑으로 크게 한숨을 내쉬었다.

"저기, 갑작스럽게 튀어나와서 죄송합니다. 그대로 놔두면 휴대폰을 망가뜨릴 것만 같았기에."

"아니……. 잘했어. 고마워, 디아나 씨. 아마도 그랬을 거야. 하아."

쇼코가 두 손으로 눈을 누른 지 10초.

그 손을 치우자 흉흉한 검은 불길은 사라지고, 조금 지친 듯한 쇼코의 눈동자가 허공을 바라보고 있었다.

쇼코의 호위에 임하던 디아나는 얼마 전까지 완전히 사고도 행동도 시이에게 빼앗겼던 쇼코가 눈동자 주위만이라곤 해도 쉽사리 불길을 제어하는 것에 놀라움을 감출 수 없었다.

"대단합니다. 이젠 제어하고 있군요."

"이게 제어하는 거라고 할 수 있나."

하지만 감복한 디아나의 목소리에 쇼코는 고개를 내저었다.

"그 뒤에도 몇 번 있었어. 하지만 원인은 확실하니까, 진정시키는 요령 같은 걸 알았어."

"저기……. 진정시키는 요령이란 건……."

"디아나 씨에게는 새삼스러운 일일지도 모르지만, 창피하니까 별로 말하고 싶지 않아."

쇼코는 그렇게 말하면서, 디아나가 보호해 준 휴대폰의 화면을 보았다.

아직 야스오와의 ROPE 채팅방 화면이 표시된 상태였다.

디아나도 쇼코의 시선과 그 끝에 있는 화면이 의미하는 바를 곧바로 깨달았다.

"예, 돌려드리겠습니다."

디아나는 복잡한 얼굴로 휴대폰을 쇼코에게 돌려주었다.

쇼코도 디아나가 그걸 알아차렸음을 이해하고, 짜증 내듯이 휴대폰을 대기 모드로 바꾸었다.

"고마워. 실은 야스 군이 조금 바보 같은 소리를 해서."

"바보 같은 소리……?"

"나한테 할 중요한 이야기가 있다는 거야."

"중요한 이야기……. 아…… 아하, 그런 식으로 말했군요."

"그렇게 말하는 걸 보면 디아나 씨도 파악하는 이야기구나. 즉 역시나 안테 란데 이야기란 소리네."

"그렇……군요. 틀림없이……."

"참나……. 나도 왜……."

쇼코가 크게 어깨를 늘어뜨리는 것을 보며, 디아나 또한 복잡한 심경으로 입을 다물었다.

※

이세계 안테 란데.

그런 웃기지도 않는 개념, 혹은 세계를 타테와키 쇼코가 안 것은 1주일 정도 전의 일이었다.

고3이 된 뒤에 입시 학원에서 재회를 이룬 중학생 때의 동급생, 켄자키 야스오의 부모님은 30년 전에 그 이세계의 위기를 구한 용사와 현자였다는 모양이다.

이 시점부터 쇼코에게는 대체 어떻게 따지고 들어야 좋을지 모르는 이야기였지만, 거기에 또 그 안테 란데가 미증유의 위기에 빠졌네 어쩌네 하는 이유로 그 이세계에서 야스오의 부모님을 다시금 소환하려고 사자가 찾아왔다.

사자의 이름은 마도기사 디아네이즈 크로네.

디아나라고 불리는 그녀는 이세계 안테 란데를 좀먹는 괴물 [시이]의 존재를 알리고, 과거의 용사의 재래를 바랐지만, 켄자키 가 안에서 한바탕 소동이 일어난 결과, 어떻게 된 영문인지 야스오가 새로운 용사로 입후보한 모양이다.

이런 이야기는 쇼코도 자세히 설명을 들었지만, 역시 아직 자기 눈으로 본 것이 너무 부족한 탓에 그리 정확하게 파악하는 건 아니다.

오히려 쇼코에게 중요한 것은 그다음.

문제의 괴물 [시이]가 일본, 즉 이쪽 세계에 나타나면서, 이세계에서 디아나의 상관에 해당되는 할리어 베레거가 새롭게 파견되어서 켄자키 가의 호위에 임하게 되었다.

하지만 할리어는 안테 란데에서 시이를 조종하는 듯한 조직과 내통하고 있었고, 죽은 이의 모습을 본떠서 나타나는 시이를 통해 죽은 이를 되살린다는 망상에 사로잡혀 있었다.

격투 끝에 할리어의 그 야망은 좌절되고 그녀도 자신의 어리석은 망집에서 풀려났다. 하지만 켄자키 가와 할리어 사이의 싸움을 전후해서 그 [시이]란 것이 쇼코의 몸 안에 들어갔다는 모양이다.

그리고 쇼코에게 들어간 시이는 몇 번이나 야스오 앞에 괴물의 모습으로 나타났고, 보통 인간으로서는 있을 수 없는 힘을 휘두르며 디아나나 야스오를 괴롭혔다는 모양이다.

시이가 몸을 차지했을 때의 기억은 쇼코에게 없다.

그리고 난처하게도 쇼코의 몸에 들어온 이 시이는 쇼코가 야스오에 대해 품은 연심을 억누를 수 없게 되면, 쇼코의 눈동자에서 그 차갑고 검은 불길을 내뿜으며 쇼코의 몸을 차지하려고 한다.

죽은 이와 동일한 존재라고 이야기되는 시이치고는 꽤나 소녀다운 이유로 현현하려는 것이다.

디아나는 물론이고 할리어도 쇼코의 이 상황에 대해 유효한 수단이 없고, 안테 란데에서 유사한 케이스를 보고 들은 적도 없는 모양이다.

그 사태에 처한 쇼코가 내놓은 결론은 '야스오에게 자기 마음을 전해 버리자'였다.

모든 사정을 들은 뒤에 쇼코는 시이가 자기 몸을 차지하는 타이밍이 야스오에 대한 감정을 억누를 수 없게 되는 때라고 추측했다.

그렇다면 아예 마음을 전해 버리면 감정의 예측할 수 없는 폭발을 억누를 수 있을 거라고 생각했다.

그것은 쇼코나 디아나, 할리어가 생각했던 이상의 효과를 보였다.

지금처럼 야스오에 대한 감정의 발로가 한계를 넘어도, 마음을 진정시켜서 검은 불길이 분출하는 것을 억누를 수 있게 되었다.

반대로 말하자면 야스오에게 마음을 전한 뒤로 1주일 사이에 그런 요령을 터득할 만큼 시이가 자주 현현하려 했다는 이야기다.

원인 중 하나는 고백을 했지만 야스오에게 대답을 요구하지 않은 탓에 결국 답답한 경우가 많았다는 것.

또 하나는, 이건 어쩔 수 없는 일일지도 모르지만, 학원에서 얼굴을 맞댈 때 야스오의 태도가 시원스럽지 못한 점이다.

얼굴을 맞대지 않는다.

도망친다.

이것만 해도 쇼코가 얼마나 답답해지는지 알 만하다.

일단 용기를 내서 사랑 고백을 했다.

게다가 상식적으로 생각할 수 없는 환경 속에서.

그런데 문제의 상대가 그런 태도니 쇼코가 답답함을 뛰어넘어서 '고백 그 자체가 야스오에게 너무나도 커다란 민폐였을지도 모른다' 라는 예상에 도달하기까지 그리 시간이 걸리지 않았다.

아무래도 좋은 상대에게 고백을 받아서 야스오가 난처해하는 거면 어쩌나. 이세계의 괴물이니 위기니 하는 본 적 없는 것보다도 더 가까이 있고 구체적인 불안이 지금 쇼코의 마음에 항상 몰아치고 있다.

　그런 끝에 그 ROPE의 메시지.

　쇼코의 눈에서 검은 불길이 나오더라도, 아무도 쇼코를 나무랄 수 없지 않을까.

※

　"그래서 뭐?"

　말을 걸기 전부터 잔뜩 긴장하고 있음이 역력한 야스오.

　"이, 일단 나갈까."

　다소 상기된 목소리에 붉은 빛이 도는 얼굴.

　보고 있는 쇼코가 창피해질 정도로, 야스오는 쇼코와 얼굴을 마주쳐서 동요하고 있다⋯⋯로 보였다.

　"조심해서 돌아가라."

　마지막 강좌 시간까지 남아 있던 학생들을 전송하는 담임 조수인 코바야시가 지켜보는 가운데, 두 사람은 미묘하지만 확실하게 여름의 기운이 느껴지는 밤공기 안으로 나왔다.

　"그래서 어디로 가?"

　"어, 그, 그게, 이런 시간이고, 너무 늦어져도 미안하니까, 저기의 바로체면 될까."

　프로포 거리의 약간 외곽에 있는 카페 바로체는 딱히 신기할 것도 없는 체인점이지만, 대부분의 카페 체인이 오후 9시에 문을 닫는 것과 달리 유일하게 오후 11시까지 영업하고 있다.

쇼코와 야스오가 다니는 입시 학원 [센슈 학원] 토코로자와교의 최종 퇴관 시각은 오후 9시 반.

그 시간의 귀갓길에서 가게 앞을 지나더라도, 4분의 1 정도 가게가 차 있는 게 보통이다.

바로체까지 가는 5분간, 쇼코는 발걸음이 어째 불안한 야스오의 뒷모습을 보면서 대체 무슨 이야기일지 지금에서야 상상했다.

야스오가 저렇게까지 긴장해서 자신을 어딘가로 데려가고 싶다고 말한다면, 그리 고민할 것도 없이 행선지가 안테 란데란 것은 상상이 간다.

하지만 그럴 거면 이제 와서 단둘이라는 게 좀 이해가 가지 않는다.

안테 란데 관련 이야기를 할 거면 누가 같이 있어야 할 것이다.

쇼코와 야스오, 그리고 야스오의 여동생인 켄자키 노도카에게는 시이를 포함한 안테 란데의 위협에 대항하기 위해 각각 호위가 붙어 있다.

호위에 임하는 것은 디아나. 야스오의 어머니인 켄자키 마도카. 그리고 저번 싸움을 통해 켄자키 가와 디아나에게 전면적으로 순종하기로 맹세한 할리어다.

오늘은 쇼코의 호위로 디아나가 붙어 있고, 디아나의 말을 들어보기론 그녀가 동석할 생각이 없음이 예상되지만, 그건 그거대로 묘하다.

그런 생각을 하는 동안, 어느 틈에 바로체의 코앞.

주위에 다른 손님이 없는 자리에 앉자, 야스오가 지갑을 꺼내고 쇼코에게 물었다.

"타테와키, 뭘로 할래? 내 사정으로 부른 거니까 여기는 내가 낼게."

"……."

"어라?"

쇼코는 지금 분명 자기 눈이 아주 날카로워졌을 거라고 생각했다.

"그럼 아이스티 M사이즈, 스트레이트로. 시럽은 필요 없으니까."

"어, 으, 응, 알았어."

잠시 그러긴 했지만 쇼코가 순순히 주문했기에 안도한 기색의 야스오는 애써서 계산대로 향했다.

한편 쇼코는 통로 쪽의 의자에 앉아서 크게 숨을 내뱉고 등받이에 몸을 기댔다.

"'내 사정'이라."

이런 말 하나하나를 봐도 오늘 야스오의 용건이 전혀 마음 뛰는 일이 아님은 확실했다.

상황이 어찌 되었든, 가 줬으면 하는 장소는 십중팔구 이세계 안테 란데. 목적지는 디아나와 할리어가 살던 레스티리아 왕국.

이유는 쇼코의 안에 있는 [시이]를 조사하는 거겠지.

"……."

김빠진 얼굴로 야스오 쪽을 보자, 마침 아이스커피와 아이스티 잔을 받쳐 든 쟁반을 들고 천천히 옮기는 모습이었다.

부모가 운영하는 술집 [사부로야]를 때때로 돕는 쇼코로서는, 쟁반을 저렇게 들어서는 술집 일을 할 수 없겠다는 대수롭지 않은 생각이 들었다.

무사히 테이블에 도착한 야스오는 크게 숨을 내쉰 뒤에 잔을 쇼코의 앞에 두었다.

"고마워."

이걸로 간신히 대화를 할 상황이 되었는데, 야스오는 묘하게 이마에 땀을 맺고 있었다.

"아무튼 마시지? 진정된 뒤에 해도 되니까."

"어, 으, 응."

야스오는 순순히 고개를 끄덕이더니, 우유도 시럽도 넣지 않고 아이스커피를 단숨에 절반쯤 비웠다.

그만큼 긴장했던 거겠지.

용건이 예상되는 쇼코로서도, 야스오의 입장에서 그걸 말하기란 마음의 부담이 클 거라고 이해되기에 일부러 재촉하지 않았다.

혹시 자신이 반대 입장이었으면, 자기 가정 사정에 휘말려 든 친구를 또 영문 모를 곳에 데려가는 것이다.

아무래도 마음이 괴롭고, 말을 꺼내기 어려울 것은 이해된다.

"저기, 미안해, 갑자기 불러내서."

"그건 이제 됐어. 그보다 얼른 끝내 줘. 그래서?"

"어, 그래, 저기, 반쯤은 타테와키가 예상했던 거랑 같아. 일단 전제로 아버지가 안테 란데에 며칠 정찰을 가기로 했고, 타테와키가 거기에 따라갔으면 해."

"며칠이라니, 아저씨는 용사였지? 그 며칠로 전부 다 해결돼?"

"아무래도 그건 무리겠지만, 아무튼 생생한 정보가 필요하다는 사정도 있고, 디아나네 어머니나 레스티리아를 상대로 제대로 교섭하고 싶다고 그래. 있는 그대로 말하자면, 호위를 더 붙여 달라는 소리 같아."

"맞는 말이네. 일반적으로 생각해서 할리어 씨는 나를 납치하려고 했는데, 그 할리어 씨가 나나 야스 군이나 노도카의 호위로 붙는 건 이상하다면 이상해."

"그런 소리. 또 타테와키 문제도 있어. 우리 집은 어쩔 수 없다고 해도, 타테와키는 말하자면 안테 란데가 일본에서 낸 첫 피해자니까. 그 책임을 제대로 지게 하기 위해서라도 아버지가 가고 싶다는 소리야. 물론 타테와키를 데리고."

"그렇구나. 내가 안테 란데에 가는 것은 그 [시이]에 대한 조사지?"

"응, 그런 거야. 또 디아나도 당연히 같이 갈 거야. 돌아간다고 해야 할까."

여기까지는 대충 맥락이 통하는 이야기다.

쇼코로서도 이 기분 나쁜 존재와 언제까지나 함께 있고 싶지 않고, 조사를 하고 제거해 준다면 만만세다.

하지만 지금 이야기의 흐름에서는 쇼코에게 중요한 인물의 이름이 나오지 않았다.

"야스 군은? 안 가?"

"지금으로선 난 머릿수에 안 들어가."

"왜!"

쇼코의 뜻하지 않게 강한 어조에 놀란 야스오는 황급히 말을 이었다.

"나도 가고 싶은 마음이야 있지만, 안테 란데에 가는 건 엄청 돈이 든다나 봐."

이세계 안테 란데와 일본을 잇는 통로는 [게이트 타워]라고 불린다.

지극히 대규모의 마도 시설인 모양인지, 성인 남성 한 명 정도의 질량을 이동시키려면 국가 예산의 3퍼센트가 든다는 모양이다.

"하지만 그걸 야스 군네 집에서 내는 것도 아니잖아."

"나도 레스티리아 쪽의 누가 얼마나 구체적인 부담을 지는지 모르지만, 이번 이동은 전부 저쪽이 부담하는 걸로 정해져 있어. 디아나 몫을 생각하지 않더라도, 아버지와 타테와키 몫만 해도 상당한 예산이 될 거라서."

"그걸 저쪽이 말할 처지야? 애초에 시이를 이쪽에 데려온 것도, 야스 군의 아버지에게 도와 달라고 하는 것도 저쪽이잖아. 게다가 야스 군에게 수행까지 시키고. 교통비 정도야 쩨쩨하게 굴지 말고 내면 되잖아."

쇼코의 말에 야스오는 쓴웃음을 지었다.

"애초에 왕명을 무시하고 이쪽에서 범죄를 저지른 할리어 씨를 아무도 체포하러 오지 않아. 하물며 지금의 나와 타테와키 중에 누가 안테 란데에 가야 할지는 생각할 것도 없잖아."

"능력도 모르는 용사의 아들보단 귀중한 실험 샘플이란 소리?"

"별로 좋지 못한 말인데."

"하지만 저쪽이 보자면 그렇잖아."

"그야 그렇지만⋯⋯. 그렇다고 해도 타테와키는 꽤나 침착하네."

"구체적인 걸 하나도 모르니까. 혹시나 갔더니 마취 없이 배를 째자는 이야기가 되면 무섭지만."

"아버지와 디아나가 같이 가니까, 만에 하나라도 타테와키에게 위해가 가는 일은 없을 거야."

"뭐, 구세의 용사의 기분을 해칠 짓은 안 하려나."

이런 쪽으로는 쇼코도 대충 이해하고 있다.

"저쪽에서는 디아나의 어머니가 돌봐 줄 거라고 해. 저번 할리어 씨 문제로 레스티리아도 민감해져서 꽤나 엄중한 호위가 붙는 모양이야."

"그 할리어 씨는?"

"물론 이쪽에서 대기. 아까도 말했지만, 저쪽에 가면 체포돼. 그것뿐이라면 낫지만, 최악의 경우 암살의 위험도 있으니까 돌아가지 않는 편이 좋다는 게 디아나의 어머니의 판단."

"그렇구나. 간신히 조금 무섭다는 생각이 들기 시작했어."

할리어는 당초에 디아나와 마찬가지로 레스티리아의 왕명을 띠고 켄자키 가의 호위로 찾아왔지만, 뒤로는 시이를 마음대로 조종하는 능력을 가진 듯한 인물과 내통했고 그 인물의 야망에 따르기 위해 한 차례 나라와 켄자키 가를 배신했다.

[탄광의 카넬리안]이라고 불리는 난민 구원 조직의 수장, 베아

트리체 헬라.

그것이 할리어가 말한, 시이를 조종하는 자의 이름이다.

탄광의 카넬리안은 주로 30년 전에 마왕 콜의 군대 때문에 고향인 토르제소 대공국에서 쫓겨난 사람들을 구제하는 조직이었다.

마왕 콜에게 멸망한 나라로 귀환하는 사업은 아직 진행 중이고, 레스티리아만이 아니라 저세계에서 지금도 그 조직력으로 난민을 지원하고 있다.

어디를 봐도 번듯한 자선 단체로밖에 생각되지 않는 그 조직이 왜 죽은 이의 모습을 한 시이를 조종하는 걸까, 애초에 그 베아트리체 헬라가 그 조직에 어느 정도 영향을 갖는가는 판단이 가지 않는다.

하지만 레스티리아 왕국군의 중앙장교 중 한 명인 할리어가 그 마수에 사로잡혔음을 생각하면, 시이를 조종하는 자의 힘은 보통 사람이 생각하는 것보다 훨씬 더 세상에 침투했다.

베아트리체 헬라의 목적은 [빗장]을 찾는 것이라고 한다.

[빗장]이 어떠한 힘을 갖는가, 혹은 힘을 가져다 주는가는 할리어도 몰랐지만, 그 조건에 들어맞는 것은 '죽은 이를 그 몸에 담은 산자'라는 모양이다.

그리고 시이가 깃든 쇼코는 유일하게 확인된 [빗장] 후보인 것이다.

"영문 모를 일밖에 없어. 결국 아무 것도 모른다는 거네."

"정말로 미안. 실제로 말하는 나도 영문을 모르겠는 것뿐이야. 하지만 그렇다고 해도 움직일 수 있을 때에 움직여야만 해서. 그래서 오늘."

"뭐, 그래. 이래선 입시에 집중할 수 없겠고……."

"그, 그래서, 타테와키."

"응?"

이야기하는 동안에 아이스커피를 비워 버린 듯한 야스오.

또 묘하게 땀을 흘리고 있다.

"안테 란데에 가 줬으면 한다는 건 물론이지만, 그 이상으로 난 타테와키에게 말해야만 할 게 있어."

"어, 그래……. 어?"

평범하게 넘기려다가 쇼코는 야스오를 다시금 보았다.

"나한테…… 해야만 할 말?"

"응……. 저기, 안테 란데에 가기 전에, 꼭."

"어, 뭐, 뭘……."

각오를 한 듯한 야스오의 시선에 쇼코는 흐트러졌던 자세를 무심코 바로잡았다.

등을 쭉 펴고, 대충 편히 하고 있던 다리도 가지런히 모았다.

"저번 일도, 있어서, 역시 확실히 해야겠다 싶어서."

"화, 확실히라니, 뭘……, 어, 잠깐만."

여태까지 별로 재미도 없는 미지의 세계 이야기를 하고 있었을 텐데, 갑자기 야스오의 태도가 변하고 쇼코의 심장 박동도 서서히 빨라지기 시작했다.

"귀찮지 않다면, 이겠지만……. 아니, 이건 역시 확실히 짚고 넘어가야만 하는 문제야, 타테와키."

"으, 응."

학원 공부로 지쳤을 터인 온몸에 피가 돌고, 눈도 평소보다 크게 뜨고, 쇼코는 야스오의 말을 기다렸다.

"타테와키…… 다음에 타테와키네 부모님에게 인사드리러 가도 될까?"

그리고 그 말을 귀에 담은 순간, 쇼코의 뇌는 오버히트했다.

"…………………………………………………………………
…………………………………………어?"

그건 이미 제대로 된 말이 아니었다.

너무나도 예상을 뛰어넘는 제안에 언어중추가 정상적인 가동을 거부했다고 해도 좋다.

단순한 몸의 반사작용이었다.

"안…… 될까?"

야스오는 야스오대로, 꽤나 고민하는 기색으로 얼굴이 새빨갰다.

"…………아………… 안 될 건…… 아, 아니, 지만."

기습도 보통 기습이 아니다.

눈에 보이지도 않는 원거리에서 보디블로의 저격을 맞은 듯한 착각에 빠진 쇼코의 머릿속은 완전히 헛돌기 시작했다.

"저기, 저번 일이란 게, 그, 저번 일, 말이지?"

"그, 그래. 달리 뭐가 있는데."

"아니, 그, 그건 그렇지만……. 하, 하지만, 미안, 난, 조금 그건 예상 못했다고 할까, 아니, 야스 군, 그건, 아무리 그래도 너무 성급한 게."

"성급하다니, 그렇지 않아. 오히려 아주 정상적이고 당연한 순서잖아."

"그, 그래? 그런 거야?!"

"그런 거야. 앞으로의 인생과 관련된 일이고. 하지만 지금은 서로 학생이니까, 아무래도 부모님 허가가 없이는……."

"아……. 어, 하지만, 어, 저기, 앞으로의 인생이라니, 야, 야스 군 왜 그래. 왠지 너답지 않은데?"

"어? 뭐가?"

"뭐, 뭐가, 라니, 저기."

그렇게 말을 꺼내기 힘들어했으면서도, 막상 이야기가 시작되자 야스오의 굳은 의지와 성의가 제대로 담겨 있음을 확실히 알 수 있다.

쇼코는 더 이상 숨길 수 없을 만큼 얼굴을 붉혔다.

이건 꿈일까.

어쩌면 강좌 도중에 졸기라도 했고, '저번 일'에 대한 대답이 건성인 야스오에 대한 짜증 때문에 이런 꿈이라도 꾸는 게 아닐까.

"야스 군, 저기, 그건, 어디에서……."

"가능하다면 타테와키네 집에 찾아가고 싶은데……. 중요한 이야기니까, 가능하면 부모님이 쉬시는 날이 좋을까."

"그, 그렇게까지…… 진심이구나……."

"응. 납득을 하시려면 시간이 걸리겠지. 하지만 난 제대로 말할 테니까."

"아…… 알았어. 저, 저기, 고, 고마……."

고열을 앓는 듯한 쇼코의 말에 야스오는 고개를 내저었다.

"고맙다니, 오히려 이쪽이야말로 이해해 줘서 고맙지."

"그, 그야 그렇지! 서, 설마…… 설마…… 야스 군이, 설마 그렇게 진지하게……."

"응, 믿어 주실지는 모르지만, 아버지와 어머니와 디아나도 같이 가서, 성심성의껏 이야기할 테니까."

"나를………… 어?"

쇼코는 지금 시야에 금이 가고, 행성의 북쪽과 남쪽이 역전된 듯한 착각에 빠졌다.

"아버지와, 어머니와, 디아나 씨도? 와? 우리 집에?"

"어? 그야 물론."

"왜……?"

"왜냐니……. 그게 아니면 분명 납득하시지 않을 테니까."

"뭘……?"

"타, 타테와키, 왜 그래? 괜찮아? 뭘, 이라니."

어째 쇼코의 분위기가 이상해서 야스오가 허둥대기 시작했지만, 쇼코는 급격하게 세계가 빛을 잃고 체온이 내려가는 것에 몸을 맡기고 있었다.

"안테 란데에 가면 당일로 돌아올 수 없으니까. 게이트 타워 문제로 아무리 짧아도 왕복에는 일주일은 시간을 내는 게 좋다고 해. 하지만 이미 골든위크도 지나서 연휴가 없잖아. 타테와키를 안테 란데에 가려가려면 아무래도 학교를 쉬어야만 해. 하지

만 아무리 그래도 이유 없이 입시생을 1주일이나 집에 돌려보내지 않고 데리고 다닐 순 없잖아. 그래서 가족 전원이 생각해 봤는데, 결국 타테와키네 부모님에게도 안테 란데의 사정을 알려드릴 수밖에 없다는 결론에 도달했어."

"⋯⋯⋯⋯헤에, 그렇구나."

"안 그래도 영문 모를 이야기라서 설명한다고 납득하실지는 모르지만, 타테와키의 부모님을 속이는 짓은 하지 않고, 성심성의껏 설명할 거니까."

그건 그렇다.

그런 거라면 일이 쉬는 날이어야만 하겠고, 야스오도 '저번의' '쇼코가 휘말린 사건'에 대해 진지하게 말하겠고, 켄자키 부부와 디아나가 오지 않으면 설명을 할 수가 없다.

그건 그렇다.

쇼코는 온몸의 힘이 빠지는 것을 느끼면서, 다시금 힘을 넣을 수도 없어서 의자에서 굴러 떨어질 뻔했다.

"타테와키?!"

"어른은 좋겠네!"

"어?"

"이게 홧술을 마시고 싶을 때란 거겠지!"

"무슨 소리?!"

쇼코의 목소리가 점점 메말라 가기에 야스오는 당황했지만, 물론 야스오는 자기에게 책임이 있다고는 전혀 생각하지 않는다.

"야스 군."

"어?"

"이리 와 봐."

쇼코는 의자에서 떨어지려는 자세인 채로, 야스오에게 손짓했다.

얌전히 일어나서 옆에 온 야스오를 쇼코는 힘없이 노려보다가,

"에잇!"

그 옆구리에 제법 힘이 들어간 주먹을 꽂았다.

"꾸억?! 무, 무슨 짓이야?!"

갑작스러운 쇼코의 행동에 야스오는 신음했지만, 쇼코는 멍하니 허공을 바라볼 뿐.

"이쪽이 할 말이야……. 아아, 나 지금 당장 시이가 될 것 같아."

"어?! 괘, 괜찮아?!"

"괜찮지 않아……."

"아니!!"

힘없이 신음하는 쇼코의 눈에서 희미하게 검은 불길이 나오기 시작해서 야스오는 진짜로 당황했다.

이런 시내에서 쇼코가 시이가 되면 야스오로서는 대처할 수 없다.

"아."

하지만 다음 순간 쇼코는 뭔가 깨달은 것처럼 몸을 일으키더니, 주위를 두리번거리기 시작했다.

그리고 목적하던 것을 발견하자, 조금 표정을 푼 다음에 또다

시 야스오를 노려보았다.

"이야기는 일단 끝이지?"

"어? 으, 응."

"일단 내 대답 말인데."

"대답?"

"응. 난 아직 안테 란데에 간다고는 말 안 했고."

"어어⋯⋯. 어, 어? 아, 아니, 그건 뭐라고 힐까, 안 간다는 선택지는 타테와키에게 안 좋은 일이 많다고 할까⋯⋯."

"알고 있어. 다만 이쪽으로서도 일방적으로 그렇게 간다는 쪽으로 결정지어지는 건 별로 기분 좋지 않아."

"뭐, 그거야 모를 것도 아니지만."

허둥대는 야스오와 달리 쇼코는 조금 기운이 돌아온 것처럼 놀리듯이 미소 지었다.

어느 틈에 눈이나 입가의 불길은 사라지고, 장난스러운 눈동자가 똑바로 야스오를 보고 있었다.

"그러니까 조건을 하나 달게 해 줘."

쇼코는 선언했다.

"야스 군도 같이 갈 것. 그걸 받아들여 준다면 나는 안테 란데에 갈게."

"뭐어?!"

야스오는 어디까지나 메신저이고, 안테 란데행에 대한 어떠한 결정권을 가진 것이 아니다.

하지만 쇼코는 뭐라고 토를 달 수 없는 어조로 야스오의 태도를 단칼에 베었다.

"내 시이가 움직이는 조건은 '그것' 과 같이 말했지? 혹시 그렇게 오랫동안 너와 떨어져서 익숙지 않은 환경에 처하면, 내가 뭘 할지 모르거든?"

"어어……."

야스오에 대한 연심을 억누를 수 없게 될 때, 쇼코의 시이는 모습을 드러내어 몸을 차지한다.

그 사실은 분명히 들었다.

그런 말을 들으니, 대답도 하지 못하고 쇼코를 이름으로 부르지도 못하는 야스오는 얼굴이 새빨개진 채로 끽 소리도 할 수 없어진다.

"그럼 아버지와 디아나 씨에게 잘 전해 줘. 나는 돌아갈래. 아, 바래다주지 않아도 되니까."

"어, 응, 아, 알았어, 저기."

"연락은 또 할게. 그럼 이만. 에잇."

"아얏! 어, 어어?!"

얼른 준비를 하고 일어선 쇼코는 작별 선물이라는 듯이 야스오의 머리통을 손날로 내리치고는 얼른 가게를 떠났다.

멍하니 그걸 지켜보는 야스오는 문득 옆에서 인기척을 느끼고 그쪽을 보았다.

"어라, 디아나?"

거기에는 곤혹스러운 듯한, 기막힌 듯한 표정을 한 디아나가 조금 전까지 쇼코가 앉았던 의자에 앉아 있었다.

"혹시 가게 안에 있었어?"

"예. 쇼코의 호위는 대령님과 교대했습니다."

가게 안은 비어 있고, 호위를 위해 가게 안에 들어왔다고 해도 그리 이상하지 않다.

"그럼 듣고 있었군……. 솔직히 어때? 안테 란데행, 내가 같이 안 가면 안 가겠다고 하는데, 아무래도 그건 좀……. 디아나?"

그럼 쇼코가 내놓은 조건에 대해 이야기를 해 보려고 했는데, 디아나가 어쩐 일로 비난 섞인 눈으로 자신을 보고 있다고 깨달은 야스오는 도중에 말을 멈추었다.

"야스오. 제가 옆에서 이런 소리를 하는 게 주제넘은 짓인 건 충분히 알고 있습니다만, 아까 그건 아닙니다. 조금 심합니다."

"어?"

"타이밍을 봐서 쇼코에게 제대로 사과해야 한다고 생각합니다."

"어, 어어?!"

"저는 야스오가 악의로 한 짓이 아님을 압니다만, 악의가 없기에 잘못일 수도 있습니다. 쇼코가 상대라면 더욱 그렇습니다. 혹시 노도카가 이 자리에 있었다면 도중에 세 번은 난입했을 거라 생각합니다."

디아나가 정면에서 비난하다니, 이런 건 처음 있는 일이 아닐까.

그걸 깨달은 야스오는 간신히 자신이 뭔가 돌이킬 수 없는 짓을 한 거 아닐까 하는 생각을 하기 시작했다.

"내, 내가 그렇게 타테와키가 싫어할 만한 소리를 했나?!"

"야스오. 앉아 주세요."

디아나는 떨떠름한 느낌으로, 눈썹을 찌푸리며 야스오를 자리에 앉혔다.

야스오는 디아나에게서 불온한 압력 같은 것을 느끼고 무심코 등을 쭉 폈다.

"저는 괜찮습니다. 하지만 대령님은 재미있어 할 겁니다. 아시겠지만, 지금 이야기는 다 들었습니다."

"윽."

디아나의 떨떠름한 얼굴과 할리어의 이름이 나오자, 야스오는 모르긴 해도 자기가 상당히 실수했음을 자각하기 시작했다.

"쇼코가 내놓은 조건에 대해서는 이쪽에서 검토할 테니 야스오는 신경 쓰지 말아 주세요. 그보다도 이미 늦었다고 생각하지만, 돌아간 뒤에 대령님의 공격에 견딜 수 있도록, 야스오가 지금 쇼코에게 얼마나 심한 짓을 했는지 해설하겠습니다."

"시, 심한 짓이라니…….."

평소에는 야스오의 거의 모든 것을 완전 긍정하는 디아나가 이 정도로 말하면, 자신은 대체 무슨 실수를 한 걸까.

그로부터 몇 분 동안 얼굴을 붉힌 디아나에게서 그것에 대한 해설을 들은 야스오는 테이블에 엎드려서 한동안 고개를 들 수 없었다.

※

"어서 오세요, 대령님. 늦었군요."

켄자키 가에서 걸어서 30초 거리에 있는, 디아나가 사는 원룸 주택, 마리골드힐즈 토코로자와 101호실에 할리어가 돌아온 것은 그날 심야였다.

"음, 쇼코가 말이지."

"무슨 일 있었습니까?"

"어디의 바보 때문에 귀가에 시간이 걸렸다. 좀처럼 불길이 수그러들지 않아서."

"아하……. 그거 고생하셨습니다."

디아나는 쓴웃음을 지은 뒤에 부엌의 찬장에서 할리어가 사용하는 머그잔을 꺼냈다.

"뭐 좀 드시겠습니까?"

"아이스커피가 있으면 부탁하고 싶군. 오래간만에 일을 해서 조금 지쳤다."

일이라는 말도 그렇고, 할리어가 희망 사항을 말하는 것도 오래간만이었다.

저번 소동 이후로 할리어는 켄자키 가에게는 물론이고 디아나에게도 완전 복종의 자세를 지켰다.

다친 데다가 생활의 태반을 디아나에게 의존하는 상황. 그걸 이해하면서도 디아나에게 상관으로 내린 마지막 명령이 '나에게 일체 배려하지 마라. 수상하다 싶으면 언제든지 죽여라.' 였던 것만 봐도 할리어가 자기 행동을 얼마나 후회하는지 엿볼 수 있다.

여태까지도 야스오나 노도카나 쇼코의 호위를 끝낸 뒤에 식사나 음료의 희망 사항을 물어도, 빵과 물 이외의 것을 요구한 바가 없었기 때문에 오히려 디아나가 조금 기뻐졌다.

"우유와 설탕, 넣습니까?"

"아니, 필요 없다. 아무튼 목이 마르다……. 음, 고마워."

얼음이 들어간 아이스커피를 블랙인 채로 단숨에 비운 할리어는 관자놀이의 아픔을 억누르는 얼굴을 하면서도 만족스럽게 한숨을 내쉬었다.

"하지만 그건 대체 뭐하자는 짓이지."

"야스오 말입니까?"

"열여덟 살 아닌가. 레스티리아라면 가정을 꾸려도 이상하지 않은 나이다."

"문화의 차이란 거지요."

"그런가? 시내를 걷고 있으면, 야스오보다 연하인 학생이 이성과 사이좋게 지내는 모습을 곧잘 봤는데."

"야스오는 이성에게 내성이 없습니다."

"쇼코도 비슷한 소리를 했지만, 그건 어디까지나 좋게 표현한 거지. 평범하게 말하자면 단순히 배려가 부족할 뿐이다. 대인 관계 능력에 문제가 심각하다."

할리어가 이 정도까지 말이 많은 건 정말 오래간만이다.

다만 디아나도 쇼코가 야스오에게 고백한 현장에 동석한 여성으로서 이미 야스오의 태도에 잔소리를 했기에, 구태여 이 의견에 반대하지 않았다.

"따끔하게 말해 놨으니까 너무 놀리지는 말아 주세요."

"크로네 소령은 무르군. 야스오처럼 여린 남자에게는 노도카 정도로 까칠하게 대하는 편이 좋다. 안 그러면 괜히 남에게 기대게 된다."

"기대게 됩니까?"

"그래. 한 잔 더 괜찮을까."

"여기 있습니다."

도중에 말을 끊고 아이스커피를 추가로 받아 든 할리어는 떨떠름한 표정을 했다.

"크로네 소령은 야스오의 여러 면을 너무 호의적으로 받아들인다. 지금은 괜찮지만, 나중에 야스오가 곤란에 처했을 때 크로네 소령이라면 한심한 자신을 긍정해 준다고 야스오가 생각했다간, 녀석은 곤란 앞에서 멈춰 서게 된다."

할리어가 하는 말도 이해된다.

하지만 디아나의 눈으로 본 야스오는 결코 그런 인간이 아니다.

이 일본이라는 나라에 사는 보통 인간.

보통이란 것은 말하자면 제대로 살고 있다는 소리다.

"야스오는 그렇게 약한 인간이 아닙니다. 망설이는 시간은 남보다 길지도 모르지만, 확실히 전진하는 사람입니다."

"무르군."

"그런 생각은 없습니다만."

"시치미 떼지 말고. 녀석을 손이 많이 가는 동생 정도로 생각하는 것 아닌가?"

"야스오는 강하지 않습니다만, 약하지도 않습니다. 이 나라에서 옆구리에 바람 구멍이 나고도 냉정하게 치료를 하고 대령님을 상대로 줄다리기를 할 수 있는 고등학생은 그리 없을 거라 생각합니다."

"그야 뭐."

그 말을 하면, 실제로 당한 쪽인 할리어로서는 할 말이 없어진다.

"저에게 야스오는…… 그렇군요. 희망일까요."

"희망~? 그게~?"

"예."

할리어는 모른다.

디아나와 안테 란데를 완전 부정하던 야스오를.

그 부정이 긍정으로 바뀐 순간을.

그 뒤에 있었던, 여태까지의 18년을 뒤엎는 노력을 시작한 모습을.

"히데오도 처음부터 최강의 용사였던 것은 아닙니다. 게다가 야스오가 히데오 같은 용사가 될 필요도 없지요. 그러니까 저 정도는……."

그리고 앞을 가로막는 벽을, 커다란 것도, 작은 것도, 확실히 뛰어넘은 모습을.

"걸음마를 떼기 시작한 새로운 용사의 모든 것을 긍정하고, 힘이 되어 주고 싶지 않습니까."

"뭐, 멋대로 하라고 말하고 싶다만."

한심함인지 감탄인지 모를 표정을 한 할리어는 머그잔에 입을 대면서 이 아름답고 불안한 후배 군인의 뒷모습을 향해 마음속으로 한마디 던졌다.

쇼코의 앞에서는 그런 소리를 하지 말라고.

"그건 그거대로 재미있을지도."

"뭐가 말입니까?"

"아니, 아무것도 아니다."

※

그로부터 사흘 뒤인 토요일.

정기 휴일인 대중 술집 [사부로야] 앞에서, 이상하게 긴장한 일행이 꿀꺽 침을 삼켰다.

"저기, 여보……."

"왜요?"

"왠지 콜하고 싸웠을 때보다 더 긴장되는데."

"그러네요."

켄자키 히데오, 마도카 부부.

구세의 용사와 대현자가 나란히 창백한 얼굴을 하고 식은땀을 흘리고 있었다.

히데오의 양복은 평소에 통근에 쓰는 것이 아니라, 중요한 일 중에서도 특별할 때에만 입는 오더메이드.

어머니의 옷은 오늘 이날을 위해, 기성품이긴 하지만 새롭게 맞춘 것이다.

야스오는 당연히 고등학교 교복 차림.

여기까지는 그래도 남의 집을 방문할 때의 모습으로 이해 안 가는 것도 아니지만, 그 옆에는 마도기사의 정장을 하고 마찬가지로 창백한 얼굴을 한 디아나가 있으니까 갑작스럽게 이 집단의 목적을 알 수 없게 된다.

"괘, 괜찮습니다. 여, 여차하면 제가……."

뭐가 여차할 때인지, 자기가 뭘 할 생각인지. 디아나의 마음이 공회전하는 소리를 옆에서 듣는 야스오는 전날부터 거의 밥이 목을 넘어가지 않았다.

이렇게나 무서운 일이었을까.

전혀 사정을 모르는 사람에게, 황당무계한 비밀을 '그저' 밝혀야만 하는 것은.

중학생이 되었을 무렵부터 만화나 애니메이션, 영화 안에서 특수한 능력을 가졌든가, 다른 세계와의 접촉을 가진 주인공과 그 동료들이 비밀을 공표하지 않는 것에 의문을 품은 경험은 셀 수 없었다.

흔히 있는 '비밀을 아는 사람은 적은 편이 좋다' 이론을 봐도, 주인공 일행과 친하다고 적에게 찍힌 존재라면 비밀을 알든 모르든 뭔가에 이용당할지 모른다.

'끌어들이고 싶지 않다' 이론도 애초에 끌어들이는 건 주인공이 아니라 적 쪽이다.

그런 주인공일수록 아무 말도 없이 친한 이들의 앞에서 사라지는 법이니까, 사정을 모르는 소중한 사람이 순수하게 걱정하며 문제의 현장에 방문하거나 부자연스러운 행동을 하다가 적의 눈에 띄어서 결국 휘말리는 전개가 태반이다.

그럴 거면 손을 써서 어떻게든 자신의 특수성을 이해시키고, 피아의 전력 차와 앞으로의 전망을 서면으로 정리해서 해설하고, 소중한 이에게 이해를 받아 거리를 두는 편이 좋지 않냐고 항상 생각했다.

하지만 막상 자기가 그 입장에 처하니 알았다.

다름 아닌 자기 자신이 같은 반응을 했으니까 깨달았다.

아무것도 모르는 타인에게 사회 상식을 뛰어넘는 특수한 사정을 밝혔다가 혹시 이해를 얻을 수 없으면.

그때 자신의 '사회적 생명'에 죽음의 위험이 다가온다.

단적으로 말해서 자신이 뿌리 내린 지역, 커뮤니티, 이웃이 '저 사람, 조금 이상해. 가까이 가지 않는 게 좋아.'라며 거리를 두는 것이다.

이쪽으로서는 세계에 밀려든 위기를 없앤 뒤에 원래의 조용한 생활로 돌아가고 싶다.

정말로 생사를 걸고 강대한 적을 쓰러뜨리고 세계의 평화를 지켰는데…….

[켄자키 씨네가 말이죠, 사부로야의 따님에게 이상한 소리를 하며 데려가려고 했다나 봐요. 이세계가 어쩌니, 마왕이 어쩌니 하면서.]

[어머나……. 어머나, 남편 분이 직장에서 고생이 많던 걸까.]

[자식 둘도 입시생이고, 가정에서 무슨 다툼이라도 있었으려나.]

[어쩔까요? 이다음 지역 활동의 조장이 켄자키 씨네 차례인데…….]

[지역 이벤트면 애들도 있고, 영향을 받기 쉬울 테니까, 마왕이라는 건…….]

[최근 켄자키 씨네 집에서 일이 있어서 고생이었나 본데……. 그게 정말로 사고였으려나……. 현실과 망상을 구분하게 될 수 없게 되었다는 이야기가 뉴스에서도 있었고.]

[괜찮을까요……. 구청이나 민생과에 의논하는 편이 좋을까……. 무섭네.]

그런 식이 되면 일가가 야반도주를 하든가 이세계로 전이하든가 해서 자신들을 아는 이가 없는 장소에 갈 수밖에 없다.

야스오 자신도 아버지의 성검이나 어머니의 마법을 보고서도 좀처럼 사실을 받아들일 수 없었다.

예를 들어서 히데오와 마도카와 디아나가 하늘에 뜬다든가, 마법을 시연하더라도, 그걸 일본의 일반 상식에 존재하는 개념으로 억지로 처리하여 상대의 생각이 그 이상 나아가지 않는 일도 충분히 있을 수 있다.

결국 자신도 부모의 과거나 이세계 안테 란데를 받아들인 것은 알렉세이 시이나 윌리엄 발레이그르와의 싸움을 체험한 뒤다.

쇼코가 받아들인 것도 자기가 시이로 변신했다는 사실이나 너무나도 특수한 상황에서 켄자키 가와 디아나, 할리어와 접촉한 뒤다.

하지만 막상 쇼코의 부모님에게 아무런 사건도 일어나지 않은 상황에서 [이세계 안테 란데]니 [성검 루타바가]니 하는 이야기를 이해시키기란 대단히 어렵다.

애초에 쇼코의 부모님도 야스오의 부모와 나이가 별로 차이 나지 않을 터이다.

그렇다면 젊어도 40대 초반. 한창 일할 중년이겠지.

야스오는 아직 본 적 없는 쇼코의 아버지의 외모를 상상했다.

술집 사부로야의 주인.

매일 거리의 주정뱅이들을 상대로 자기 실력 하나만으로 일을 하는 강건한 사람이 상상되었다.

떡 벌어진 체격에 과묵한 성격과 얼굴, 머리에 머리띠를 매고 검은색 T셔츠에 가게의 이름이 들어간 앞치마.

그리고 쇼코의 요리 실력이나 간간이 흘리는 집안 사정 이야기를 들어보면, 가족들 사이가 화목한 집안이라고 상상이 간다.

그런 곳에서 양복 차림의 아버지가, '실은 저는 30년 전에 이 세계에서 용사로 활약해서.' 같은 소리를 꺼낸다.

""돌아가고 싶다.""

그 모습을 상상만 해도 야스오의 심장이 가쁘게 뛰고 거의 비었을 터인 위장의 내용물이 역류할 것만 같은데, 그 뒤에서 구세의 용사가 완전히 똑같은 소리를 했다.

""......""

정말로 비슷한 부자의 모습을 보고, 오히려 결의가 굳어졌을까.

마도카가 가게 입구 옆의 인터폰을 눌렀다.

""아……!""

남자 둘이 비명을 흘렸지만, 마도카는 이미 물러나지 않았다.

타테와키의 집은 사부로야의 점포와 일체형이고, 본래의 현관은 따로 있다.

하지만 골목 안으로 들어가야만 하기도 하고 평소부터 가게를 현관으로 사용했다는 사정도 있어서, 쇼코에게서는 찾아올 때에 가게 쪽으로 오라는 지정이 있었다.

머지않아,

[예, 누구십니까.]

상상했던 것보다 가벼운 남성의 목소리가 들려왔다.

"저기…… 켄자키입니다. 오늘 쇼코 양의 문제로……."

마도카도 각오하기 했어도 생각만큼 말이 잘 나오지 않았지만,

[아, 켄자키 씨. 잠깐만 기다려 주세요.]

대답은 상상했던 것보다도 훨씬 가벼웠다.

통화가 끊어지고, 야스오에게는 무서울 만큼 긴 십여 초 뒤에.

"자, 들어오세요. 일부러 죄송합니다."

미닫이 문 안쪽에서 나타난 것은 야스오가 상상한 술집 주인과는 전혀 다른 인물이었다.

작은 체구에 단정한 얼굴에 은테 안경을 낀, 스마트한 인상의 남성이었다.

몸에 잘 맞는 낡은 셔츠에 반바지라는, 오히려 휴일의 샐러리맨 같은 외모의 이 남성이 쇼코의 아버지일까.

"실은 동석할 터였습니다만, 아내가 개인적인 일로 꼭 나가야만 한다고 해서 이야기는 제가 듣겠습니다."

그 표정은 부드럽고, 정장을 갖춰 입은 켄자키 가 사람들이나 명백히 이상한 차림인 디아나를 봐도 전혀 표정이 흐려지지 않았다.

"이번에는 쉬시는 날에 일부러 시간을 내 주셔서 감사합니다. 켄자키 히데오라고 합니다."

일이 여기에 이르렀으면 아무리 히데오라도 아내 뒤에 숨어 있을 수 없다.

한 발 앞으로 나서서 오늘의 용건을 전하기 위해 깊이 고개를 숙였고, 거기에 따라서 마도카도 디아나도, 그리고 야스오도 고개를 숙였다.

"예, 쇼코의 애비인 타테와키 코스케입니다. 아니, 여러분, 그렇게 굳어 있지 마시고 고개를 드세요."

"아뇨, 그럴 수는."

"하아……."

"따님께서 미리 이야기를 전했을 거라 생각합니다만, 아무래도 상식이 미치지 않는 일뿐이라서 혼란스러우실 거라 생각합니다. 모든 것은 저희의 불찰 때문에……."

"켄자키 씨, 여러분도 진정하세요. 일단 들어오시죠."

쇼코의 아버지, 코스케도 밝은 어조로 켄자키 가 사람들을 가게 안으로 불렀다.

"실례하겠습니다."

히데오는 간신히 고개를 들고, 다시금 인사한 뒤에 가게 안으로 들어갔고, 일행도 그 뒤를 따랐다.

"자, 이쪽으로 와 주세요."

코스케는 평소에 접객하듯이 켄자키 가를 대했지만, 켄자키가 사람들의 긴장은 가라앉지 않았다.

환영받을 거라고 생각해선 안 된다.

아마도 코스케는 전혀 상황을 받아들이지 못하겠지.

온화한 어조 속 약간의 당혹스러움이 그것을 증명하는 것처럼 들렸다.

명백히 문제를 일으켜서 사죄하러 온 일가를 맞아들이면서 이 정도인 것은 단순히 코스케가 사회인으로서 쌓은 교양 덕분이다.

그리고 제일 먼저 이 긴장에 견디지 못해 무너진 것은 디아나였다.

"이번 일은 정말로 죄송합니다!!"

"어?!"

디아나는 권한 자리에 앉지도 못하고, 가게 바닥에 그대로 무릎을 꿇고 코스케를 향해 엎드렸다.

"아, 아니?!"

"중요한 시기의 따님에게 그런 일이 일어나서 정말로 죄송합니다!"

"어, 어어."

코스케는 디아나가 갑자기 엎드린 것에 당혹스러워하고, 한편 야스오는 조금 전과 달리 뭐라고 할 수 없는 어색함을 느끼고 있었다.

디아나의 사죄는 분명히 잘못된 게 아니지만, 일본의 일반적인 사회 상식으로 이 상황과 지금 말을 생각해 보면, 야스오가 쇼코와 커다란 문제를 일으킨 것으로 들리지 않을까.

"당신이 디아나 씨지? 뭐, 처음 봤을 때부터 그럴 거라 생각했지만."

그런 불건전한 상상을 한 야스오의 마음은 둘째 치고, 코스케가 디아나에게 건네는 목소리는 의외로 부드러웠다.

"당신도 일본어를 잘하는군. 진지한 상황에 미안하지만, 조금 웃을 뻔했어."

"어……?"

코스케는 고개를 들지 못하는 디아나 앞에 무릎을 꿇고 어깨를 두드려 얼굴을 들게 했다.

"지금 말과 이 상황이면 야스오 군과 우리 집 쇼코 사이에 엄청난 실수가 있었던 걸로 들리니까."

""어……?""

디아나는 단순히 의문에, 야스오는 의외의 마음에 그런 소리를 흘렸다.

"너희는 정말로 내게 수치심을 주려고 온 건가 생각했어."

그때 옆에서 목소리가 들렸다.

고개를 들어 보자, 거기에는 삼각 두건을 하고 에이프런을 두른 쇼코가 얼굴을 붉히며 서 있었다.

그 손에는 은색의 국자가 쥐어져 있고, 긴장으로 감각이 마비

된 야스오의 코에 식욕을 자극하는 국물 냄새가 갑자기 퍼졌다.

"대부분의 사정은 딸에게 들었습니다. 처음에는 믿지 않았지만, 저도 제 눈으로 본 것을 믿지 못할 만큼 머리가 굳지 않았습니다. 일단 여러분들은 앉아 주세요. 모처럼 켄자키 씨 일가가 오신다고 쇼코가 기합 좀 넣었습니다."

"하아……."

야스오도, 히데오도, 마도카도, 디아나도, 당혹스러워하면서도 코스케의 말에 따라 4인용 테이블 앞에 앉았다.

"처음에 내는 게 뭐였더라, 무 조림?"

"응."

"……!"

울상을 하고 있던 디아나가 무라는 말에 움찔 몸을 떨었다.

"쇼코가 말이죠, 여러분을 시식회에 초대하고 싶다고 하는 겁니다. 저번 꽃놀이 도시락을 디아나 씨가 기뻐했다고 하길래, 그럼 손님에게 내놓는 걸 만들어 보는 건 어떻겠냐고, 이 기회에 여러분에게 테스트 해 달라고 할까 해서."

"그, 그렇습니까."

"예. 이세계에서 오신 분들에게도 통한다면 일본의 손님들에게도 내놓을 수 있겠거니 싶어서."

코스케의 입에서 쉽사리 [이세계]란 말이 나와서 히데오가 무심코 물었다.

"저기, 타테와키 씨, 실례입니다만……."

"믿는 이야기와 믿지 않는 이야기가 있습니다."

히데오의 질문에 코스케는 부드러운 표정인 채로 대답했다.

"쇼코에게 들은 이야기 중에서 제가 믿은 것은 [마법]이 실존한다는 것. 쇼코가 이상한 것에게 빙의되었다는 것입니다. 한편 [안테 란데]라는 이세계의 존재는 믿지 않습니다."

"어, 어째서입니까?"

야스오는 이때야 처음으로 입을 열었다.

생각해 보면 아직 자기소개도 제대로 하지 않았지만, 코스케는 딱히 개의치 않고 대답했다.

"그 이치를 설명할 수 없기 때문에. 또 보지 않았기 때문에."

"보지 않았기 때문……. 어, 그럼!"

코스케가 하려는 말에 놀란 것은 야스오만이 아니었다.

본 것은 믿는다.

그럼 코스케는 어디서 마법을 보았지?

"아, 그건 말이지, 저번에 내가 할리어 씨에게 부탁했어."

"어?! 대령님이?!"

주방에서 쇼코가 한 설명에 놀란 것은 디아나였다.

할리어가 어떤 이유로 쇼코의 부모님과 만났을까.

"저번에 학원에서 돌아오는 길에 할리어 씨가 집까지 바래다 줬잖아. 그때."

"아……."

그러고 보면 그날은 할리어가 이상하게 늦게 돌아왔다.

"아니, 그날의 나는 정말로 좀처럼 시이가 수그러들지 않아서. 결국 할리어 씨랑 같이 가볍게 상황 설명을 하는 편이 낫다는 결론을 냈거든.”

“윽.”

쇼코의 설명의 화살이 야스오의 심장에 꽂혔다.

그날, 자신이 쇼코에게 무슨 말을 했는지 디아나에게 설명을 듣고 이해한 야스오는 침대에서 바둥거렸다.

“처음에는 대체 그런 선글라스를 무슨 생각으로 어디서 샀는가 생각했지.”

쇼코의 시이는 눈동자에서 현현한다.

혹시 시이의 검은 불길을 눈동자에 담고 있으면 분명히 선글라스로 보이기도 하겠지만.

“대령님은…… 할리어 베레거는 여기서 대체 뭘…….”

“마법을 몇 가지 보여 주었지. 4대 속성은 물론이고 벼락이나 얼음 같은 것도. 하지만 제일 놀랐던 것은 그거로군, 휴대용 버너.”

“““휴대용 버너?”””

마법 속성에서 갑자기 휴대용 버너의 이야기가 나와서 켄자키가 전원이 목소리를 모으며 고개를 갸웃거렸다.

“예. 솔직히 불이나 벼락 같은 건 무슨 속임수 아닐까 의심했습니다만, 휴대용 버너는 정말 설명할 길이 없어서.”

코스케는 일어서더니 가게 구석의 선반 위에 쌓여 있던 휴대용 버너를 두 개 손에 들고 일행 앞의 테이블로 가져왔다.

“이건 말이죠, 국물 요리나 탕두부 같은 것을 낼 때 쓰는 건데요, 망가졌던 것을 할리어 씨가 수리해 주었습니다.”

코스케는 부탄 가스를 세팅하더니, 가볍게 스위치를 돌려서 잠깐 불을 켠 뒤에 껐다.

"우리 가게에 있는 구리선이나 철사 같은 걸 써서 말이죠. 솔직히 그날 구경한 어떤 [마법]보다도 놀랐습니다. 손도 대지 않았는데 버너가 죄다 혼자서 분해되더니 빛의 판자 위에 떠오르는 겁니다. 거기에 구리선이나 금속조각 같은 것이, 그건 신기한 힘이라고밖에 할 수 없는데, 이렇게 떠올라서 녹더니 마지막에는 촤악 하고 전부 한 곳에 모여서 그렇게 고쳐졌습니다. 으음, 편리도 하지!"

할리어는 무기 장인의 집안에서 태어났고, 그 기술은 할리어가 기사단에 입대한 직후에 레스티리아의 무기개발국이 스카우트할 정도로 뛰어났다.

무기를 정비할 수 있으면 휴대용 버너를 고칠 수 있는 걸까. 기계에 약한 야스오로서는 도무지 알 수 없었지만, 할리어에게는 극히 간단한 일이었던 모양이다.

"그 사람, 골절이었죠? 그래서 제가 '한 손으로도 되는 겁니까?' 라고 물었더니, 이 정도로 간단한 건 손가락 하나만으로도 할 수 있다는 대답이길래 이 기회에 부탁을 하나 더 했습니다!"

"대령님이…… 그런…….'"

"하지만 그러니까 저는 여러분이 말하는 마법의 존재를 믿습니다. 아마 조금만 더 하면 이세계란 것의 존재도 믿을 수 있지 않을까요. 쇼코가 간다면."

"괜찮겠습니까?"

디아나의 말에 코스케는 고개를 끄덕였다.

"괜찮고 말고 없습니다. 쇼코의 안에 있는 것은 병원이라고 어떻게 할 수 있을 것 같지 않군요. 그리고 마법이 실존하는 세계가 있고, 그게 거기서 왔다면 그쪽에 제거해 달라고 해야겠죠."

"솔직히 말씀드려서 이해해 주실 거라곤 생각하지 않았습니다. 따님의 학업을 방해하는 일이기도 하고요."

히데오의 솔직한 말에 코스케는 쓴웃음을 지었다.

"뭐, 상식적으로 생각하면 그렇겠죠. 다만 뭐라고 할까요, 제게는 스케일이 작지만 다소 비슷한 경험이 있어서."

"예?"

설마 쇼코의 아버지까지 이세계 경험자라고 말하는 걸까.

"남들에게는 별로 하고 싶지 않은 이야기인데……. 저는 사실 도쿄대를 나왔습니다."

"예?!"

여기에는 야스오가 가장 놀랐다.

"실은 나도 최근에야 알았어."

주방의 쇼코도 다소 어색하다는 목소리.

분명히 지적인 외모라고 생각했지만, 설마 도쿄대를 나왔을 줄은 생각도 안 했다.

"졸업 후에 바로 이 가게를?"

히데오가 놀라움을 드러내지 않고 조용히 묻자, 코스케는 고개를 내저었다.

"아뇨, 졸업 후에 몇 년 동안 에너지 관련 기업에서 일했습니다."

코스케가 말한 기업명은 야스오조차도 알 정도로 유명한 곳이었다.

　"재미가 없어서 그만뒀습니다."

　연봉도 셀 기업을 '재미없다'는 이유로 그만둔다.

　야스오로서는 전혀 이해되지 않는 이야기였다.

　그런 야스오의 표정을 읽은 것처럼 코스케는 미소 지었다.

　"영문을 모르겠다고 생각하지? 주위도 많이늘 그랬어. 도쿄대까지 나와서 모처럼 좋은 곳에 취직했는데 무슨 짓이냐고. 하지만 '도쿄대까지 나왔다'가 대체 뭐냐고는 생각하지 않나? 도쿄대를 나온 인간이 술집을 하면 안 된다는 법은 없지?"

　"그건 그렇습니다만……."

　"회사를 그만두면 어디로 헤드 헌팅이냐, 창업하는 거냐, 해외로 이주하는 거냐, 그런 영문 모를 기대를 받지. 당시에는 이미 아내와 결혼 약속을 했고, 부모님도 건재하셨고, 고향에서 일할 생각이었기에 그렇게 말했더니 또 놀라더군. 그렇게 신기한 일이냐고 종종 반발했지."

　코스케는 조금 지친 표정을 했다.

　"학생 때부터 도쿄대를 다닌다고 하면 무슨 이세계의 인간을 보는 듯한 시선을 받는 일이 종종 있었습니다. 지금도 TV에서 '도쿄대생이 선택한 무엇무엇' 같은 식으로 언급되는 경우가 있죠? 저는 여러분과 같은 인간인데, 도쿄대에 들어가면 다들 저를 '나와는 다른 인간' 같은 눈으로 보지요. 그게 기분 좋은 인간도 있겠지만, 저는 견딜 수 없었어요. 학교 밖에서 '도쿄대

생' 이라든가 '도쿄대 군' 이라고 불린 적이 없는 도쿄대생은 없지 않을까요. 그래서 도쿄대생이 그리 신기할 것도 없는 대기업에 들어가면 그런 시선은 없어질 거라고 생각했습니다."

"에너지 관련 기업이라면 학벌은 당연히 있겠고, 행정이나 관공서와의 관계에서 더더욱 출신 대학을 의식하는 경우가 많아지지 않습니까?"

히데오의 질문에 코스케는 크게 고개를 끄덕였다.

"바로 그렇습니다. 오히려 자기는 도쿄대 파벌의 특별한 인간이라고 생각하는 인간이 많아져서. 뭐, 제게는 도쿄대졸이라는 명함이 안 맞았던 겁니다. 필사적으로 공부하고 들어간 곳이 학교 이름이라는 색안경으로만 나를 보는 인간들이 있는 세계라고 생각하니, 죄다 싫어져서…… [용사]란 것도 분명 그런 느낌 아닙니까?"

"그럴……지도 모르겠군요."

용사 히데오.

그 이름에 민중이 무책임하게 보내는 기대에 대해서, 할리어는 야스오에게 친절하게 해설해 주었다.

디아나 또한 가문의 이름 때문에 괴로운 시기를 보낸 적이 있다.

코스케의 이야기는 히데오와 디아나에게 결코 남의 일이 아니고, 그 반대 또한 마찬가지겠지.

"그러니까 말이죠, 저는 '학교'란 것이 가져다 주는 결과에 대해 특별한 기대를 하지 않는 인간이 되었습니다. 그러니까 쇼코에게도 공부하라는 소리를 심하게 하지 않았죠. 다만…… 그게 딸의 학창 생활에 흥미를 품지 않는 차원까지 간 것이 문제였군요. 중학생 때 쇼코의 환경을 보아 주지 않았습니다. 부모로서 실격이라고 생각했습니다."

"그 이야기는 됐어. 신경도 안 쓰고."

"부모로서 신경 쓰지 않을 수도 없잖아."

"됐다니까, 진짜."

부모의 간섭이 없었던 것에 쇼코가 신경 쓰지 않는 건 사실이겠지.

하지만 그래도 후회가 남는 것이 부모다.

"이야기가 엇나갔지만, 아무튼 그런 겁니다. 딸 바보 같은 소리지만, 쇼코는 평소부터 향상심이 있는 아이입니다. 1주일 정도 학교를 쉰다고 별일은 없습니다. 가고 싶다면 저와 아내도 부모로서 딱히 그걸 막을 이유는 없습니다. 학교를 쉬는 이유도 맡겨 주세요. 물론 충분한 안전이 확보된다는 것이 이세계행을 허가할 최소한의 조건이겠습니다만……."

"그거라면 레스티리아 기사단의 총력으로!"

디아나가 기합을 넣고 나섰지만, 코스케는 살짝 미소 지으며 야스오를 보았다.

"기사단도 좋지만, 쇼코는 다른 조건을 내놓았지? 꼭 그걸 받아들여 주었으면 고맙겠는데."

"아빠!!!!!"

아버지의 의도를 민감하게 느낀 쇼코가 카운터를 뛰어넘을 기세로 소리쳤지만, 코스케는 전혀 개의치 않았다.

"쇼코. 프라이팬을 너무 달궜다. 그래선 볶는 동안에 고기가 탄다. 다시 해."

"으으으으! 아빠 때문이잖아!!"

쇼코는 정신을 차리고, 새빨간 얼굴로 신음하면서도 얌전히 프라이팬 앞으로 돌아갔다.

그런 쇼코의 눈치를 살피면서 디아나가 입을 열었다.

"이야기를 해 보았습니다만, 이쪽도 오히려 환영하는 의향을 보였습니다."

"어?"

쇼코가 내놓은 조건이란 확인할 것도 없이 야스오가 동행한다는 이야기다.

하지만 야스오 자신은 오늘까지 아무런 이야기도 듣지 못했고, 그런데도 아버지도 어머니도 딱히 놀라는 기색이 없었기에 야스오는 곤혹스럽게 디아나를 보았다.

그러자 디아나는 조금 미안하다는 눈치를 보이면서 살짝 끄덕였다.

"고등학교에 들어가서 밝아진 저 아이가 자네와 재회하면서 한층 생생해졌지. 자네도 힘든 때일지도 모르지만, 저 아이를 잘 부탁해. 야스오 군, 켄자키 씨, 디아나 씨도."

"노…… 노력하겠습니다."

"알겠습니다."

"목숨을 걸고!!"

야스오와 히데오와 디아나는 한 소녀의 미래를 걱정하는 아버지에게 그렇게 약속했다.

"좋았어, 이야기는 끝. 아빠 때문에 구이는 늦어졌지만, 다들 제가 한 밥 좀 먹어 보세요! 디아나 씨, 이번에는 갓 한 요리니까 많이 먹어!"

"가, 감사합니다!"

기기에 도자기 그릇을 쟁반에 받쳐 든 쇼코가 나타나서, 켄자키 일가와 디아나와 아버지 앞에 무 조림을 내놓았다.

"쇼코. 그릇 방향. 정면으로 놓아야지."

거기에 아버지의 사정없는 지적.

"아, 그렇지! 미안!"

학교 쪽으로 기대하지 않는 반동일까, 접객 쪽으로는 까다로운 듯한 코스케의 지적에 쇼코는 허둥대면서도 궤도 수정을 하며 그릇을 룰에 따라 놓았다.

잘게 썬 유자 껍질을 뿌린 무 된장조림에 디아나가 눈을 반짝이고, 히데오도 마도카도 그 완성도에 눈을 휘둥그렇게 떴다.

"안테 란데행을 앞둔 회식이라고 생각하고. 앞으로 다들 잘 부탁해요! 자, 어서!"

모인 이들의 얼굴에 만족한 듯한 쇼코.

"쇼코, 드시라고 해야지."

"아, 그렇지, 맛있게 드세요!"

"그, 그럼."

야스오는 젓가락이 푹 들어갈 정도로 부드러워진 무의 끄트머리를 잘라서 한 입 먹었다.

"맛있네……."

"어머, 맛있어라."

야스오와 같이 마도카도 놀란 듯이 말했고, 히데오는 끄덕이면서 한 입 더.

디아나를 보면 이미 그릇이 비어 있었다.

"쇼코……. 정말로…… 정말로 맛있습니다!!!!"

"좋았어."

기쁜 듯이 이를 드러내며 웃는 딸을 보고 코스케는 고개를 들었다.

"쇼코, 잠깐 괜찮을까. 뭣 좀 가지러 다녀오지. 켄자키 씨, 잠시 실례하겠습니다."

"응, 알았어."

"아, 예."

잠시 자리를 비운 코스케는 가게 뒤가 아니라 생활 공간으로 향했다.

가게에서는 보이지 않는 방 안에는 한 여성이 앉아 있었다.

"정말로 괜찮겠어?"

"……."

"별로 납득하지 못했나 보군."

"할 수 있을 리가 없잖아, 그런 거. 상식적으로 생각해서."

쇼코의 어머니, 타테와키 요코는 입을 다문 채로 크게 한숨을 내쉬었다.

요코가 집에 있는 것은 쇼코도 코스케도 알고 있다.

다만 요코가 켄자키 일가를 만나고 싶지 않다고 완강히 주장했기에, 이런 중요한 자리임에도 부득이한 '개인 용무'로 외출한 것으로 했다.

　커다란 안경 안쪽의 눈은 좀 커다란 봉제 인형을 향하고 있었다.

　치바 현에 있는, 세계에서 가장 유명한 테마파크의 대표적인 마스코트 캐릭터의 마법사 버전이었다.

　"좋겠네, 좋겠어, 쇼코는 좋겠네…… 꿈과 마법의 세계……. 좋겠어."

　"……."

　코스케는 치바 현에 있는, 세계에서 가장 유명한 테마파크 캐릭터의 목을 조르는 아내를 보고 복잡한 웃음을 띠었다.

　초등학생 때부터 중학생 때까지 쇼코의 '공주님 신앙'의 근원은 말할 것도 없이 이 어머니에게 있었다.

　애초에 내향적인 성격이었던 쇼코는 치바 현에 있는, 세계에서 가장 유명한 테마파크의 원작 매니아인 어머니의 영향도 있어서, 자기 안에 존재하지 않는 '이상적인 여자'를 찾게 되었다.

　물론 그것만으로 아내를 탓할 마음은 전혀 없고, 쇼코도 그럴 생각은 없겠지.

　하지만 마흔을 넘어서도 여고생과 다름없이 치바 현에 있는 세계에서 가장 유명한 테마파크로 달려가고, 지금도 이렇게 '진짜 마법'을 접한 딸에 대해 진심인지 아닌지 모를 선망을 보내는 아내라니. 또 쇼코에게 악영향이 나오지 않을까 걱정이 든다.

　"괜찮아. 일단 어른이니까."

남편의 의심 어린 시선을 알아차렸는지, 요코는 한숨을 내쉬었다.

"쇼코가 고생이란 것도 알아. 다만 그 아이가 고등학교에 들어가고 성격이 변했을 때도, 시이인가 뭔가 하는 변화에도 전혀 대응할 수 없어서, 나는 그 아이의 마음에도 인생에도 전혀 함께 있어 주지 않았다는 걸 깨달아서 조금 아팠을 뿐."

"그건 나도 다를 게 없지."

"그래서 야스오 군은 어때? 믿을 만하겠어?"

"그건 솔직히 모르겠는데. 하지만…… 뭐, 맡길 수밖에 없겠지. 우리는 같이 갈 수 없으니까."

"고등학생이 되어서 드디어 이세계인가……. 부모가 자식의 곁에 있으며 해 줄 수 있는 건 왜 이렇게 적을까."

방의 앉은뱅이책상에 치바 현에 있는, 세계에서 가장 유명한 테마파크의 마스코트 캐릭터와 함께 엎드리는 요코의 한숨은 코스케의 한숨이기도 했다.

※

"정말로 내가 같이 가도 괜찮을까?"

긴장 넘친 타테와키가 방문을 끝낸 밤.

마리골드힐즈 101호실에는 디아나와 할리어, 야스오와 노도카의 모습이 있었다.

작은 탁상 난로 위에는 파스텔컬러의 머그잔들이 있고, 따뜻한 차에서는 모락모락 김이 오르고 있었다.

디아나가 이 방으로 이사 올 때 산 물건 중에서 노도카가 고른 단순하면서도 귀여운 디자인의 방석에 넷이 각자 편한 모습으로 앉아 있었다.

"아니, 애초에 디아나 씨는 어떻게 안테 란데와 연락하고 있어? 휴대전화 전파 같은 건 아닐 거 아냐?"

"전령용 마도가 있습니다. 편지를 보내는 깃이라고 생각하면 됩니다."

"그건 게이트 타워처럼 돈이 드는 거 아냐?"

"완전히 공짜인 건 아닙니다만, 게이트 타워가 사람을 하나 태워서 보내는 비행기라고 하면, 전령 마도는 오토바이로 보내는 퀵 서비스 같은 겁니다. 거기 담기는 정보량에 제한은 있지만, 기사단에 소속된 이가 주저할 비용은 아닙니다."

비행기의 비유는 야스오와 노도카도 알기 쉬웠지만, 그런 만큼 모를 것도 있었다.

"하지만 정말로 쇼코 언니는 왜 오빠랑 같이 가고 싶다는 거지…… 그야 우리 아빠랑 디아나 씨랑 셋이 가기 꺼려지는 건 알지만. 즉 오빠 한 명을 위해 새로 비행기를 전세 내야 하는 거잖아."

"쇼코가 그렇게 말하는 이상 어쩔 수 없습니다. 게다가 어머니도, 저도, 다소 무리를 해서라도 야스오를 데려갔으면 했던 것도 사실입니다."

"어어? 왜?!"

노도카의 어조에서는 불만의 빛이 크게 보였다.

　"하지만 그 전에, 이제 와서야 묻는 것입니다만 야스오는……
가시겠습니까?"

　디아나는 노도카에게 대답하기 전에 야스오의 의사를 확인했
다.

　"뭐……. 1주일 쉰다면 학교 친구들이 나중에 시끄럽겠지만,
그 이상으로 솔직히 타테와키가 걱정이었고, 사실 갈 수 있다면
가고 싶었어."

　"오빠답지 않아."

　"하지만 돈이 엄청 든다는 건 알았고, 내가 간다면 그만큼 그쪽
의 부담이 커지는 거니까 말을 꺼낼 수 없었기도 해."

　"응, 그만두는 게 좋아."

　"노도카, 그 정도로 해 둬라."

　디아나와 정반대로 오빠를 완전 부정하지 않으면 성이 풀리지
않는 노도카를 할리어가 조용히 다독였다.

　"애초에 히데오가 안테 란데에 가고 싶다고 말해 준 것과 거의
같은 시기에, 어머니에게서 제게 연락이 왔습니다. 일시적이라
도 좋으니까 히데오를 부를 수 없겠냐고."

　이 사실은 히데오가 안테 란데행을 표명한 밤에 야스오도 노도
카도 들은 바 있었다.

　하지만 디아나의 어머니 엘리지나 크로네 쪽의 사정은 다소 불
온한 것이었다.

　"이번에 엘리지나 각하가 다급히 히데오를 초빙하려 하게 된

건…… 나 때문이지."

"그건 즉 할리어 씨를 꼬드긴 탄광의 카넬리안인가 하는 조직이 문제란 소리?"

할리어 본인에게 사정을 들은 노도카의 질문에 마도기사들은 나란히 수긍했다.

"탄광의 카넬리안은 마왕 콜 전쟁으로부터 30년, 토르제소 출신자는 물론이고 많은 전쟁 난민을 지원해 왔지. 그 조직은 레스티리아만이 아니라 주변 나라들에 넓게 뿌리를 내렸다. 당연히 그만큼 인간관계도 복잡하고, 거기에는 수많은 이해관계가 생겨난다. 그런 가운데…… 레스티리아 중앙군의 대령이며 토르제소 대공국 출신자의 자식인 내가 세계를 위협하는 시이를 조종하는 자에게 굴했다. 이 사실을 엘리지나 각하는 무겁게 보신 거겠지."

"시이의 위협은 단순히 무시무시한 괴물이 나타났다는 것으로 끝나지 않는다는 사실을 레스티리아 수뇌진은 확신했습니다. 앞으로 이웃 나라들도 같은 생각에 이르겠지요. 그렇게 되었을 경우, 세계가…… 이웃이 시이와 내통하는 게 아닌가 하는 의심을 품게 될지도 모릅니다."

"윤곽이 확실한 [마왕 콜의 군대]라는 적이 보인다면 사람들의 눈은 한곳을 향하는 것으로 끝난다. 하지만 이웃이 자신에게 갑자기 죽음을 가져오는 게 아닐까 하는 의심은 쉽사리 사람들의 시선을 흐트러뜨리고 불화를 뿌린다. 이 세계에서도 그건 마찬가지겠지."

예전의 세계 대전 시대에는 나라 대 나라라는 명확한 구도로
싸웠다.

  하지만 야스오 일행이 사는 현대에서 사람들은 눈에 보이지 않
는 '테러의 위협'에 드러나 있다. 그리고 지극히 유연하며 형태
가 없는 그 위협이 쉽사리 사회에 녹아들어 보이지 않게 되는 것
을 모두가 이해하고 있다.

  그리고 그렇기에 나타난 사회 문제…….

  "위협의 유형을 배척하는 흐름…….."

  "그렇지. 토르제소 사람이나 전쟁 난민에 뿌리를 둔 사람, 탄
광의 카넬리안과 관계 있는 이가 박해받기 시작하면 걷잡을 수
없어진다. 하지만 박해하는 쪽으로서는 그 녀석들이 시이와 내
통하는 게 아니라는 보증이 없으면 의심을 멈출 수도 없다. 박해
하는 쪽도, 당하는 쪽도, 그저 증오와 슬픔에 시달리는 것뿐. 하
지만 그럴싸한 말만으로는 결코 아무도 납득할 수 없다. 그렇게
되기 전에……."

  "시이의 정체에 다가갈 가능성이 있는 쇼코. 구세주 히데오.
그리고…… 어머니는 무엇보다도 야스오가 지금 가진 힘을 파
악하고 싶다고 말씀하셨습니다."

  "내 힘? 뭔가 있나?"

  "오빠의 힘이 무슨 의미 있어? 그냥 전송의 노래밖에……."

  "그게 중요합니다."

  의아해하는 남매 앞에서 디아나와 할리어는 서로 시선을 교환
했다.

"야스오의 전투 능력은 히데오는 물론이고 저희에게도 못 미칩니다. 하지만 야스오의 치유 능력이나 전송의 노래에 필적하는 힘을 가진 이는 안테 란데를 죄다 뒤져도 그다지 없습니다."

"그, 그래?"

"적어도 레스티리아에는 없겠죠."

디아나가 그렇게 단언했기에 야스오는 오히려 당황스러웠다.

"활동 중인 시이의 움직임을 멈추거나, 단번에 세 마리나 전송했는데도 마력이 고갈되지 않는다는 건 보통 말이 안 됩니다. 이 힘이…… 어쩌면 안테 란데를 구할 계기가 될지도 모른다, 어머니는 그렇게 생각하십니다."

"나한테는 그렇게 보이지 않는데."

"일본에서도 무력이 아닌 방법으로 대립을 해소하려는 생각은 있겠지. 물론 그것만으로 모든 다툼이 소멸하는 것은 아니지만, 전혀 쓰지 않는 것도 평화와 멀어지게 된다. 한 가지 힘이나 생각만으로 좋아질 만큼 세계가 단순하지 않다는 것은 안테 란데도 마찬가지다. 무슨 일이든 밸런스지."

"야스오의 힘에는 지금 안테 란데가 처한 상황에 대해 새로운 밸런스를 가져올 가능성이 있습니다. 그러니까…… 야스오만 괜찮다면 꼭…… 함께."

"……."

재능이 있다, 힘이 있다는 말을 듣고, 기대를 산다.

무엇보다 그것을 뒷받침하는 체험을 약간이나마 해 왔다.

스스로 인생에서의 취사 선택을 하게 된 뒤로 없었던 일이다.

"주제넘게 나서도, 될까."

야스오의 혼잣말에 노도카는 얼굴을 찌푸리고, 할리어는 살짝 미소 지으며 끄덕였다.

"말해 두겠는데, 나는 안 그럴 거야. 최근 오빠 주위의 사람들은 오빠한테 너무 잘해 줘. 정말이지."

노도카는 그렇게 말하고 일어섰다.

"난 먼저 갈래. 숙제도 있고, 목욕도 해야 하고."

"그런가. 그럼 내가 데려다주지."

"괜찮아. 바로 앞이니까."

"잠깐도 방심하지 않는다. 그게 군인의 모습이다."

살짝 어깨를 으쓱인 노도카에게 쓴웃음을 보내면서 따라가는 할리어.

두 사람이 나간 뒤에 야스오는 다시금 확인했다.

"정말로 내가 가도 될까?"

"예. 쇼코도 어머니도 그걸 바라고 있고, 무엇보다 저도 야스오가 꼭 같이 갔으면 합니다."

"디아나도?"

"예. 저 자신도 일본을 '용사의 고향'이라고, 어딘가 이상향이나 도원향처럼 생각하고 있었습니다. 하지만 이렇게 실제로 살아 보니 좋은 점, 기묘한 점, 받아들이기 어려운 점도 있는 평범한 세계였습니다. 마찬가지로 지금까지 야스오에게 [안테 란데]는 상상 속에서밖에 존재하지 않는 장소일 겁니다. 실제로 보시는 건 매우 좋은 일이라고 생각합니다. 또 이건 제 개인적인 감상입니다만."

디아나는 미소 짓고 야스오를 똑바로 바라보더니, 식어 버린 컵의 차를 가볍게 마시고 꽃처럼 웃으면서 말했다.

"제가 태어난 나라를 야스오에게 보여 주고 싶습니다."

"……."

뭐라고 말하지도 못하고 야스오는 무심코 긴장했다.

"야스오가 지킨다고 말해 준 나라를…… 세계를…… 레스티리아나 안테 란데가 원하는 용사는 지금도 히데오지만…… 지금 제게는 야스오가 용사니까요."

"아, 아니, 그건."

야스오는 허둥거렸지만, 디아나는 고개를 갸웃거리며 말을 이었다.

"정말이거든요? 빈말이 아니라."

"그, 그건…… 대놓고 그렇게 말하면…… 저기."

창피하다는 말을 입에서 낼 수 없을 정도로 겸연쩍다.

우물거리는 야스오를 놀리듯이 디아나는 여전히 웃고 있었다.

"아버지를 보내 주셨을 때도, 용사가 되겠다고 말해 주셨을 때도, 대령님을 상대로 한 발도 물러서지 않았을 때도…… 제게는 예전에 꿈꾸는 용사의 모습 그대로였으니까요."

"그, 그건……."

예전에 꿈꿨다는 것은, 야스오와 똑같았다는 아버지의 모습을 겹쳐 본 것일까.

'그건'이라는 말에 담긴 야스오의 의문을 아는지 모르는지,

디아나의 미소에는 장난기가 한층 짙어졌다.

"글쎄요? 어느 쪽일까요?"

이건 놀리는 게 아닐까.

얼마 전에 디아나가 사실 연상이라는 것이 판명되었지만, 할리어와 살게 된 이후로 디아나는 여러 의미로 강한 발언이 눈에 띄게 되었다.

노도카와 함께 성격이 어린애 같다고 말했던 것을 마음에 담고 있는 것으로도 보였다.

"뭐, 아무튼 갈 수 있다면 갈게. 그럼 나도 슬슬 돌아갈까, 응."

"예. 전송하겠습니다."

"아니, 됐다니까, 바로 앞……."

"대령님과 같은 말을 하게 될 텐데, 괜찮겠습니까?"

"알았어……."

"그럼 가지요."

일어선 디아나는 현관문을 꼼꼼히 잠그고, 길 바로 맞은편에 있는 켄자키 가까지 야스오를 데려다 주었다.

고작 수십 초 걸리는 그 길을 말 없는 디아나와 함께 걸었다. 야스오는 곁눈으로 디아나의 옆얼굴을 훔쳐보면서 생각했다.

집까지 고작 수십 초 걸리는 이 호위.

하다못해 이 정도의 길로는 걱정을 사지 않을 정도로 성장하고 싶다고.

"야스오? 왜 그럽니까?"

야스오의 시선을 알아차린 디아나가 이쪽을 보고…….

"아니, 아무것도 아냐."

야스오는 그저 고개를 내저었다.

※

그로부터 이틀 뒤의 밤.

켄자키 가와 타테와키 가, 그리고 두 명의 마도기사는 밤의 토코로자와 항공 기념 공원에 모였다.

히데오, 디아나, 야스오, 그리고 쇼코가 이세계로 떠나는 것을 지켜보기 위해서다.

하늘에는 1주일 전에 할리어가 출현시켰던 것과 마찬가지로 별들이 소용돌이치는 탑, 이세계의 입구인 [게이트 타워]가 희미하게 어두운 입을 벌리고 있었다.

히데오가 야스오를, 디아나가 쇼코를 업고 있어서, 이세계로 떠나는 것치고는 멋없는 모습이다.

하지만 하늘에 떠오른 네 명을 올려다보는 타테와키 코스케와 요코는 아연해진 모습이라서 아무 말도 하지 못했다.

"어머니, 노도카! 뒷일은 부탁할게!"

"할리어 씨, 뒷일 부탁할게요!"

"그럼 다녀오겠습니다!"

"아빠도 엄마도 선물은 기대하지 마!"

네 사람의 모습은 게이트 타워에 빨려들 듯이 상승하고, 순식간에 작아졌다.

"정말로 믿기지 않습니다."

코스케의 중얼거림에 요코는 그저 고개만 끄덕이고,

"저도 오빠도 사실은 아직 놀라고만 있어요."

노도카가 일반인 대표로 타테와키 부부에게 말했다.

"따님이 안 계신 동안은 제가 목숨을 걸고 사부로야를 지키겠습니다. 부디 안심하세요."

히데오의 이세계행에 맞추어서 오른팔을 치료한 할리어가 마도기사의 차림으로 경례를 하고,

"다들 조심해."

마도카의 중얼거림이 신호였던 것처럼 네 사람이 밤하늘 높은 곳으로 사라졌다.

동시에 별의 나선이 격하게 소용돌이치고 순간의 광채를 남긴 뒤에 흩어진 뒤로는 별 없는 밤하늘이 있을 뿐.

구세의 용사가 다시금 세계를 건넌 것이다.

막간 1

"저기, 할리어 씨. 오빠랑은 슬슬 안테 란데에 도착할 때일까."

"조금 더 걸릴 텐데."

"도착하면 뭘 하게 될까?"

"일반적으로 생각하면 크로네 가의 손님 신분으로 저택에 들어가서 정세 설명을 듣겠지. 레스티리아 체재 중에는 크로네 소령과 엘리지나 각하가 세 사람을 돌보게 되겠지만."

"하아, 좋겠다. 디아나 씨네는 대귀족이잖아. 밥 같은 것도 맛있는 게 나오겠지. 침대도 이렇게 방 한가운데에 떠억 하고 있는 느낌으로."

"그럴지도. 노도카도 가고 싶었나?"

"나? 으음, 글쎄. 관광 기분으로도 괜찮다면?"

"용사 히데오의 딸이라고 주위에 알려지면 혼담이 무수하게 들어오겠지."

"으음, 이세계 신데렐라는 조금 그래. 아, 하지만 오빠도 남녀를 반대로 생각하면 그런 대접을 받을지도. 우와, 풀어진 얼굴했다가 디아나 씨한테 혼나겠다."

"아니, 크로네 소령보다도 쇼코 쪽이……."

"어?"

"아니, 아무것도 아니다. 뭐, 비공식 방문이다. 기본적으로 크로네 가 이외의 사람과 밀접히 만날 수는 없겠지."

"하아, 그래도 나라에서 제일가는 귀족의 집인가. 집사나 메이드가 있겠지. 우와아, 오빠 좋겠다. 왠지 열받아."

"하하하……."

2장 모험의 시작

처음에 깨달은 것은 습기 찬 땅의 냄새였다.

이어서 물이 흐르는 듯한 소리.

"으음……."

마치 너무 늦게까지 자서 점심때에 일어난 것처럼, 흐릿한 시야와 굳어 버린 몸을 자각하면서 야스오의 의식이 돌아왔다.

"어……?"

습기 찬 냄새의 정체는 비였다.

몸에 달라붙는 듯한 습기와 함께 부드러운 비가 계속해서 내리고 있었다.

의식이 또렷해지는 동시에 쿠웅쿠웅 하는 소리가 단순한 이명이 아니라 자기 주위에서 일어나는 소리임을 깨달았다.

"가, 강?"

다급히 일어나려고 했지만, 발밑이 미끄러워서 넘어질 뻔했다.

"뭐야, 이건?!"

간신히 자기 상황을 파악했을 때, 야스오는 무심코 고함을 질렀다.

기슭이 울창한 숲으로 둘러싸인, 커다란 강 한가운데의 모래톱 같은 장소였다.

흐름은 빠르고, 강폭은 넓다.

빗속에 이런 장소에 있는데도 몸이나 옷이 축축한 정도로 끝난 것은, 모래톱에 외롭게, 미덥지 않게나마 뿌리와 가지를 뻗고 있는 나무 덕분이었다.

"여기, 어디야? 여기가 레스티리아인가?"

스스로도 그럴 리가 없다고 알면서도, 그렇게 소리 내어 말할 수밖에 없었다.

자신은 디아나나 아버지나 쇼코와 함께, 비공식으로 레스티리아 왕국의 부름을 받고 게이트 타워에 돌입했다.

그런데.

"타테와키……."

야스오는 정신없이 주위를 둘러보았다.

"디아나?"

간신히 일어서서 나무에 몸을 기댔지만, 다리에 힘이 들어가지 않았다.

"아버지?!"

아무도 없다.

함께 게이트 타워에 들어갔을 터인 세 사람의 모습이 어디에도 없다.

"대체 무슨 일이……."

아무리 생각해도 지금 자신이 처한 상황은 게이트 타워가 정상적으로 작동한 결과라고 생각할 수 없었다.

그때 한층 강한 바람이 불어와서 야스오와 모래톱의 나무를 크게 흔들었다.

　동시에 빗줄기가 거세진 걸까, 눈에 띄게 강의 흐름이 빨라지고 수량이 늘기 시작했다.

　"이런……."

　야스오는 다시금 의미도 없이 주위를 둘러 보았지만, 모래톱에서 기슭까지의 거리는 아무리 잘 봐 줘도 5미터 이상.

　게다가 기슭은 거칠게 출렁대는 수면보다 훨씬 높은 위치에 있어서, 야스오의 신체 능력으로는 아무리 잘 뛰어도 도달할 수 있을 것 같지 않았다.

　하지만 이러는 동안에도 모래톱은 불어나는 수량에 점점 좁아져 갔다.

　이대로 가다간 물에 휩쓸린다.

　그렇게 생각했을 때였다.

　"찾았다!!"

　희미하게 들린 그 목소리 쪽을 본 야스오는 무심코 외쳤다.

　"타테와키?!"

　기슭에 쇼코가 서 있었다.

　하지만 뭔가 이상했다.

　복장이나 목소리는 쇼코지만, 일단 두 눈에서 검은 불길이 나오고 있었다.

　거기까지는 좋지만, 두 손목이나 발목, 그리고 허리에서도 불길이 나오는 것처럼 보였다.

"지금 갈 테니까! 거기 있어!"

"어?"

의문스럽게 생각할 틈도 없이, 기슭에 서 있던 쇼코는 탄환 같은 기세로, 한달음에 야스오가 있는 모래톱으로 뛰어왔다.

"우왓?!"

그대로 야스오를 옆구리에 끼더니, 발밑이 미끄러운 것도 개의치 않고 도약해서 그대로 반대쪽 기슭으로 야스오를 데려갔다.

그 경이적인 신체 능력에 놀라는 야스오를 내려놓더니, 쇼코는 야스오의 손을 붙잡았다.

"야스 군, 야스 군이지? 다친 데 없어?! 괜찮아?!"

"어, 어어…… 타, 타테와키는?"

"나는 괜찮아!"

놀라면서도 대답을 하자, 쇼코의 몸에서 나오던 검은 불길이 조금씩 잦아들었다.

"다행이다……! 희미하게 목소리가 들리길래 혹시나 하고……! 다행이다, 정말로 다행이야!"

고작 몇 초 만에 검은 불길은 쇼코의 왼눈을 뒤덮을 뿐이 되었다.

"하아……. 안심했더니 조금…… 힘이 빠졌어."

"아!"

야스오는 당황했다.

쇼코의 눈이 흐려진다 싶더니, 풀썩 무릎을 꿇은 것이다.

"타테와키?!"

"미안……. 조금 힘이 빠져서…… 머리가 어질어질하고……
어디 좀 쉴곳……."

"으, 응, 괜찮아? 부축해 줄 테니까, 저기 큰 나무가, 저기
로……."

"응……. 잘 부탁…… 우엑……."

마치 마도기사처럼 경이적인 움직임을 보이나 싶더니, 그 반
동인 것처럼 쇼코의 안색이 안 좋았다.

야스오는 쇼코를 부축하면서 당장이라도 무너질 것 같은 기슭
을 떠나 숲으로 가서, 제일 넓게 가지를 퍼뜨린 활엽수 줄기에 몸
을 기댔다.

"여, 여기면……."

크고 굵은 나무 밑에 쇼코를 앉히자, 쇼코는 가쁜 숨을 내쉬면
서 나무줄기에 몸을 기댔다.

"미안……. 곧 회복될 테니까……. 조금 빈혈 같아."

"괘, 괜찮아. 분명 아까 그것 때문에 지친 거지. 고마워, 괜찮
으니까."

전혀 상황이 파악되지 않는 가운데 아무래도 공허한 단어가 입
에서 연속으로 튀어나왔지만, 그래도 쇼코와 합류한 것으로 다
소 마음에 여유가 생겼다.

대체 뭐가 어떻게 되어서 이런 상황이 된 걸까.

디아나는, 아버지는 어떻게 된 걸까.

여기는 어디일까.

여기가 진짜로 안테 란데일까.

"하아…… 하아……."

쇼코의 가쁜 숨소리가 조금씩 진정되는 것을 들으면서, 야스오는 비로소 간신히 일이 이렇게 되기까지의 일을 떠올렸다.

※

쇼코를 데려가게 하진 않겠다며 통과를 막았던 게이트 타워에 십몇 년 만에 아버지의 등에 업혀서 다시금 뛰어들었다.

안테 란데까지 편도 두 시간 정도라고 들은 야스오는 설마 열여덟이라는 나이에 아버지의 등에 두 시간 동안 업히나 싶어서 전율했지만, 게이트 타워에 뛰어들어서 입구가 닫히는 동시에 히데오도 디아나도 업고 있던 야스오와 쇼코를 내려놓았다.

"우와."

"엇."

발을 딛고 있는 바닥을 똑바로 볼 수 없어서 야스오와 쇼코는 무심코 비틀거렸다.

하지만 바닥 저 아래까지 펼쳐진 광대한 우주 공간을 연상케 하는 별길 속에서 네 사람은 완전히 평평한 곳에 서 있는 듯한 상태였다.

"이게…… 이세계로 가는 길……."

"이대로 똑바로 걸으면 되는 거야?"

야스오의 질문에 디아나는 고개를 내저었다.

"아뇨, 입구가 닫히면 그 다음은 그대로 운반될 뿐. 딱히 걸을 필요는 없습니다."

"어, 그럼."

"예. 예를 들어서 이대로 잠들어 있더라도 언젠가 안테 란데의 레스티리아 게이트 타워에 도달합니다."

"뭔가 꽤나 간단하네. 실은 지금 눈에 보이지 않는 차 같은 것에 타고 있는 느낌이야."

"억지로 일본의 것으로 비유하자면 움직이는 길이겠지요. 저도 일본에 올 때에 사용한 게 처음이라서 자세하게는 모릅니다만, 사실 진행 방향을 향해 걸어가면 조금은 시간은 단축할 수 있다는 이야기를 들은 적이…… 히데오?"

쇼코의 질문에 대답하던 디아나는 문득 야스오의 뒤에서 히데오가 창백한 얼굴로 주저 앉은 것을 보았다.

"아버지? 왜 그래?"

"괜찮습니까? 몸이라도……."

"차 있는데 드실래요?"

"아, 아니, 괜찮다. 조금 좀 어지러웠을 뿐이야……."

"어이어이, 기운 좀 내."

투덜대면서도 야스오는 묘한 불안에 사로잡혀서 아버지의 등을 쓸었다.

"긴장한 거야?"

"아니, 그건 아냐."

야스오는 기분을 풀기 위해 농담을 던졌지만, 히데오는 험악한 얼굴이었다.

"나와…… 나와 네 엄마는 우리가 어떻게 안테 란데에 갔는지 모르지."

"어, 그러고 보면 전에도 그런……."

"머리가…… 아프다. 뭐지, 이건."

"어이, 아버지?"

"히데오?! 왜 그럽니까?"

"아, 아저씨, 괜찮아요?!"

"어, 어이, 디아나, 그러고 보면 할리어 씨가 중량이 어쩌구 하지 않았어?! 네 명이나 있으니까 무슨 문제가……."

"그, 그럴 리 없습니다! 원래는 저의 귀환과 히데오의 소환용 길밖에 없었습니다만, 이번에는 야스오와 쇼코 몫도 저쪽에서 더해 주었으니까 질량 문제가 일어날 리 없습니다!"

"으, 윽…… 아!!"

"아버지!"

"아저씨!"

"세 사람 다, 내게서 떨어…… 아아아악?!"

별이 소용돌이치는 게이트 타워 안에서 양복 차림의 히데오가 소리치더니 이어서 빛나기 시작했다.

"이, 이 빛, 설마!"

"성검 루타바가!"

"누, 눈이…… 눈을 뜨고 있을 수가……!!"

"디아나!! 야스오와, 쇼코를……!!"

야스오가 들은 것은 거기까지였다.

게이트 타워 안에 있는 모든 별보다도 눈부시게 빛나는 히데오 때문에 모두가 눈을 감고, 그리고 모든 것이 새하얗게 물들었다.

※

게이트 타워 안에서 아버지가 갑자기 몸의 이상을 호소하더니 성검 소환과 같은 빛을 내기 시작했다.

그 빛에 빨려든 이후의 기억이 없고, 정신을 차려 보니 강가의 모래톱에 있었다.

"아버지나 성검이 게이트 타워에 맞지 않아서 무슨 문제가 발생했나?"

게임이나 애니메이션을 평범하게 즐기는 요즘 애들로서, 전력으로 판타지 지식을 동원하여 그렇게 추측했다.

게이트 타워의 마도와 용사 히데오의 성검 루타바가, 혹은 용사 히데오 본인이 어떠한 이유로 궁합이 안 좋았다.

그래서 기능 문제를 일으킨 게이트 타워가 정상적으로 기능하지 않았다.

"그걸 안다고 뭐가 바뀌냐!!"

야스오는 무심코 소리쳤다.

그런 걸 알아 봤자, 지금 야스오와 쇼코가 전혀 모르는 장소에 고립되었다는 사실은 변함없다.

"제길…… 일단 아버지를 불러야……"

일단 이상 사태임은 틀림없다.

다행스럽게도 쇼코와는 합류했고, 디아나는 어떤 사태라도 그리 간단히 위험에 빠질 만한 사람이 아니다.

그렇다면 일단 아버지와 합류해야 한다.

야스오는 가볍게 헛기침을 하고 낭랑하게 주문을 외우기 시작했다.

[용사 히데오는 활짝 트인 대지의 자유를 움켜쥐는 자로다. 펼쳐라, 날개. 날아라, 꽃잎. 모여라, 푸른 하늘에 비치는 햇빛. 바람의 화신, 성검 루타바가. 내 목소리에 응하여 현현하라.]

"하아……하아."

잠시 동안 야스오의 귓불을 때리는 것은 빗방울이 나뭇잎에 떨어지는 소리와 빗줄기 너머에 있는 강이 흐르는 소리와 쇼코의 숨소리뿐이었다.

"어……?"

아무 일도 일어나지 않는다.

아버지의 성검 루타바가 소환의 주문.

야스오가 그것을 외우면 신 요코하마에서 토코로자와까지의 거리라도 소환할 수 있을 터인 아버지가 나타나지 않는다.

"어……?"

갑작스럽게 심장이 가쁘게 뛰었다.

뭔가 주문을 잘못 외웠나?

다급히 주머니에서 휴대폰을 꺼내서 메모장 앱을 열었다.

야스오는 루타바가 소환의 주문을 휴대폰과 수첩에 베껴 놓고, 만에 하나 잊어버릴 때를 대비했다.

그러니까 메모해 놓은 주문을 몇 번이나 한 구절 틀림없이 발성했는데도, 역시나 아버지도 성검도 나타날 기색이 없는 것에 크게 동요했다.

"어, 어이, 농담이지?"

여태까지 이상 사태였음에도 불구하고 차분할 수 있었던 것은 여차하면 아버지를 부를 수 있다는 마음의 방파제가 있었기 때문이다.

하지만 지금 야스오의 마음속 기초건축이 단숨에 붕괴했다.

"어, 어떻게 된 거야, 이거, 대체……."

하지만 사태는 야스오에게 당황할 틈도 주지 않았다.

"야스 군……!"

갑자기 옆에서 쇼코가 야스오를 껴안더니 그 손으로 입을 막았다.

"으읍……."

무슨 일이냐고 말하려고 했지만, 귓가에서 쇼코의 긴장한 속삭임이 들려서 몸이 굳었다.

"뭔가 커다란 게 다가오고 있어. 조용히."

하지만 야스오에게는 아무것도 들리지 않았다.

오히려 옆에서 쇼코가 껴안고 있다는 자세 때문에, 자기 심장 소리가 왜인지 크게 들렸다.

그대로 1분 정도.

야스오에게는 가까운 여자와의 완전 밀착이라는 긴장 상태 속에서 무한에 가까운 시간이었지만, 간신히 그 소리가 들려왔다.

빗줄기 너머에 있는 나무들이 뭔가 커다란 것에 밀려 쓰러지는 듯한 소리가 났다.

그리고 굵은 뭔가가 지면을 밟는 소리.

쇼코의 말처럼 뭔가 거대한 것이 다가오고 있었다.

"아마 뒤쪽에서. 나무가 있으니까 우리 모습은 보이지 않을 텐데……."

쇼코의 속삭임도 아마 긴장하고 있었다.

이윽고 '거대한 것'의 호흡소리인 듯한 것이 들렸다.

이미 두 사람이 어떻게 할 수 있는 거라고는 그저 그 '거대한 것'이 자신들을 모른 채 어디로 가 주기를 빌면서 나무줄기 뒤에 웅크리는 것뿐이었다.

숨소리가 꽤나 높은 곳에서 들렸다. 적어도 야스오의 키보다도 1미터 가까이 높은 위치에서 숨소리가 나고 있었다.

게다가 비가 내리는데도 불구하고 이 짐승 비린내는 뭘까.

비와 흙냄새 속에 분명히 섞여 있는 이취는 다가오는 거대 생물의 숨결이다.

"……!!"

야스오와 쇼코가 숨은 나무줄기 너머에서 생물이 방향을 전환하는 기척이 있었다.

그래도 성큼성큼, 생각 외로 빠른 이동 속도로 멀어져 가는 소리가 충분히 멀어졌다고 판단했을 때, 두 사람은 간신히 서로에게서 떨어져서 나무줄기 뒤에서 슬며시 '그것'을 훔쳐보았다.

야스오는 지구의 생물을 모두 아는 게 아니다.

하지만 코끼리보다 커다란 덩치에 악어 같은 비늘을 두른 생물이 일본에 존재하지 않는 것 정도는 안다.

야스오는 그 정체 모를 생물의 등이 빗줄기 너머로 사라지고 발소리가 들리지 않게 되어도 그 방향을 지켜보는 채로 움직일 수 없었다.

"야스 군…… 역시 여기는……."

멀어져 가는 미지의 생물에게서 눈을 떼지 못하는 쇼코의 중얼거림에, 야스오 또한 멍하니 대답했다.

"그래……. 안테 란데야. 우리……."

"조난……했네."

활엽수림에 쏟아지는 빗속에서 쇼코의 목소리는 메말라 있었다.

"하아……. 일단 몸은 좀 괜찮아졌어……. 야스 군은 몸 괜찮아?"

정체 모를 거대 생물의 존재가 눈으로도 귀로도 잡히지 않게 되었을 무렵, 쇼코는 간신히 일어났다.

조금 전까지 새하얗던 뺨에 약간이나마 붉은 기운이 돌았다.

"나는…… 타테와키 덕분에 간신히. 타테와키야말로…… 괜찮아, 그거?"

야스오는 조심조심 물었다.

쇼코의 안색은 분명히 돌아왔다.

하지만 왼눈에서는 시이의 검은 불길이 계속 나오고 있었다.

"아, 이거? 왠지 이 이상 사라지질 않네. 하지만 괜찮아. 정신을 차린 뒤로 한 시간 정도 계속 이러니까."

"하, 한 시간?!"

이 말은 쇼코가 의도한 이상으로 야스오에게 큰 임팩트를 준 모양이다.

적어도 쇼코와 야스오는 한 시간 이상 이 미지의 장소에 조난했다는 소리다.

그리고 아버지도 디아나도 이쪽을 도우러 올 만한 상황이 아니다.

더 말하자면, 자기가 강의 모래톱에 있었다면, 한 시간 정도라고 해도 쇼코 혼자서 그 거대 생물이 있는 숲 속에 고립되어 있었다는 소리다.

"정말로 다행이야……. 아무 일도 없어서……. 아니, 무슨 일이 있었으니까 그렇게 된 거겠지만."

아무 일도 없지 않았던 것은 쇼코의 왼눈이 증명하고 있지만, 쇼코도 야스오가 말하려는 바를 이해하고 살짝 미소 지었다.

"뭐……. 나도 자세한 이유는 모르지만……. 이번에는 여기에 감사해야겠네."

"어?"

"왠지 말이지. 지금도 그렇고 아까도 그렇고…… 많이 나오면, 잘 들리고 잘 보여. 몸도 가벼워지고. 다만 아까까지 지쳤던 것은 그런 파워업 시간이 끝난 탓이 아닐까 해. 이렇게 말하면 왠지 위험한 약이라도 한 거 같네……. 하하하."

빠르게 그렇게 말했지만, 쇼코의 그 분석은 야스오로서도 납득할 만했다.

조금 전까지의 쇼코는 야스오보다도 압도적으로 빠른 타이밍에 그 생물의 접근을 감지했다.

모래톱에서 야스오를 구해낸 그 신체 능력은 시이에게 완전 지배당했을 때의 신체 능력에 가까운 듯했다.

"그 덕분에 나는 살았어. 지금도, 아까도."

"그래? 하지만 이래선 누가 용사 후보인지 모르겠잖아."

그렇게 말한 쇼코는 미소 지으면서도 어딘가 안도한 듯한 얼굴로 고개를 끄덕였다.

"일단 물어보겠는데, 야스 군, 여기가 어디인지는."

"아니, 전혀 몰라."

"그렇겠지. 야스 군하고 만나기 전에 아주 조금 주위를 서성거렸는데, 장난 아냐. 잡초 하나만 봐도 명백히 여기가 일본이 아니란 느낌이야. 게다가 아직 디아나 씨나 아저씨의 모습이 어디에도 없고……."

"응……."

"일단 묻겠는데, 아까 그건 아저씨를 부르는 주문이지? 성공했어?"

"아니, 평소에는 엄청난 빛과 함께 바로 아버지가 나타나. 그게 없다는 소리는……."

"최악이네……. 이건 역시 내 탓일까."

"어? 왜?"

뜻하지 않은 말에 야스오는 눈을 둥그렇게 떴지만, 쇼코는 진지한 기색으로,

"나는 이러니까."

진지한 표정으로 자기 왼눈을 가리켰다.

"시이라는 건 안테 란데 사람들의 적이잖아? 적이나 마물을 튕겨내는 결계 같은 거에 내가 걸렸으니까 본래 제대로 작동해야 할 전이 마법이 이상하게 작동했거나."

쇼코는 쇼코대로 현대 아이답게 사태의 원인을 추측했던 모양이다.

야스오는 아버지의 성검이 원인일 거라면서 쇼코의 생각을 부정했다.

"아버지도 어머니도 처음에 안테 란데에 왔을 때에는 게이트 타워를 쓰지 않았다고 그랬어. 아마도 이번 원인이 어디에 있냐 하면 아버지와 성검이야. 기억해? 게이트 타워에 들어온 직후에 아버지가 빛났잖아. 아마 그거 때문이야."

"그런가……."

이번에는 쇼코의 얼굴에 안도의 기색이 보이지 않았다.

"그래서 어떻게 할까?"

"아무튼 이럴 때는 '사람이 사는 곳을 찾는다' 지. 또 물하고 식량?"

"도시락하고 차하고 과자를 조금 가져왔는데……. 하지만 정말로 도시락 1인분뿐. 아……. 아까 야스 군을 도울 때 뛰다가 안이 엉망진창이 되었겠네."

"나는 도시락이 없는데…… 물이랑 과자는 있지만."

"아, 또 인스턴트 된장국 가져왔어."

"된장국?"

"흔히 해외여행 나갈 때 죽을 만큼 일식이 고프다고 하잖아. 최소한 1주일 체재한다고 했으니까 네 팩만."

"그렇군."

어떤 동기든지 안심하고 입에 넣을 수 있는 음식은 조금이라도 많은 편이 고맙다.

"아, 하다못해 조금 날씨가 좋았으면."

"그런가, 나는 비가 와서 다행이라고 생각해."

"어, 그래?"

"응, 아마도…… 그럼."

"그래. 어디로 움직일까."

두 사람은 힘없이 천천히 일어섰다.

"야스 군, 우산 같은 건?"

"일단 이런 거지만."

야스오가 꺼낸 것은 휴대용 접이식 우산이었다.

"없는 것보단 나을까?"

"응. 어지간히 발밑이 불안한 곳이 아니라면."

"그래. 이 숲의 나무들은 꽤 가지가 울창하니까 나무 밑이면 그리 젖지 않겠고."

"어디로 갈래?"

"강가……라고 하고 싶지만."

삼림지대를 지나는, 호안 공사가 되어 있지 않은 하천에 접근하는 건 자살행위다.

적어도 비가 내리는 동안 그렇게 흐름이 빠른 강에 접근하는 건 좋은 생각이 아니다.

비로 시야가 안 좋은 데다가 물살에 기슭이 깎여나가서 갑자기 발밑이 무너질 가능성이 있다.

"저쪽이 아닐까."

"괜찮을까……?"

야스오가 가리킨 곳은 조금 전의 그 정체 모를 거대 생물이 지나간 방향이었다.

"꽤 시간이 지났고, 괜찮을 거야. 그리고 비도 오고."

"비?"

"그 녀석, 우리 바로 옆을 지났는데도 우리를 몰랐어. 아마도 비가 냄새를 지워 준 거야. 그렇지 않으면 아마도 우릴 알아차리고 반응을 보였을 거야. 그리고…… 주위 나무들일까. 뒷모습밖에 못 봤지만, 아마도 그건 육식 동물이 아냐."

"어떻게 알아?"

"주위 나무들에 비교해서 그렇게 큰 걸 보면, 그 몸을 유지하기 위해 먹는 건 이 숲에서 가장 대량으로 존재하는 것이란 소리야."

"즉 나무나 풀이다?"

"뭐, 지구의 상식으로 보자면."

상황에서 추측할 때, 두 사람은 틀림없이 안테 란데에 왔다.

그렇다면 일본이나 지구의 상식에 따르지 않는 사태가 기다리고 있을 가능성은 부정할 수 없다.

　지구에서 일반적으로 생각할 수 있는 먹이 사슬에 따르지 않는 생물, 혹은 괴물이 존재할 가능성은 충분히 있다.

　있을 법한 것을 말하자면 세간에서 슬라임이라고 부르는, 유기물을 녹여서 포식하는 괴물.

　고블린 등으로 불리는 인간형의 아인종이나 거대화하여 높은 포식 능력을 가진 식충 식물.

　더 말하자면 본래 존재한 먹이사슬의 섭리를 뒤엎는 이형의 마물. 예를 들어서 마왕 콜이 불러낸 악마의 잔당 등이 있다.

　"그러니까 타테와키, 천천히 가자. 항상 주위를 살피고, 조금이라도 이상하다 싶은 게 있으면 반드시 멈춰 서서 서로 그걸 관찰하고 안전을 확인하는 거야. 절대로 서로가 보이지 않는 장소에는 가지 않도록 하자."

　"그래……. 어어, 저기, 혹시나."

　"화장실?"

　"……! 그, 그런데!"

　야스오가 쉽사리 화장실이라는 단어를 말했기에, 쇼코는 또 얼굴을 붉혔고 왼눈의 불길도 조금 커졌다.

　하지만 야스오는 진지한 표정인 채로 주위를 둘러보고 말했다.

　"그것만큼은 어쩔 수 없지. 하지만…… 아, 그래."

　야스오는 자기 가방 안에 레스티리아 체재 중의 한가한 시간에 읽을까 싶어서 가져온 영단어 사전이 들어 있던 것을 떠올렸다.

　"종이는 사전의 페이지를 찢어서 쓰자. 보통 종이라도 좀 구기면 쓸 수 있겠고."

"그, 그래."

"그리고…… 저건가."

야스오는 그 거대 생물이 지나간 뒤에 떨어진, 찢어진 덩굴 같은 것을 조심조심 주워 보았다.

"다행이다. 꽤 길어. 몸을 숨길 때는 이 덩굴 끝과 끝을 잡고 있자."

"짜, 짧지 않아?"

야스오가 주워 든 덩굴은 기껏해야 2미터 정도밖에 안 되었다.

"그럼 어디서 더 이어야. 서로의 시야에서 사라질 때는 이 덩굴을 반드시 쥐고 있기. 숲 속은 목소리가 울려서 방향을 알기 어려워. 너무 길게 했다가 매듭이 끊어져도 의미가 없으니까……. 부끄러운 건 알겠지만, 서로가 5미터 이상 떨어지는 건 피하고 싶어."

"아, 알았어. 어떻게든 참을게."

"그렇지, 타테와키. 땅 팔 만한 도구 가지고 있어?"

"삽 같은 거? 그런 건 아무래도 없어."

"그렇지. 뭐, 비로 지면이 물러졌으니까 한동안 괜찮을까. 부러진 나뭇가지를 찾아야지."

"으, 응. 하지만 그런 걸 왜?"

"똥을 파묻게."

"뭐어?!"

"이거 중요해. 안 그러면 큰일 나."

배설물 처리는 캠프나 등산 등에서 반드시 지켜야만 하는 매너와 룰이라고 야스오는 역설했다.

"아까 그건 육식 동물이 아닐지도 모르지만, 중형 육식 동물은 포식생물의 것이 아닌 똥이 있으면 모여들어."

"그, 그래?"

"곰 같은 게 그렇지. 또 생태계를 어지럽히게 돼. 똥은 마킹의 증거니까, 함부로 남겼다간 초식 동물의 영역을 뒤엎게 되어서 초식 동물까지 이쪽을 적으로 볼지도 몰라."

"아, 알았어, 알았다고, 으으……. 최악이야. 뭐가 슬퍼서 단둘이 있는데 이런 이야기만……."

"왜 그래?"

"아무것도 아냐! 또 주의할 거 있어?!"

"으음……. 그리고 둘 다 장갑이 없으니까, 나무나 풀은 되도록 만지지 않는 정도일까. 독이 있는 벌레가 있거나 식물 표면에 있는 잔털에 독이 있는 경우가 있고."

"알았어……. 하아. 그렇긴 해도 야스 군은 야생 생활을 꽤 잘 아네."

"유서브웨이에서 외국인 아저씨가 야생 생활을 하는 동영상 시리즈가 있어. 어지간한 다큐멘터리보다 훨씬 재미있어. 동영상을 기반으로 한 서바이벌 책 같은 것도 일본어로 출판되었는데 나는 꽤 좋아해."

"아……. 왠지 우리 반 남자애들이 말하는 걸 들은 적이 있어. 웃는 얼굴로 벌레나 뱀 같은 걸 먹는 사람 동영상 말이지…….

벌레는…… 싫은데."

"물론 그렇게 되지 않기를 바라지만……. 안테 란데의 벌레는 아무래도 먹고 싶지 않아."

"지구에서도 먹고 싶지 않아! 난 술집 딸이긴 하지만, 메뚜기 조림만큼은 지구에서 그 이외의 식량이 다 없어질 때까지 먹지 않기로 맹세했어!"

"그, 그렇구나. 뭐, 아무튼 갈까. 녀석이 지나가고 꽤 지났어. 뒤를 쫓을 수 없어지면 정말로 길을 잃어. 일단은 걷자."

야스오는 그렇게 말하더니, 가방 안쪽에서 꺼낸 접이식 우산을 폈다.

"작네."

야스오가 가져온 것은 본래 최소한밖에 비를 막을 수 없는, 컴팩트한 점이 장점인 우산이었다.

"정말로 없는 것보다는 나은 정도지만, 이건 이거대로 장점이 있으니까. 자, 가자. 발밑 조심하고."

"응, 알았어."

아직 용사도 마도기사도 아닌 켄자키 야스오는 극히 자연스럽게 쇼코에게 손을 내밀었다.

왼눈에 인간의 적이라는 증거인 검은 불길을 담은 타테와키 쇼코는 자연스럽게 그 손을 잡았다.

"야스 군……."

"응?"

손이 겹친 순간, 조금이지만 쇼코의 왼눈의 불길이 작아졌다.

쇼코는 작아진 불길 안쪽의 눈동자로 미소 지으면서 말했다.

"불안한 건 야스 군도 마찬가지겠지만…… 믿고 있어."

"힘내 볼게."

거기선 맡기라고 말하지 못하는 것이 용사의 아들의 슬픈 점이다.

하지만 모험은 겁이 많으면 많을수록 살아남을 확률이 올라간다.

켄자키 야스오의 '모험'이 진정한 의미로 시작된 때가 언제인지 묻는다면, 바로 이 순간이겠지.

※

그 길 아닌 길을 만든 거대 생물을 야스오는 멋대로 [비늘코끼리]라고 명명하고, 쇼코의 손을 잡고서 신중하게 따라갔다.

삼림지대에 무겁게 내리는 비에는 야스오의 컴팩트 접이식 우산도, 쇼코의 비상용 비옷도 거의 의미가 없었다.

야스오도 쇼코도 저쪽에서 바로 눈에 띄지 않는 옷으로 갈아입을 예정이었기 때문에, 발에는 평범한 운동화를 신었고, 옷은 셔츠에 얇은 파카 정도뿐이었다.

지금 있는 지역은 겨울이 아닌 모양이지만, 젖어서 축축한 옷의 무게로 꽤나 쌀쌀했다.

"아, 이런."

"야스 군!"

야스오가 비늘코끼리의 발자국이 만든 커다란 웅덩이를 잘못 디뎌서 복숭아뼈까지 진흙투성이가 되었다.

"으으……. 왠지 기운 빠지네."

"조심해."

쓴웃음을 짓는 두 사람은 아직 체력이 충분히 남아 있었다.

"하지만 다행이야. 계속 걷다 보니 주의가 산만해졌어. 여차."

둔한 소리와 함께 야스오는 발을 빼냈다.

"걷기 시작한 지 얼마나 지났을까?"

"글쎄, 한 시간 반 정도일 텐데."

두 사람에게 다행이었던 것은 평탄한 땅이 계속되었다는 점이다.

적어도 표고차가 있는 산지가 아닌 만큼 추락이나 낙석 같은 것을 걱정하지 않아도 되고, 자연 그대로인 듯한 산을 오르내리고 있으면 평지를 걷는 것보다 몇 배나 지친다.

일을 볼 때도 평지면 서로의 위치를 확인할 수 없는 일도 피할 수 있고, 실제로 덩굴을 더 찾을 수 없기도 했기에 서로 일을 볼 때는 시야 아슬아슬한 곳까지 떨어진 나무 뒤에서 처리하는 경우도 있었다.

"이제…… 한계야, 진짜……."

쇼코로서도 푸념은 하고 싶지 않지만, 현대 일본에 사는 인간으로서 아무런 이유도 없이 야외에서 일을 보고 그걸 자기가 처리하는 경험은 안전이 확보된 캠프가 아닌 이상 절대로 하고 싶지 않은 일이다.

"어디까지 이대로 갈 거야?"

"뭔가 실마리가 나오든가, 아니면 문제가 발생하든가, 그게 아니면."

"안전한 은신처를 발견하든가 말이지. 비늘코끼리는 안전한 생물일까."

"야생 생물에게 안전이란 없어. 그러고 보면 예전에 생물 수업에서 들은 이야기인데, 인간에게 가장 피해를 내는 동물이 야생 포유류란 거 알아?"

"들은 적 있어. 하마랬나."

"정답."

코미컬하고 친근한 외견으로 일본인에게 인기 있는 하마지만, 사실 야생 하마의 성격은 사납다고 할 수밖에 없다.

영역에 들어온 침입자는 설령 같은 하마라고 해도 결코 용납하지 않는다.

지상을 달리는 속도는 시속 40킬로미터. 어지간한 모터보트로도 도망칠 수 없을 정도의 수영 실력에, 상징적인 그 턱에 씹히거나 거구에 치이는 등의 일로 아프리카에서는 연간 3천 명 가까운 인간이 하마에게 목숨을 잃는다.

또한 온화하며 사람을 잘 따르는 성격으로 알려진 코끼리지만 최근 동부 아시아에서는 인가나 차를 공격하는 야생 코끼리의 증가가 문제시되고 있다. 그 사례만 봐도 '육식 동물이 아니니까 안전'이라는 환상을 바로 버려야 한다.

"그러니까 너무 접근하고 싶지 않고, 혹시 무리를 짓는 생물이라면 위험하다고 생각해."

"둥지로 돌아가든가 하는 거면 어쩌지?"

"돌아갈 수밖에 없겠지."

야스오는 여태까지 지나온 길을 돌아보았다.

"비만 오고 있으면, 무리와 조우해도 어떻게든 피해서 도망칠 수 있을 거야."

"가능하면 비가 내리는 동안에 숲을 빠져나가고 싶어."

"그래……. 하지만 지금은 가능하면 안전하게 쉴 수 있는 장소가 필요해."

사자나 호랑이 등의 고양잇과 육식 동물은 인간이 상상하는 이상으로 나무를 잘 타고, 기린이나 영양 같은 대형 초식 동물은 영역 의식이 강하며 공격성이 높다.

하물며 생태계를 전혀 파악할 수 없는 이세계에서 모습을 드러낸 야숙은 자실 행위 이외의 무엇도 아니다.

"하지만 그도 그래. 날이 맑으면 방향이나 숲을 나갔을 때의 거리감 같은 것도 알 수 있겠지만, 비는 비대로 장점이 있네."

"거리."

"그래. 안테 란데는 이세계지만, 디아나 씨나 할리어 씨가 일본에서 극단적으로 잘 움직일 수 있게 되었다든가, 잘 안 움직이게 됐다는 소리는 한 적이 없잖아?"

"아하, 그러고 보면……."

"그렇다면 안테 란데는 어쩌면 지구와 비슷한 질량을 가진 별이 아닐까 해."

"별?"

"어쩌면 코끼리나 거북이가 버티고 있는 평면세계라고 생각했어?"

"그건 또 뭐야?"

"인도 신화."

하얀 숨을 내뱉으며, 앞머리에 맺힌 물방울을 털면서 쇼코는 하늘을 올려다보았다.

"나랑 야스 군이 합류한 뒤로 조금씩 주위가 어두워졌어. 그렇다면 하늘에서 태양이 움직인다는 소리야. 혹은 지면이 움직이든가. 그런 식으로 땅이나 나무나 비, 또 중력 같은 게 우리에게 주는 영향은 체감할 수 없을 정도로 변화가 적어. 그렇다면 행성의 직경이나 질량, 조성, 항성과의 거리, 대기의 주성분, 자전 속도 같은 건 지구와 거의 다르지 않다고 생각해도 돼. 이세계라는 건 지구상에 겹친 여러 차원 중 하나가 아닐까 싶기도 해. 아, 이 경우의 차원은 삼차원, 사차원의 이야기가 아니라 패럴렐 월드라는 이야기거든?"

"그, 그렇군……."

그렇게 말하면서도 야스오는 쇼코의 말을 쫓아가느라 필사적으로 잘 이해하지 못했다.

"내 키가 152센티미터고, 시선 높이가 대충 142센티미터, 안테 란데의 반경이 지구와 마찬가지, 어어, 약 637킬로미터라고 치고……. 어어, 이렇게, 이렇게, 이러니까……. 가령 해발이 낮고 탁 트인 땅에서 지평선이 보인다면, 그 너머는 별이 둥글어서 안 보인다는 소리야. 그러면 눈에 보이는 범위에 있는 것은 대략 사방 4.5킬로미터라고 생각하면 돼."

"어, 어어, 왜?"

"간단한 피타고라스의 정리야. 중학교 수학의 범위거든?"

"윽."

문과 쪽으로 진로를 결의한 지 오래된 야스오로서는 한동안 못 들은 말이었다.

직각삼각형의 두 변의 길이를 알면 나머지 한 변의 길이를 알 수 있는 정리라는 것은 야스오도 기억한다.

하지만 공식을 사용해서 뭘 어떻게 한다는 기억은 꽤나 흐릿했고, 또한 쇼코의 키와 별의 직경은 단위에 차이가 너무 크고, 애초에 지구의 반경은 기억도 못 한다.

"뭐, 지금 서 있는 지면의 표고에 따른 거긴 하지만, 이렇게 걸어도 숨이 가쁘거나 머리가 멍하지도 않은 걸 보면 여기는 꽤 해발이 낮은 장소가 아닐까?"

쇼코가 말하는 것은 두 사람에게 고산병의 증상이 나오지 않는다는 이야기겠지.

표고가 높아지면 혈류가 운반하는 산소가 적어지거나 몸 곳곳에 문제가 생긴다.

"내 경우는 어쩌면 이거 탓일지도 모르지만, 야스 군은 아니잖아?"

쇼코는 왼눈에 있는 시이의 불꽃을 가리키며 웃었다.

"더불어서 방향을 알 수 있으면 참 좋겠지만."

"내 손목시계는 아날로그인데, 이걸로 알 수 있지 않아?"

"어, 짧은 바늘을 태양 쪽으로 향한다는 그거?"

"응, 그거."

야스오는 추리 소설인지 어딘지에서 나침반 없이 북쪽 방향을 아는 방법이 나온 것을 떠올렸지만, 쇼코는 고개를 내저었다.

"안 될걸. 여기가 북반구인지 남반구인지 몰라. 그거 남반구면 방법이 달라."

"그런가."

"그리고 계절이나 위도의 문제로 정확한 북쪽을 가리키는 장소는 적어. 또 북두칠성이나 북극성을 쓰는 수가 있지만, 이건 자기 위치가 어디인지로 이야기가 다르고. 애초에 그건 정오가 되면 태양이 제일 남쪽에 온다는 게 전제니까. 일본에서는 정확하게 남쪽에 오는 효고 현의 아카시에서 멀어지면 멀어질수록 어긋나."

"그런 걸 잘도 아네."

"지구과학 수업에서 들었어."

"사야마자와 고등학교는 지구과학 수업이 있구나. 우리 학교에는 그거 없어. 이과는 사실상 물리나 화학 중 선택이고, 생물은 별로 중요시하지 않아."

"뭐, 분명히 입시 과목으로 택하는 사람은 적은 모양이지만."

거기까지 말하다가 야스오는 갑자기 웃음이 나왔다.

"설마 이세계에 와서까지 입시 이야기를 하다니."

"서로 입시생이니까. 본래 용사니 시이니 할 틈이 없잖아. 하이킹 데이트라고 해도 이런 타입의 자극은 필요 없었어."

"하이킹 데이트라."

"그렇게 생각하지 않으면 못 해 먹겠어."

분명히 방향도 모르는 이세계에서, 의지할 만한 상대도 없고 준비도 부족한 상태로 조난해서는 정체 모를 거대 생물을 목숨 걸고 쫓아가고 있다.

쇼코는 말한 뒤에야 부끄러워져서, 야스오의 손을 잡은 손에 힘을 주다가 자기 왼눈을 눌렀다.

"그, 그러고 보면 설산에서 서로 몸을 데워 주는 그거 있잖아."

"뭐?!"

"실제로 해 보면 밀착하지 않은 곳으로 체온이 빠져나가서 몸이 식고 저체온증 오니까, 이상한 기대 하지 마."

"아, 안 해! 그, 그쪽이야말로 이상한 소리 하지 마!"

"나를 안테 란데에 데려올 때까지 실컷 이상한 소리 한 주제에 잘도 말하네."

"우우……. 그, 그건……. 저기……. 미안, 실은 그 뒤에……."

"디아나 씨가 화냈어?"

"뭐든지 다 아네."

"혹시 내가 듣기 좋으라고 대답한 거라면, 야스 군은 절대로 바람 못 피울 거라 생각해."

"그, 그러니까……."

이런 상황인데, 아니, 이런 상황이기 때문일까.

야스오와 쇼코는 이상하게도 친근한 화제를 꺼냈다.

비늘코끼리의 추적이 순조로운 건 물론이지만, 그 이상으로 두 사람의 정신 상태가 그렇게 만들었다.

평소 같은 화제로 서로를 격려하지 않으면 불안하기 짝이 없다.

식량은 적고, 숲이 얼마나 계속될지도 모른다.

걷기 쉽고 위험을 피할 수 있다는 이유로 비늘코끼리를 쫓고 있지만, 어쩌면 숲 안쪽으로 들어가는 걸지도 모른다.

조금씩 주위가 어두워지는 것도 두 사람의 불안을 부추겼다.

비가 내리는 숲속의 밤.

시내의 가로등이 당연한 세계에서 산 두 사람에게, 그것은 상상도 할 수 없을 정도로 두려운 밤이다.

시이와는 다른, 인류 문명 이전부터 계속되는 원시적인 어둠이다.

빛이 인간 세상을 수호하는 결계라고 한다면, 여기는 인간 세상 밖에 있는 장소다.

그리고 인간은 그런 장소에서 너무나도 무력하다.

그 소리를 들었을 때, 두 사람의 발걸음이 처음으로 멎었다.

"야, 야스 군. 지, 지금 건."

조금 전까지 밝고 기운차게 행동하던 쇼코의 목소리가 떨리고 있었다.

"괘, 괜찮아. 아, 아, 아직 머니까."

대답이 더듬거려서는 설득력이 없다.

숲의 나무들과 내리는 빗방울 틈새를 누비며 두 사람의 귀에 닿은 것은 울음소리였다.

일본에 살면서 육식 동물이라는 말에 떠올리는 것은 사반나나 정글 등의 야생의 왕국에 군림하는 고양잇과 생물이다.

사자, 호랑이, 치타, 표범 등이 그 대명사겠지.

그 다음은 실질적으로 인적 피해가 많이 확인된 곰일까.

이것들은 사파리 파크나 동물 등에서 직접 볼 기회도 많고, 그만큼 가까운 존재이기도 하다.

그러니까 평소에 접촉할 일 없는 위협을 두 사람은 여태까지 잊고 있었다.

늑대다.

무기가 없는 인간이 숲속에서 늑대에게 찍히면 저항할 방법 따윈 없는 거나 마찬가지다.

늑대는 영역 의식이 강한 생물이고, 고도로 통솔된 무리로 사냥을 하는, 사회성 강한 헌터다.

어쩌면 두 사람은 처음부터 이 땅의 늑대나, 그와 유사한 생물의 영역에 들어와 있었던 게 아닐까.

"조금…… 서두르자."

뭔가 대책이나 이유가 있어서가 아니다.

하지만 야스오의 그 제안에 쇼코도 말없이 고개를 끄덕이고, 비 오는 숲을 걷는 두 사람의 발걸음이 빨라졌다.

울음소리는 그 뒤로도 간간이 들리고, 주위도 점점 어두워졌다.

두 사람의 표정에서 조금 전 같은 여유는 보이지 않게 되었다.

그저 뭔가에 쫓기듯이 비늘코끼리가 지나간 길을 계속 나아가는 것 말고는 할 수 있는 일이 없었다.

처음에 울음소리를 들은 지 야스오의 체감으로 한 시간 정도 지나고 갑자기 사태가 급변했다.

"길이……."

비늘코끼리의 길이 갑자기 사라진 것이다.

숲속에 갑자기 뻥 하고 나타난 광장에서 비늘코끼리의 발자국이 홀연히 사라졌다.

그리고 숲은 계속되었다.

"어, 어쩌지?"

마치 두 사람의 불안을 비웃듯이 쇼코의 목소리에 울음소리가 겹쳤다.

"강이야. 강으로 나가자."

야스오의 결단은 빨랐다.

"달리 길이 없어. 토사 붕괴가 일어나거나 범람할 만한 비도 아냐. 강변으로 나가면 조심하기만 하면 어떻게든 될 거야."

다른 지침이 있는 것도 아니라서 쇼코도 딱히 반대하지 않았다.

하지만 여태까지 계속 들리던 강 소리가 귀를 기울여도 잘 들리지 않았다.

비늘코끼리의 길은 생각 외로 강에서 멀어지는 각도로 갔을까.

"아무튼 아마 이쪽이야. 강 소리, 계속 왼쪽에서 들렸고."

"그래……. 하지만 조금 돌아가자. 여기서 그쪽 방향으로 가는 건 꽤나 후미진 곳을 통과해야만 해. 길을 조금 돌아가서 지나가기 쉬울 곳을 찾자."

"늑대, 괜찮을까?"

"그건 불안하지만, 못 지나갈 곳은 못 지나가고……."

"마법으로 어떻게 안 돼?"

"한심한 이야기지만, 공격 마법은 빵점이야. 힘이 다 빠져서 쓰러져. 차라리 노도카한테 더 재능이 있어. 치유 마법이나 시이의 전송으로는 내가 재능이 있는 모양이지만."

"그건 그거대로 대단하지만, 다쳐서 그 힘에 기대는 사태에는 빠지고 싶지 않아."

"하지만 여차할 때는……."

다쳐도 치유가 가능하다. 그 자체는 커다란 어드밴티지다.

그러니까 순간 두 사람 사이에 긴장이 완화되었지만,

""!!""

그런 두 사람을 비웃듯이 여태까지보다도 압도적으로 가까운 장소에서 울음소리가 들렸다.

쇼코의 눈이 크게 벌어지고, 야스오는 거의 반사적으로 접이식 우산을 버리고 쇼코의 손을 잡더니 여태까지 온 길을 역주하기 시작했다.

하지만 그래도 도망칠 수 있을 만한 상황이 아니란 것은 명백했다.

처음 소리가 신호인 것처럼, 갑자기 주위에 무수한 기척이 생겨났다.

"이, 이렇게나!"

지금 보고 있는 왼쪽만 해도 최소한 중형 동물이 열 마리 이상

달리고 있었다.

늑대로도 보이지만, 세세한 부분을 관찰할 수 있을 만큼 여유가 있지 않았다.

진창길을 역주하면서 야스오는 자기 예측이 부족했음을 후회했다.

처음에 울음소리가 들린 시점에서 자신들은 이미 이곳 동물들의 사냥감이었다.

초식 동물로 보이는 비늘코끼리가 사라진 시점에서 경계해야했을지도 모른다.

"야스 군!!"

비명과도 가까운 쇼코의 목소리에 야스오는 반응할 수 없었다.

옆을 달리던 동물 두 마리가 야스오의 아득한 전방으로 돌아가서 급반전하여 돌진해 온 것이다.

위와 아래에서 탄환 같은 기세로 돌진해 오는 동물의 머리에는 금속처럼 빛나는 비늘과 뿔이 있었다.

"!!"

마법을 발동하려고 했지만, 이미 늦었다.

마르픽의 팔찌를 파괴했을 때와는 상황이 전혀 다르고, 야스오는 애초에 마법을 이용한 공격을 투척할 수 없다.

야스오는 팔을 물어뜯길 걸 각오하고 적을 잡고 전격 공격을 감행하려 했다. 그러기 위해 등 뒤의 쇼코를 감싸듯이 몸을 크게 펼치고 비늘뿔의 동물과 맞서려고……

"하아압!"

그 순간 야스오의 뒤에서 기합 소리와 함께, 당장 야스오의 몸을 물어뜯으려고 이빨을 드러내던 동물 두 마리가 좌우로 날아갔다.

"어……?"

야스오는 눈앞에서 일어난 일을 믿을 수 없었다.

"후우우……!"

사나운 숨소리.

솟구치는 불길.

그것은 강의 모래톱에서 야스오를 구할 때와 마찬가지로, 두 눈에서 검은 불길을 내고 있는 쇼코였다.

역시 눈동자만이 아니다.

두 손목, 두 발목, 그리고 허리에서도 액세서리처럼 시이의 불길이 나오고 있었다.

"타, 타테와……."

"하아아아아아!"

하지만 목소리는 여전히 쇼코였다.

토코로자와에서 시이에게 완전히 몸을 빼앗겼을 때처럼, 피가 얼어붙고 신경을 뒤흔드는 무시무시한 소리가 아니다.

시이에게 잡아 먹힌 게 아니라 이용하는 듯한 쇼코는 사냥감의 갑작스러운 저항에 놀라면서도 계속 몰아붙이려는 동물들을 향해 용감히 달려갔다.

쇼코의 발밑에서 길의 진흙이 사방으로 흩어졌다.

그 정도의 위력으로 뛰쳐나간 쇼코의 각력은 마침 정면에 있던 동물을 무시무시한 높이까지 차올렸다.

적도 재빨리 공중에서 일회전했지만, 그래도 착지에 실패하여 부드러운 진흙에 쓰러진 채로 일어나지 못했다.

이렇게 되자 동물들은 기척을 죽이길 포기하고, 울음소리와 함께 쇼코와 야스오를 관찰하기 시작했다.

영역에 들어온 이물질을 해치울 수 있는지 고민하는 듯했다.

그 증거로 몇 마리가 이빨을 드러내고 으르렁거리며 이쪽을 위협했다.

숲의 어둠과 식물에 섞인 녹색과 회색의 털, 머리부터 등을 뒤덮는 비늘 같은 껍질. 그리고 머리의 뿔.

비늘 형태의 껍질은 등, 즉 위나 뒤에서의 충격을 완화시키기 위한 것이겠지만, 이빨을 드러내고 돌격해 온다면 저 뿔은 뭘 위한 것일까.

야스오의 첫 의문은 바로 위협의 발현이라는 형태로 해결되었다.

동물들의 뿔 끝에 작은 불길이 생겨났다.

"아, 아니……."

그건 마법이다.

이 세계의 야생동물은 마법을 행사하는 걸까.

작은 불길이지만, 뿔 끝에서 조금씩 불길이 커지는 듯했다.

쇼코의 힘은 접근하지 않으면 안전하다고 본 걸까, 멀리서 해치우려는 것이다.

마법이나 마도를 막는 방법이 있다는 것만큼은 배웠지만, 애초에 불길조차도 만족스럽게 만들어 낼 수 없는 야스오에게는 그게 어떤 방법인지 짐작도 가지 않았다.

마치 숲에서 길을 잃은 이의 목숨을 거두는 도깨비불처럼, 무수한 불길이 쇼코와 야스오를 향했다.

야수를 단방에 날려 버린 쇼코의 힘의 근원은 틀림없이 시이의 불길, 시이와 쇼코의 융합에 의한 화학 반응에서 온 것이다.

하지만 눈동자와 손목, 발목 이외의 부분은 쇼코의 모습이 그대로 남아 있기 때문에, 만에 하나라도 마법의 불길이 직격하면 무사할 수 없다.

치유하면 된다는 것도 아니다.

할리어에게 관통상을 입었던 야스오의 옆구리에는 약간 흉터가 남았다.

절대 안전을 약속하고 왔을 터인 이세계에서, 손끝만큼이라도 쇼코가 다쳐서는 안 된다.

야스오가 꿀꺽 숨을 삼키고 각오를 다지며 이번에야말로 쇼코를 감싸려고 했을 때였다.

"야스 군. 귀 막아."

쇼코가 작게, 하지만 결연히 말했다.

반사적으로 그 말에 따른 다음 순간, 야스오는 몸 전체가 날아갈 뻔했다.

"아아아아아아아아아아아아아아아아아아아아아아아아아아아아아아아아아아아!!"

쇼코가 절규했다.

마치 소리의 장벽에 얻어맞는 듯한 충격에 야스오는 엉덩방아를 찧고, 동물들이 비명을 지르면서 뒤로 물러났다.

　나무들이 소리에 격하게 흔들리고, 가지나 잎에 고여 있던 빗방울이 폭포처럼 주위에 쏟아졌다. 동물들의 도깨비불이 속절없이 꺼졌다.

　"한 번 더!"

　쇼코가 다시금 숨을 크게 들이마시는 소리가 늘리고, 야스오는 귀를 틀어막으며 충격에 대비했다.

　"ㅇㅇㅇㅇㅇㅇㅇㅇㅇㅇㅇㅇㅇㅇㅇ오아아아아아아아아아아아아아아아아아아아아아아아!"

　"으윽!!"

　가까이서 들었다고 해도 충격이 너무 세서 야스오는 신음했다.

　온몸에 무겁고 낮게 울리는 충격과 함께 쇼코의 발밑 진흙에 소리와 공기의 압력으로 파문이 생겼다.

　가장 가까이에 있던 동물은 견디다 못해 날아갔다.

　그걸 시작으로 동물의 포위망이 풀어지고, 한 마리, 또 한 마리가 몸을 돌려서 숲의 어둠 속으로 사라졌다.

　오른손을 앞에, 왼손을 뒤에 두고 낮은 자세를 취하던 쇼코는 마지막 동물이 시야에서 사라져도 자세를 풀지 않고 한동안 그대로 있었다.

　야스오도 귀를 막은 채로 눈만 돌려 주위를 보고, 동물이 돌아오지 않는지 경계했다.

　그리고 그대로 꼬박 3분이 경과했을까.

멀리서 조금 전보다 다소 떨리는 울음소리가 들렸을 때, 쇼코는 비로소 자세를 풀었다.

"야스 군, 괜찮아?"

"타, 타테와키야말로……"

"나…… 나는, 아마도…… 괜찮지, 않을지도."

"어, 아!!"

갑자기 쇼코는 다리가 풀려서 진흙 안에 쓰러지려고 했다.

야스오는 다급히 그 몸을 받았지만, 그 순간 검은 불길의 대부분이 사라졌다.

"이건……."

자신의 치유나 전송에 특화된 힘이 무의식 중에 정화했나 싶었지만 곧 부정했다.

안테 란데의 [신비]는 항상 인간의 의지에 의해서만 발현했다.

우연하게도 천연의 화학 반응 같은 게 일어날 리도 없고, 이 현상도 반드시 이유가 있을 것이다.

최종적으로 왼눈에 희미하게 남았을 뿐인 검은 불길.

그 너머의 표정은 창백하고 힘을 잃고 있었기에 야스오는 다시금 허둥대기 시작했다.

"몸이, 아파. 걷어찬 다리도, 아마, 발톱 나갔어."

"내, 내가 치료할게! 아픈 데가 어딘지……."

"어어……. 응, 어어, 안 돼……. 괜찮아, 죽는다는 느낌은 아냐. 하지만 힘이 다했단 느낌, 있어. 조금 잠들거든, 미안……."

"타테와키!!"

야스오에게 기댄 채로 쇼코의 머리가 힘을 잃었다.

야스오는 순간 놀랐지만, 빗속에서 쇼코의 숨소리가 들려서 식은땀을 닦았다.

그렇긴 해도 상황이 호전되었다고 할 수 없었다.

이미 몇 미터 앞도 보이지 않을 정도로 밤이 다가왔다.

기절한 쇼코와 함께 오랜 거리를 이동할 수 없고, 악천후와 암흑 속에서 강을 찾는 것은 자살행위나.

동물들도 위협이 되는 쇼코가 무력해진 것을 알면 다시 습격해 올지도 모른다.

"제길……!"

동물을 상대로 쇼코와 시이의 미지의 힘 덕분에 살아남은 야스오는 쇼코를 지킬 힘이 전혀 없다.

이런 꼬락서니로 잘도 용사가 되겠다고 말했다.

할리어가 황당해하는 것도 무리는 아니다.

알고 있다고 입으로는 몇 번이나 말했지만, 야스오는 아무것도 몰랐다.

어중간한 치유 마법과 전송의 노래가 잘 먹혔기에 콧대가 높아져 있었다.

이렇게 실감하고서 처음으로 '무력함'의 진짜 의미를 알았다.

무기도, 방어구도, 마법도, 동료도, 모두 다 기초적인 훈련을 쌓고 강해진 인간이 손에 넣어야 의미가 있다.

힘없는 인간의 주위에 있는 것은 동료가 아니라 보호자고, 무기도 방어구도 마법도 자기 몸도 지키지 못하는 인간에게는 그냥 짐에 불과하다.

"제길…… 제길……!!"

야스오는 시야 구석에 아까 내버린 접이식 우산이 있는 것을 깨달았다.

동물들에게서 꽤나 오랜 거리를 도망쳤다고 생각했는데, 별로 달리지 못했던 것이다.

"……."

여기서 아버지나 디아나의 이름을 외치며 오지도 않는 구조를 바라지 않았던 것은 야스오의 마지막 긍지였을지도 모른다.

아니, 어쩌면 절망 때문일까.

"거짓말이지."

숲속에서 불길이 일렁대면서 다가오고 있었다.

"제길……!"

야스오는 쇼코를 진흙 위에 내려놓고 그 앞에 서서, 떨리는 다리를 질타하며 도깨비불을 향해 용감히 맞섰다.

한 마리뿐이라면, 한 마리뿐이라면 같이 죽을 각오로 전격을 날려서 격퇴할 수 있을지도 모른다.

여전히 일렁대며 다가오는 불길 하나가 시이의 눈동자처럼, 혹은 윌리엄 발레이그르의 눈동자처럼 자신을 지옥으로 데려가는 신호처럼 보였다.

그리고.

가볍게 진흙을 내딛는 소리와 함께 도깨비불이 야스오의 눈앞에 그 모습을 보였다.

※

지끈거리는 두통을 느끼면서 눈을 뜬 쇼코의 시야에 들어온 것은 나무판자로 만들어진 천장이었다.

"으으……."

일어서기 위해 손을 짚은 것은 뻣뻣하긴 하지만 반발력이 있는 침대의 시트였다.

몸에는 거칠지만 따뜻한 모포가 덮여 있었다.

"어……?"

어둡지만 실내였다.

벽과 지붕이 지키는 실내였다.

숨을 삼키고 주위를 둘러보자, 자기가 누운 침대 옆에서 야스오가 의자에 앉은 자세로 모포를 두르고 잠들어 있었다.

"여기, 는…… 나는…….."

몸을 내려다보니, 옷은 처음 보는 간단한 삼베 원피스.

"정신이 들었니?"

"?!"

"미안해라. 놀라게 했나 보네."

돌아보니, 어느 틈에 거기에 있었는지 노란색 빛을 내는 칸델라를 든 여성이 서 있었다.

"저, 저기…….."

나이는 50대 정도 되어 보이는 중년 여성이었다.

마치 마녀처럼 기다란 로브를 입었고, 짧게 친 머리는 백발이 아니라 은발인 듯했다.

"안심해. 여기는 안전해. 숲의 동물들도 가까이 오지 않아."

"도, 도와주신 건가요?"

"대단한 일은 안 했어. 숲에서 길을 잃은 당신들을 데려왔을 뿐."

"고, 고맙습니다. 덕분에 살았어요, 우리는⋯⋯."

"됐어. 당연한 일을 했을 뿐. 오히려 내가 발견해서 다행이야. 보통 사람이 당신들을 보면 분명 난리가 났을걸."

"어⋯⋯?"

여성은 그렇게 말하며 자기 눈을 가리켰다.

그게 의미하는 바를 깨닫고 쇼코는 앗 소리를 내었다.

시이의 불길은 아직 왼눈에서 나오고 있었다.

안테 란데에서 시이는 인류의 적이다.

그 상징이라고 할 수 있는 불길을 그 몸에 담은 인간은, 무슨 짓을 당할지 알 수 없다.

하지만 여성은 그러지 않았다. 대체 왜.

"내 이름은 카탈리나 요스테른. 들어 본 적은?"

"아, 아뇨⋯⋯."

쇼코가 고개를 내젓자, 카탈리나라고 이름을 댄 여성은 쓴웃음을 지었다.

"그래. 저 애도 내 이름을 몰랐어. 아쉽네, 이래 보여도 조금 유명인인데."

"죄, 죄송합니다. 우리는 저기."

기분을 해쳤나 걱정한 쇼코가 변명하려고 하자, 카탈리나는 그 말을 가로막았다.

"[일본]에서 왔다. 그렇지?"

"……!"

쇼코는 이번에야말로 경악으로 말을 잃었다.

그래. 뭔가 이상하다 했다.

카탈리나와 자신은 첫 대면이다. 그건 틀림없다.

그리고 여기는 분명히 지구가 아니다.

그런데 자신과 카탈리나는 지금 [일본어]로 대화하고 있다.

"그에게…… 들었나요?"

"그래. 하지만 그의 얼굴을 보았을 때에 바로 알았어. 그는 당신을 구하느라고 정신없어서 내가 일본어를 말하는 것에 전혀 이상함을 느끼지 않은 모양이지만."

카탈리나는 의자에서 잠든 야스오를 보고 미소 지었다.

"믿기지 않았어. 두 번 다시 만날 수 없을 줄 알았거든."

"무슨……."

"설 수 있니? 목이 마르지? 물을 끓여 놨어. 저 애가 깨지 않도록 이리 와. 샌들이 거기 있어."

쇼코도 이젠 두통이 가셨기에, 얌전히 카탈리나의 말에 따라서 침대에서 나왔다.

침대 아래에는 간단한 샌들이 있어서 그걸 신었다.

옆방은 쇼코가 자고 있던 방보다도 넓지만, 방 여기저기에 천을 덮어놓은 커다란 것이 있었다.

"여기는 내 아틀리에야."

"화가이신가요?"

"그래, 일단은. 그러니까 이걸 보고 놀라 준다면 기쁘겠어."

카탈리나가 칸델라를 벽걸이에 걸더니 손바닥을 위로 쳐들고 희미한 빛구슬을 만들어 냈다.

그게 실내조명의 마법이라고 쇼코도 이해했지만, 그런 건 다음 순간에 일어난 충격에 비교하면 사소한 것이었다.

카탈리나의 마법이 밝히는 벽면에 그림 하나가 걸려 있었다.

아름다운 검을 든 청년 검사의 초상화.

그 얼굴을 쇼코는 멍하니 바라보았다.

"야스…… 군……? 야스 군의 그림?"

그 그림에 있는 청년 검사는 틀림없이 야스오와 똑같은 얼굴을 하고 있었다.

"나는 말이지, 마왕 콜 전쟁 때 전 세상의 현황을 그림으로 그리며 사람들에게 전하기 위한 여행을 하고 있었거든."

카탈리나는 야스오의 얼굴을 가진 청년 검사의 초상을 올려다보며 말했다.

"그와 만난 것은 바스켈갈데 연방을 가로지르는 산맥에서였어. 동료들과 함께 마왕 콜에게 좀먹힌 세계를 구하기 위한 여행을 하고 있었지."

"그, 그건……."

"그래."

카탈리나는 끄덕였다.

"나는 만난 적이 있어. 저 씩씩한 얼굴, 그대로 빼닮았네."

누구 이야기를 하는 건지는 물을 것도 없었다.

"용사 히데오 켄자키. 그의 아버지의 얼굴을 이 세상에서 가장 정확하게 기억하는 건 엘리지나 래더가스트, 알렉세이 크로네 다음으로는 나일걸. 내가 그린 그림은 지금 레스티리아의 국보로 지정되어 있어. 덕분에 이름이 알려져서 이런 곳에서 유유히 마음껏 그림을 그리며 지내고 있지."

유랑 화가, 카탈리나 요스테른.

과거에 그녀가 세계를 떠돌다가 바스켈갈데의 산악지대에서 만난 용사 히데오 일행을 그린 [영봉에서 새벽을 맞는 용사 히데오]는 안테 란데에서 가장 유명한 그림 중 하나였다.

막간 2

"그러고 보면 할리어 씨, 전에 디아나 씨가 밀혔는데, 레스티리아에는 아빠 그림이 있다면서?"

"그렇지, 국보부터 낙서까지 셀 수 없을 만큼 있다."

"젊었을 적의 아빠랑 오빠가 많이 닮았다고 하는데, 그림도 그래? 그런 게 여기저기에 있으면 오빠의 정체를 들키지 않아?"

"어지간해선 그렇지 않겠지만…… 뭐, 그렇군. 나도 비슷하다고는 생각했고, 애초에 크로네 소령은 아무 말도 않았나?"

"아니, 말했어. 새벽이 어쩌구 하는 국보로 지정된 그림과 닮았다고. 아니, 나도 할아버지 할머니 집에서 아빠 젊었을 적 사진을 보고 오빠랑 너무 닮아서 소름 끼친 적도 있고."

"신랄하군."

"하지만 그림은 그리는 사람에 따라 다르잖아. 게다가 디아나 씨는 오빠에게 너무 오냐오냐 하고, 용사 존경 필터가 막 걸려 있으니까 그런 게 아닐까 하고."

"역시 [영봉에서 새벽을 맞는 용사 히데오]가 사랑받는 것은 그만큼 사실적이고, 크로네 부부가 히데오와 마도카를 가장 충실하게 그렸다고 평가한 면이 크니까."

"아, 맞아, 맞아, 그런 제목이었어."

"뭐, 항간에 넘쳐나는 석판화나 상상으로 그린 그림은 전혀 다르니까, 세상의 그림 때문에 야스오의 정체가 탄로 나는 일은 없겠지."

"그렇겠지. 오히려 대충 그린 아빠 그림이 어떤 건지 조금 보고 싶어."

3장 시작의 도시

야스오를 보고 그대로 빼닮았다고 말하는 카탈리나가 그린 초상화의 청년 검사도, 잘 보면 세세한 점에 차이가 있었다.

초상화의 청년은 아무래도 구식 학생복 같은 것을 입고 있는 모양이었다.

야스오가 다니는 타케오카 고등학교의 남자 교복은 블레이저다.

머리 모양도 야스오보다 짧고, 앞머리 가르마에서도 시대감이 느껴졌다.

"후후후."

멍하니 있는 쇼코를 보고 카탈리나가 웃었다.

"그는 용사 히데오의 아들이구나."

"……"

일반적으로 생각해서 그림 속의 청년과 야스오가 무관계하다고 우기기에는 무리가 있다.

그리고 '용사 히데오의 아들이 안테 란데에 있다'는 사실이 드러나는 게 얼마나 위험한지 쇼코도 잘 알고 있다.

"무슨…… 말인가요?"

쇼코는 꿀꺽 숨을 삼키고, 치졸하다고 생각하면서도 화제를 돌리려고 했다.

도와주었으니까, 쉴 곳과 잠자리를 빌려주었으니까, 그렇게 방심하고 있었다.

이 초로의 여성은 적인가, 아군인가.

레스티리아의, 디아나의, 그런 의미가 아니다.

지금 이 순간 자신들이 바라는 대로 도와주는 어른이냐는 의미다.

"여기는…… 어디인가요."

"이상한 걸 묻네?"

"일본에서 온 지 얼마 안 되어서."

"헤에, 대단하네. 어떻게?"

쇼코는 게이트 타워 이외의 이동 수단을 모른다.

달리 대답할 수도 없다.

그러니까,

"아까도 말했잖아요. 어느 틈에 이 숲에 있었어요."

뒤에서 야스오의 목소리가 들려서 돌아보았을 때, 쇼코의 이마에는 식은땀이 배어 있었다.

거기에는 피로가 짙게 묻어나는 얼굴을 한 야스오가 서 있었다.

"어머나, 눈을 떴네?"

"예. 죄송합니다, 어느 틈에 잠들어서."

"그만큼 지쳤으니까 어쩔 수 없지."

"처음에 왔을 때는 몰랐지만, 이거 정말로 나랑 닮았군요."

"그래. 나도 놀랐어."

카탈리나는 고개를 끄덕이고, 야스오도 고개를 끄덕였다.

"용사 히데오 켄자키의 가족과 만날 수 있다니. 야스오라고 했던가? 연인의 이름도 들을 수 있을까?"

"쇼코입니다. 쇼코 타테와키."

이 긴박감 속에서 연인이라고 불리는 것에 동요할 만큼 쇼코도 분위기 모르는 인간이 아니다.

아마도 야스오는 숲속에서 카탈리나를 만나서 도움을 청했다.

하지만 냉정하게 생각하면 그런 위험 생물이 들끓는 깊은 숲속에서 여성이 혼자 있는 것 자체가 이상하다.

쇼코를 위해 일단 몸을 의탁했지만, 경계를 게을리 하지는 않은 것이다.

"우리는 일본에서 평범하게 지냈습니다. 둘이서 놀러 갈 약속을 했지요. 그렇지, 쇼코."

"어! 으, 응……."

여태까지 이름으로 부르지 못하던 야스오가 쉽사리 그러는 것에는 동요했지만, 그래도 고개를 끄덕였다.

"점심을 먹을까 하고 도시락을 펼친 순간, 어느 틈에 이 숲에 있었습니다. 대단한 빛이었죠. 왜 우리가 이런 곳에 있는지 우리는 모릅니다. 여기는 어딥니까?"

"……."

"히데오라는 건 내 아버지 이름인데……. 아버지와 만난 적 있습니까?"

카탈리나는 표정을 지우고 끄덕이더니,

"잠깐만 기다려 봐."

몸을 달려서 아틀리에서 나갔다.

"타테와키."

"아······."

야스오는 앞으로 나서서 쇼코의 손을 잡고 자기 뒤에 있게 했다.

쇼코가 얌전히 따라서 부자연스럽지 않은 정도의 위치로 물러나서 다시금 그림을 올려다보았을 때, 카탈리나가 커다란 종이를 들고 돌아왔다.

"지도는 읽을 줄 알고?"

"모릅니다······."

"그래. 그럼 이걸 봐."

야스오가 순간 침묵한 것을 아는지 모르는지, 카탈리나는 아틀리에에 있는 테이블 위에 딱딱한 양피지를 펼쳤다.

"여기가 우리가 있는 숲이야. 이 오두막이 있는 건 이 근처."

카탈리나가 가리킨 위치는 숲의 거의 중심이었다.

야스오와 쇼코가 처음에 어디에 떨어졌는지는 모르지만, 결과적으로 두 사람은 숲 안쪽으로 계속 들어갔다는 소리다.

"여기서 제일 가까운 도시는 여기 젤데이트야. 들어 본 적은?"

"아뇨, 전혀."

카탈리나가 가리킨 것은 숲의 동쪽에 있는 도시였다.

"강은 어디인가요? 숲 가운데에 꽤나 큰 강을 봤는데."

쇼코의 질문에 카탈리나는 아무 것도 적히지 않은 숲의 남쪽을 더듬었다.

"그 강은 실려 있지 않아. 이 지도, 꽤나 오래된 거라서. 그 강은 30년 전에 야스오의 아버님이 만든 거야."

"……."

야스오는 뛰는 심장을 누르며 간신히 평정을 가장했다.

"아버지가 만들었다……니 무슨 소리입니까? 아니, 처음부터 계속 마음에 걸렸는데, 성밀로 여기는 일본이 아닙니까?"

"……."

카탈리나는 야스오의 진의를 재는 듯한 시선을 했지만, 곧 고개를 내저었다.

"아버님에게 아무것도 못 들었으려나."

"그러니까 뭘 말입니까. 아버지는 평범한 샐러리맨입니다. 식료품이나 체중계 같은 걸 만드는 회사에서 일하지, 강을 만들었다는 소리는 못 들었습니다. 이렇게 멋진 그림으로 남을 만한 일은 하나도."

"그래, 정말로 아무것도 모르는 거네……. 그럼 혼란스러운 것도 무리는 아닐지도."

"예, 모른다는 말이 나와서 말인데, 쇼코의 눈에 대해서도 모릅니다."

야스오는 시이에 대해서 가볍게 잽을 날려 보았지만, 카탈리나는 딱히 반응을 보이지 않고 계속 말하라는 눈치를 보였다.

"처음에 크게 다쳤나 싶어서 걱정했는데, 본인은 괜찮다고 하고……."

"거기에 대해서는 나도 모르지만, 하나 물어봐도 될까?"

"뭡니까."

"나와 당신이 만나기 전, 숲에 울린 고함 소리는 어느 쪽이 낸 거지?"

야스오는 순간 쇼코를 돌아보았지만, 눈썹을 찌푸리며 말했다.

"아마 나일 겁니다."

"당신이?"

"아니, 이상한 늑대 같은 게 무서워서 소리를 질렀고, 카탈리나 씨가 어느 타이밍의 이야기를 하는지는 모르지만, 나만 계속 소리를 질렀으니까요."

"그건 좀 한심하네. 남자라면 연인에게 믿음직한 모습을 보여야지."

야스오의 한심한 고백에 카탈리나는 간신히 표정을 풀었다.

"일본은 여성이 꽤 강합니다."

"그건 알고 있어."

카탈리나는 지도를 정리했다.

"많은 일이 있어서 혼란스럽겠지만, 나라도 괜찮으면 내일 아침에 겔데이트까지 안내해 줄게. 숲 속에서 얼쩡대는 것보다도 큰 도시에 가는 편이 정보도 얻기 쉽겠고, 당신들로서도 얻을 게 많을 거야."

"감사합니다. 신세지겠습니다."

야스오는 고개를 숙였고, 쇼코도 그 뒤를 따랐다.

"당신들은 아까 그 객실을 쓰도록 해. 신사는 레이디에게 침대를 양보하겠지? 그리고 갑작스러운 이변으로 데이트를 방해받아서 힘들겠지만, 청춘은 상황이 정리된 뒤에 하고?"

"예? 하아……. 예……. 어어?"

"~~~~!!"

처음 한마디밖에 이해하지 못한 야스오의 어리둥절한 얼굴과 대충 눈치챈 쇼코가 시이의 불길 너머로 얼굴을 붉히는 것을 보고, 카탈리나는 왠지 만족한 얼굴을 했다.

그 뒤에 뜨거운 물이 담긴 컵 두 개와 주전자를 쇼코가 자고 있던 객실이라는 방에 가져와 준 카탈리나는 새 양초를 꽂은 촛대를 두고 나갔다.

"후우, 긴장했다."

"그, 그래……."

쇼코는 침대에 앉아서 어색한 분위기였지만, 야스오는 풀어진 얼굴인 채로 크게 기지개를 켜더니 바닥에 떨어진 모포를 주워서 의자에 앉았다.

"마지막에 청춘 어쩌구가 무슨 소리지? 잘못 들었나?"

"어?! 이해 못 했어?!"

"어?"

"어, 으, 으응, 아무것도……."

큰 소리를 냈던 쇼코는 황급히 입을 눌렀다.

가급적 안테 란데에 대해 아무것도 모르는 이세계의 조난자라고 여겨지도록, 카탈리나에게는 연인으로 자기소개를 한 것이다.

그런 상황에서 잠 잘 때에 침대가 하나밖에 없다면, 연장자로서 혈기 넘치는 젊은이에게 슬며시 못을 박아 두는 것은 당연하겠지.

"아니, 그런 건 남자 쪽이……. 아무것도 아냐, 야스 군이니까, 그렇겠지."

오히려 이래선 자기가 이상한 기대를 하는 것 같아서 괜히 창피하다.

부모님, 죄송해요.

"그, 그래서, 내일부터는 어떻게 해?"

"아무튼 카탈리나 씨에게 신세를 질 수밖에 없지. 아버지에 대해 아는 모양이고."

"어, 응, 그건……."

"게다가 어떻게 봐도 외국인인데, 일본어를 할 수 있는 건 고마웠어."

"으……응?"

"뭐, 아무튼 미아인 채로 늑대에게 잡아 먹히지 않아서 다행이야. 오늘은 잘까. 진짜 피곤해."

"으, 응……."

지금 야스오가 뭔가 이상한 소리를 하지 않았던가?

쇼코가 의문스럽게 생각하기 전에, 야스오는 의자에서 일어서서 크게 기지개를 켜더니 대수롭지 않게 말했다.

"저, 저기, 쇼코."

"응……?"

"침대, 들어가도 돼?"

"……………어."

쇼코는 눈을 껌뻑이다가, 다음 순간 머리끝부터 발끝까지 새빨개졌다.

"아, 아아아, 아아아아아……"

"조금 추우니까, 모포를 같이 덮고 둘이서 자는 편이 따뜻하겠지."

"그그그, 그거, 그건 그렇지만, 카탈리니 씨가!"

"조용히 있으면 괜찮아."

"왜왜왜왜그래?! 숲에서 넘어져서 머리라도 부딪쳤어?!"

분명히 발언 내용이 켄자키 야스오의 그것이 아니다.

조금 전에 카탈리나의 야유를 이해하지 못한 얼굴을 했는데, 연인이라고 자기소개한 김에 좀 세게 나가는 걸까.

얼굴이 붉어진 것을 떠나서 빨갛게 빛을 낼 기세인 쇼코는 머리를 냉정하게 유지하지 못하고 허둥댔지만…….

"왜 그러냐니, 평소에 하던 거잖아."

"어어어어어아아아아아아나나나나나나그그그야야야스군그건어어저기."

"뭐야. 그거야 이런 거지."

"이이이이이런거가이런거는나는아직준비가……."

그 순간 양초 불빛밖에 존재하지 않는 방에 갑자기 강렬한 푸른빛이 출현했다.

"어……."

야스오의 휴대폰이다.

익숙한 화면에는 문장이 입력되어 있었다.

[휴대폰의 전지, 괜찮지? 필담하자.]

"뻔하잖아."

"어······."

침대에 앉아서 눈을 껌뻑이는 쇼코의 옆에서, 서로의 몸이 아슬아슬하게 닿지 않을 거리에 앉은 야스오는 휴대폰의 입력을 계속했다.

[우리가 있는 장소는 알았어. 하지만 우리가 아는 걸 카탈리나 씨에게 알려 주고 싶지 않아. 만에 하나 엿보더라도 이상하지 않도록, 모포 속에서 대화하고 싶어. 싫을지도 모르지만, 절대로 이상한 짓 안 하기로 약속할 테니까.]

"아······."

[일단 틀림없이 엿듣고 있을걸. 우리는 예전에 안테 란데에 왔던 히데오나 마도카와 마찬가지로, 아무것도 모르는 이세계의 인간이야. 별생각 없는 걸로 보이고 싶어.]

"아, 알았어······. 조, 좋아, 그런 거라면."

분명히 쇼코도 카탈리나를 경계하고 있었고, [용사 히데오의 아들]의 존재의 위험성은 잘 알고 있다.

야스오의 제안은 지극히 당연하다고 납득하고, 둔한 움직임으로 자기도 짐 안에서 휴대폰을 꺼내어 천천히 침대에 누웠다.

그리고 야스오의 체중에 슬쩍 침대가 삐걱거렸을 때,

"~~~~!!"

이건 이거대로 죽을 만큼 창피한 일이라고 이제야 깨달았지만 때는 이미 늦었다.

두 사람은 결코 넓지 않은 침대 안에서, 방패처럼 휴대폰을 사이에 두고 새빨간 얼굴로 마주 보고 있었다.

그만큼 여유롭게 말했던 주제에 막상 이렇게 되자 야스오도 얼굴을 붉혔고, 그걸 보고 쇼코도 점점 더 창피해졌다.

"어라?"

"뭐, 뭐야……!"

야스오의 눈앞에서, 분명히 알 수 있을 만큼 쇼코의 왼쪽 눈에서 검은 불길이 한층 작아졌다.

하지만 사라진 것도 아니라서, 불길의 중심에는 시이의 붉은 눈이 남아 있었다.

"아니, 아무것도 아냐."

사라지지 않는다면 딱히 의미는 없다.

야스오는 말을 삼키고 크게 숨을 내쉬었다.

"히익, 야, 야스 군, 가까우니까 너무 크게 숨을……."

"아, 미, 미안……. 그러고 보면 양치질 안 했다……"

속삭여서 그렇게 말하는 두 사람은 좀처럼 본론에 들어가지 못했다.

"어, 어어……. 일단, 잘 자, 쇼, 쇼코."

"어, 응, 잘 자."

혹시나 엿듣고 있을지도 모르는 카탈리나 때문에 그런 인사를 한 뒤에 야스오는 살짝 모포를 끌어올렸고, 그런 움직임에 또 쇼코는 일일이 긴장했다.

"……."

쇼코는 자기 쪽을 보지 않으면서 필사적으로 스마트폰에 뭔가 입력하는 야스오의 모습을 슬그머니 보았다.

[우리, 가즈 공화국이란 곳에 있어. 여기는 디아나가 소속된 레스티리아 기사단의 힘이 닿지 않는 장소야.]

처음에 야스오가 보여 준 화면에는 그렇게 적혀 있었다.

쇼코가 눈썹을 찌푸리자, 야스오는 예상했다는 듯이 화면을 두드려서 다음 문장을 썼다.

[아버지가 마왕군과의 싸움으로 만든 강이란 게 있어. 히데오 성검천이라는 모양이야.]

"푸훗."

아무도 막는 이가 없었나 싶은 의문이 생기는 이름에 쇼코는 무심코 웃었다가 놀라서 경계하는 눈으로 문 쪽을 보았다.

이전에 할리어가 처음에 켄자키 가에 나타나서 이 이야기를 했을 때에 히데오를 포함한 켄자키 가의 전원이 같은 생각을 했다. 그래서 이 반응을 예상했던 야스오는 별로 신경 쓰지 않았다.

[강물은 성수로 유명하고, 강가에는 성당이 있어. 아마 아까 카탈리나 씨가 말했던 도시에 있을 거야.]

쇼코가 말없이 끄덕이자, 야스오는 또 휴대폰에 손가락을 움직였다.

"……."

그 모습을 가만히 기다리는 짧은 시간 동안 쇼코는 야스오의 얼굴을 물끄러미 바라보는 자신을 깨달았다. 그렇다고 눈을 돌리기도 뭔가 어색해서, 어쩔 수 없이 야스오의 손가락 움직임에 맞춰 둔하게 흔들리는 휴대폰 뒷면을 응시했다.

[가즈 공화국이 레스티리아랑 가까운지는 모르지만, 우리가 간단히 이동할 수 있는 거리가 아닐 거야. 이웃 나라라고 해도.]

그 문장을 보고 쇼코는 끄덕였다.

설령 이웃 나라라고 해도, 걷는 것 외에는 이동 수단이 없는 두 사람에게 가까울 리가 없다.

[디아나와 아버지가 아무런 힌트도 없이 우리에게 접촉하는 건 불가능할 거야. 두 사람도 레스티리아에 도착했다고만 할 수 없어. 그러니까 나는 서둘러서 이 나라의 기사단이든 어디든지에 내가 용사 히데오의 아들이라고 밝히려고 해.]

"!"

쇼코가 눈을 크게 떴다.

"달리 방법이 없어."

히데오는 작은 목소리로 그렇게 말하더니 또 휴대폰 입력을 시작했다.

[아버지와 디아나가 우리를 발견하는 것보다도, 레스티리아, 더 말하자면 디아나의 어머니가 발견하는 게 가장 효율이 좋을 거야. 카탈리나 씨가 말한 엘리지나 래더가스트는 디아나의 어머니 이름이야.]

쇼코도 이제야 휴대폰을 두드리기 시작했다.

[그렇다면 카탈리나 씨에게 연락해 달라고 하면 안 돼? 디아나 씨의 어머니를 아는 모양이었는데.]

[지금은 아직 위험. 적어도 도시에 도착해서 큰 조직에게 보호를 받을 때까지는.]

[왜?]

[카탈리나 씨가 레스티리아랑 한편이라고만 할 순 없어.]

[그림이 국보라고 했는데.]

[할리어 씨는 나라의 기사였어. 하지만 나라를 배신해서 카넬리안을 따랐어. 카탈리나 씨도 그렇지 않다는 보증은 없어.]

쇼코는 납득이 안 간다는 얼굴을 했지만, 야스오는 손가락으로 쇼코의 왼눈을 가리켰다.

[숲속에서 처음 만났을 때, 카탈리나 씨는 그 왼눈에 놀랐지만 무서워하진 않았어. 그러니까 이상해.]

"?"

[시이는 안테 란데에서 두려운 괴물이야. 마도기사도 맞서기 어려운데, 그냥 화가가 두려워하지 않는 건 이상해.]

"……."

[할리어 씨와 마찬가지로 어쩌면 빗장에 대해 아는 걸지도 몰라. 물론 사실은 대단한 마법사라서 나이 따윈 문제가 안 될 만큼 강할지도 모르지만, 그 확신이 생길 때까지는 방심할 수 없어.]

[그렇구나.]

[그러니까 앞으로도 우리는 아무것도 모르는 이세계인. 실제로 모르는 게 더 많고, 알아도 놀라게 되는 게 태반이니까 그렇게 부담 갖지 않아도 되겠지만.]

[아주머니 쪽은? 아주머니도 유명하잖아?]

"아……."

야스오는 다소 난색을 보였지만, 곧 휴대폰 입력을 재개했다.

[아버지를 몰랐다고 말한 이상, 어머니 쪽도 주부라고 생각했다고 말할 수밖에 없겠지. 대신 마도카라는 이름을 필요 이상으로 숨기는 건 부자연스러우니까, 혹시나 묻거든 대답을 해야겠지.]

용사 히데오의 마왕 콜 전쟁 이후의 생활을 알고 싶은 사람이라면, 야스오에게 '히데오의 아내는 어떤 사람이냐' 라고 묻겠시.

야스오는 어머니가 대현자 취급을 받았다는 걸 모른다는 설정이니까, 보통 주부, 보통 사람이라고 대답할 수밖에 없다.

여기서 카탈리나가 [마도카]라는 이름을 꺼내면, 야스오는 '어머니와 같은 이름이다' 라며 놀라야만 한다.

그리고 어머니의 이름을 묻거든 [마도카]라고 대답하고, 그 뒤에 듣게 될 '마도카도 히데오와 마찬가지로 안테 란데에서 활약한 마도사다' 라는 이야기에 놀라야만 한다.

아무튼 시치미 떼고 있다간 나중에 해야만 하는 거짓말이 너무 막대해지니까, 마도카 스기우라의 화제는 기회가 있다면 얼른 밝히는 편이 낫다.

시간을 들여서 그렇게 해설했다.

쇼코는 크게 고개를 끄덕이고,

"고생이겠네……."

무심코 중얼거렸다.

야스오도 마음속으로 동의했다.

우리에게 그런 연기가 가능할까.

입 다물고 있더라도 노회함과 깊은 생각이 느껴지는 화가에게 그런 거짓말이 언제까지 통할까.

"아무튼 큰 도시까지 카탈리나 씨랑 같이 가고, 이야기는 그 다음부터 하자. 언제가 되든지 말이지. 눈을 감출 수 있을지, 조사해 달라고 할 수 있을지는 내일 물어보자."

들더라도 문제없는 말은 소리 내어 한다.

실제로 히데오나 레스티리아에 대한 부탁 이외에 할 수 있는 대책은 없다.

두 사람 다 히데오나 디아나처럼 위기를 쫓아 버릴 힘을 가지지 못한 이상, 의심스럽더라도 카탈리나에게 의지하는 수밖에 없다.

"응……."

쇼코는 수긍하고 자기 휴대폰을 두 손으로 움켜쥐었다.

[……그럼 슬슬 자자. 난 바닥에서 잘 테니까…….]

할 말은 다 했다.

야스오는 두 사람의 체온으로 데워진 모포에서 나가려다가,

"자, 잠깐만, 야스 군."

불안에 떠는 쇼코의 목소리와 손에 붙잡혔다.

"괜찮아. 같이 자자."

"어?!"

갑자기 쇼코가 그런 소리를 해서 이번에는 야스오가 새빨갛게 될 차례였다.

"이, 이상한 짓 하면 아까 늑대처럼 될 줄 알아……. 하, 하지

만, 야스 군도 힘들 텐데, 나 혼자 침대에서 자는 건, 왠지 미안하고, 또, 저기, 어어…….”

쇼코는 휴대폰을 베개 밑에 넣더니 야스오의 손을 감쌌다.

“손, 잡아 줘. 혼자는 무서워.”

불안에 떠는 눈동자로 똑바로 바라보는 바람에 야스오는 무심코 숨을 삼켰다.

“이, 이쪽도 창피해. 뭐야, 아까도 조금 전도 내가 부끄러워 죽을 정도의 소리를 태연히 한 주제에……. 에잇!”

허둥대기만 하는 모습에 인내심의 한계에 달한 쇼코는 야스오의 손을 힘껏 잡아당겨서 침대에 끌어넣었다.

“이상한 짓 하면 숲의 늑대처럼 될 테니까. 무릎으로 턱 박살 낼 테니까.”

“아, 아, 아까 들었어……!”

“소, 손 잡아 주기만 하면 되니까. 연인이잖아. 오히려 이 편이 자연스럽잖아. 그러니까.”

“알았어. 알았어……!”

체념은 했지만, 붙잡은 손에서도 야스오가 잔뜩 긴장하고 긴장하고 긴장한 것이 말 그대로 손에 잡힐 듯이 느껴졌다.

결코 넓지 않은 침대 안에서 몸이 아슬아슬하게 닿지 않을 거리를 지키며 누운 야스오와 쇼코 사이에 손만이 서로의 존재를 전하듯이 열기를 끼었다.

“타테…….”

“연인이잖아.”

"쇼, 쇼코……."

"뭐야, 아까는 그렇게 자연스럽게 불렀으니까 조금 기뻤는데……."

"그, 그건……."

그럴 필요가 있었기 때문이다. 말하자면 연극이다.

[진짜 칼의 무게를 알면, 그걸 연극에 반영하여 연기에 무게감이 나온다고 생각해서.]

연극을 할 때에 무의식 중에 떠올렸던 것은 친구 아이오이 아오토가 말했던 연극담.

진짜를 알면 무게감이 늘어난다.

진짜 감상이 동반되면 그 연극은 진실이 된다.

그럼 쇼코의 이름을 쉽사리 부른 그 마음에 있는 것은……?

"타테…… 쇼, 쇼코를…… 지켜야 한다고, 생각했으니까, 부를 수 있었어."

이만큼 얼굴이 가까워도 메마르고 가녀린 목소리를 쇼코는 놓치지 않았다.

"기뻐. 더듬거리지 않고 불러 주면 더 기뻐."

그리고 조금 부끄러워진 듯이, 마주 잡은 두 사람의 손으로 얼굴을 가렸다.

"미안……. 이렇게 되어서."

"야스 군이 잘못한 거 아냐. 크게 다친 데 없이 살아 있어. 조금 무섭지만, 도와주는 사람도 있어. 게다가…… 야스 군이 같이 있어. 괜찮아."

"힘낼게."

"응, 믿고 있어."

그렇게 말하고 빨간 얼굴로 미소 짓는 쇼코의 왼눈에서, 그 순간 시이의 불길이 사라졌다.

"쇼, 쇼코…… 지금, 눈의 불길이……."

"응. 시야가 변한 건 아니지만, 그렇지 않을까 생각했어."

"그래?"

"응, 분명……. 야스 군."

"응."

"이상한 짓하면 늑대야."

"그 소릴 몇 번……."

야스오는 그 이상 말을 이을 수 없었다.

쇼코가 야스오의 손을 더 당기더니, 야스오의 가슴에 이마를 대고 몸에 팔을 둘러서 껴안은 것이다.

"잘 자."

"……!"

야스오는 온몸의 근육과 관절에 힘을 주고, 그대로 움직일 수 없었다.

가슴 앞에서 쇼코가 살짝 고개를 흔들었다.

야스오의 모습에 웃은 거라고 깨달을 정도의 여유는 야스오에게 전혀 없었다.

쇼코가 껴안긴 했지만, 지금 어정쩡한 상태인 자기 손을 어떻게 해야 할까.

야스오의 머리는 그 사실만으로도 쇼트를 일으킬 정도로 회전하고 있었다.

만져도 되는 걸까, 만지지 말아야 하는 걸까 하는 선택에서, 만지지 않는다면 어떤 자세로 있어야 할까, 만진다면 어디라면 만져도 될까. 야스오의 머릿속에서 영원히 결론이 나오지 않는 뇌내 회의가 일촉즉발의 상태로 벌어졌다.

"…………쿠울…………."

"진짜냐."

그리고 그런 야스오에게 개의치 않고 쇼코는 숨소리를 내기 시작했다.

야스오의 긴장을 가지고 노는 건가 싶었는데, 몸에 두르고 있던 쇼코의 팔이 분명히 의식을 잃은 중량으로 변했다.

시이의 불길의 힘으로 동물들을 격퇴한 쇼코는 역시 다 회복되지 않은 것이다.

여태까지의 불안이나 카탈리나와의 대화로 정신적인 피로도 피크에 달했겠지.

야스오가 살짝 몸을 틀어도 아무 반응도 없어서, 시험 삼아 어깨를 밀어 보니 쇼코는 쉽게 돌아누웠다.

공간이 좁긴 하지만, 사람 둘이 서로 껴안고 잔다는 자세는 몸에 부담이 아주 크다는 걸 알았다.

이대로는 아침까지 체력이 회복되지 않을 우려가 있고, 애초에 야스오의 정신이 못 버틴다.

야스오는 허리에 남은 쇼코의 손을 가만히 잡아서 되돌려 주고, 쇼코가 편히 잘 수 있게 해 주었다.

그리고 자기는 당초 예정대로 바닥에서 자기 위해 일어나려고 했지만,

"아."

애초에 쇼코의 손이 그런 야스오의 마음을 꿰뚫어 본 것처럼 야스오의 손을 꽤 세게 붙잡고 있었다.

이걸 억지로 떼어냈다간 쇼코를 깨울지도 모른다.

몇 초 뒤에 체념한 야스오는 다시금 쇼코의 옆에 누웠다.

쇼코가 드러누워 자기 때문에 야스오의 공간은 꽤나 좁지만, 어쩔 수 없다.

"하아……."

잠든 쇼코의 옆얼굴을 보면서 야스오의 눈꺼풀도 조금씩 무거워졌다.

역시 야스오 자신도 꽤나 피로가 쌓여 있었다.

"나, 열심히 할 테니까."

가까운 여자와의 동침이라는 공전절후의 사태에 동요했던 몸이 야스오에게 수면을 요구했고, 이윽고 야스오도 조용히 숨소리를 내기 시작했다.

그리고 두 사람이 끄는 것을 잊은 촛대의 양초가 완전히 없어졌을 무렵, 방문이 삐걱거리고 카탈리나가 들어왔다.

한 침대 위에서 미묘한 거리를 두고 잠든 소년 소녀를 내려다보며 화가는 희미하게 웃었다.

"자……. 이건 우연일까……. 아니면……?"

그리고 창밖을 보았다.

"어떠한 작위일까?"

밤에 녹아든 숲의 술렁거림 너머를 가로지른 것은 늑대의 도깨비불일까.

카탈리나는 밖을 비추는 창문을 가로지르는 도깨비불을 쳐다보더니, 숨소리를 내는 야스오의 머리를 가볍게 쓰다듬고 방에서 나갔다.

"일단 말을 해 두는 편이 좋겠네."

※

다음 날 아침, 꽤나 신맛이 강한 빵과 숲에서 나는 콩에서 추출했다는 차로 이루어진 아침 식사를 고맙게 먹은 야스오와 쇼코는 왠지 서로의 얼굴을 쳐다볼 수 없었다.

눈떴을 때에 서로 눈을 마주치고 부끄러운 생각이 들었다……는 건 아니다. 서로 함께 잤다는 사실을 잊었기 때문에 눈을 뜨는 동시에 좁은 침대 위에서 반사적으로 거리를 벌렸다가, 그 결과 두 사람 다 침대에서 굴러 떨어졌다.

카탈리나가 놀라서 달려왔을 정도로 요란스러운 소리가 났고, 두 사람 다 눈을 뜨는 동시에 뭐라고 말할 수 없는 어색함을 맛보았다.

더 말하자면 어느 틈에 쇼코의 왼눈에는 검은 불길이 돌아와 있었다.

"젊은 건 좋네."

게다가 그런 상황은 동침했다고 고백하는 거나 마찬가지이기 때문에, 카탈리나의 말 구석구석에서 묘한 오해를 하고 있다는 어필이 보이니까 더 안 좋다.

재래식 화장실이라는 이세계의 세례를 받은 뒤에 카탈리나는 얼른 두 사람에게 출발 준비를 재촉했다.

오래 쓴 후드 달린 외투를 입힌 뒤에,

"아, 이거 들어."

쇼코에게는 골반 교정기 같은 딱딱한 방석 같은 것을 두 개.

야스오에게는 무겁진 않지만 양이 제법 되는 느낌의 커다란 꾸러미를 주었다.

카탈리나 자신도 같은 것을 각각 하나씩 양손에 들고 있었다.

"이건?"

"꾸러미는 도시에서 돈으로 바꿀 물건이야. 소중한 상품이니까 떨어뜨리지 않도록 해?"

그래, 신세를 졌으니까 오히려 이 정도 일은 맡겨 주는 편이 야스오로서도 마음이 편했다.

경계는 게을리하지 않지만, 그래도 서로 우호적인 동안은 사회적 상식에 비추어서 대응하는 게 좋다.

"쇼코의 것은 곧바로 쓸 거야."

카탈리나는 장난스럽게 웃으면서 두 사람을 밖으로 내보냈다.

"와아, 이런 곳이었네."

쇼코는 이때 처음으로 카탈리나의 아틀리에를 밖에서 보았다.

숲속의 통나무집인 로그하우스라는 이미지였는데, 콘크리트와 비슷한 건축재로 보강했고 동굴과 반쯤 일체화해서 요새처럼 견고한 외관이었다.

아틀리에 주변은 조금 부자연스러울 정도로 공간이 확보되어 있지만, 정원이나 밭이 아니라 꽤나 지반을 잘 다져놓아서 잡초도 거의 없었다.

"나도 따라왔을 때에는 공장이나 요새인가 했어."

쇼코의 감상에 앞서서 야스오가 말했다.

"나도 조금 더 멋진 외관으로 하고 싶었는데, 이 숲에서는 어쩔 수 없어."

그렇게 말하더니 카탈리나는 천천히 작은 은색 통을 꺼내더니 그걸 입에 물었다.

축구 시합에서 울리는 호각보다 높고 가느다란 소리가 숲의 나무들 사이를 뚫고 주위에 퍼졌다.

그리고 기다리기를 십여 초.

갑자기 주위에 바람이 일고, 별 생각 없이 위를 올려다본 쇼코는 눈을 크게 떴다.

"야스 군! 저거!"

"저 녀석은!!"

하늘에서 엄청나게 거대한 생물이 천천히 날개 같은 기관을 펄럭이며 세 사람 앞에 내려오지 않는가.

틀림없이 그것은 야스오와 쇼코가 숲 속에서 뒤를 쫓았던 그

[비늘코끼리]였다.

도중에 길이 사라진 것은 비늘코끼리가 하늘을 나는 생물이었기 때문이다.

하지만 이런 덩치가 날개를 펄럭이며 난다니 믿기 어려운 일이다.

정면에서 본 비늘코끼리의 얼굴은 코끼리라기보다도 구형의 코뿔소에 가까웠다.

세 사람 앞에 천천히 내려온 비늘코끼리, 아니, 비늘코뿔소는 잘 다진 지면에 납작 엎드렸다.

"이게 비늘룡이야. 이걸 타고 도시까지 가는 거지."

이만큼 땅딸막한데 코끼리도 코뿔소도 아니고 용인 모양이다.

"이 숲은 비늘룡의 생식지고, 이따금 아틀리에 위에 착륙하지."

이런 덩치가 내려온다면 분명히 요새 레벨로 보강된 건물이 아니면 안에 있는 사람이 버틸 수 없겠지.

주위 지면이 묘하게 잘 다져진 것도 이 녀석 탓이 틀림없다.

"이, 이거 정말로 탈 수 있나요?"

"생긴 것과 달리 얌전한 생물이야. 이 사이즈라면 어른 여섯 명은 탈 수 있어. 내가 위에 올라갈 테니까 의자를 던져 줘."

카탈리나는 익숙한 동작으로 비늘룡의 팔과 어깨에 팔다리를 걸어 그 등에 오르더니, 그 골반 교정 의자를 비늘룡의 등에 하나씩 얹었다.

즉 그건 이 비늘룡의 안장이었다.

"이 아이를 타고 가면 겔데이트까지 세 시간 정도면 도착해."

"하늘을 날아가나요?"

"설마. 그런 짓을 하면 도시 벽의 대공마도병에게 격추돼. 느긋하게 지면을 걸어가야지."

"대공마도병?"

정말로 그 말을 들은 적 없는 쇼코가 솔직한 의문을 말하고, 카탈리나는 다소 생각하는 얼굴을 했다.

"조금 가르쳐 줘야겠네. 시간은 많이 있으니까, 가는 길에 이 아주머니의 이야기를 들어보겠니. 일단 어서 타."

그 뒤에 야스오와 쇼코는 카탈리나의 다섯 배 정도의 시간을 들여서 비늘룡의 등에 탔다.

비늘룡이 일어서는 순간 시야가 단숨에 상승했다.

"우와아!!"

"와아! 높다!"

야스오도 쇼코가 환성을 올렸다.

"그렇게 기뻐해 줄 거라곤 생각 안 했어. 야스오, 꾸러미 떨어뜨리지 말고."

쓴웃음을 지은 카탈리나가 또 작게 호각을 불자, 비늘룡이 천천히 움직이기 시작했다.

움직임 자체는 느리게 보이지만 거구 때문에 한 걸음의 폭이 커서, 그렇게 힘들게 걸어온 숲의 나무들이 엄청난 속도로 뒤로 흘러갔다.

오늘 날씨도 쾌청하다고는 할 수 없지만, 비는 개여서 햇살이 드는 순간도 있었다.

전망도 좋고, 거대한 양치류 식물이나 새파란 과일이 열린 나무 등을 보고 있으면 역시 일본과는 전혀 다르다는 것이 흐릿한 인상에서도 읽혀졌다.

숲을 지나는 도중에 카탈리나는 야스오와 쇼코에게 안테 란데라는 세계의 기초적인 정보를 가르쳐 주었다.

"30년 전의 마왕 콜 전쟁부터 말하면 될까. 토르제소 대공국의 땅속에서 나타난 악마들을 당신의 아버님, 용사 히데오와 그 동료들이 무찌른 이야기부터."

30년 전에 마왕 콜 전쟁이 있고, 이세계의 용사 히데오가 그걸 무찔렀다는 이야기 이상은 건드리지 않아서, 야스오가 어머니 이야기를 꺼낼 기회는 지금으로선 없었다.

또 시이 문제 등은 디아나나 할리어에게 들은 이야기의 재탕에 불과했지만, 레스티리아인인 디아나에게서는 들을 수 없었던 정보가 있었다.

그것은 지금 두 사람이 있는 가즈 공화국의 입장과 가즈 공화국에서의 용사 히데오에 대한 인상이었다.

가즈 공화국은 대국인 레스티리아와 바스켈갈데 연방 사이에 있어서 항상 양쪽의 정치적 압력에 시달리는 모양이다.

공화제 나라인 탓에 절대적인 권력을 가진 존재가 없고, 나라 안은 크게 레스티리아파와 바스켈갈데파로 나뉘어 있다.

가즈 공화국은 과거 마왕 콜 전쟁 때 용사 히데오에 관련된 전장이 가장 많은 나라이기도 하다.

그만큼 용사 히데오를 영웅시하는 경향은 레스티리아에 못지 않거나 그 이상이지만, 반대로 말하자면 그만큼 가즈 공화국에서 많은 희생이 나왔다는 소리이기도 하다.

레스티리아나 바스켈갈데가 가즈 공화국을 방파제로 썼다고 생각하는 경향도 있고, 용사 히데오를 신봉하긴 하지만 자신들을 마음 편히 이용하고 희생을 강요한 레스티리아나 바스켈갈데를 미워하는 이도 많다.

마왕 콜 전쟁으로부터 아직 30년.

전쟁을 기억하는 이는 많고, 게다가 현재 세계를 덮치는 시이의 위기에서 가즈 공화국의 정세는 수면 밑으로 조용히, 하지만 확실하게 어지러워지기 시작했다고 한다.

"일단 우호적인 대국 사이에 있는 만큼, 눈에 띄게 치안이 망가지진 않았어. 전쟁의 기억이 뚜렷하게 남아 있는 기사단도 강해. 현재의 주력인 마도기사들도. 다만 그만큼 뭔가 불씨가 커졌을 때에 마도기사단이 갈라지는 일이 생기면 이 나라는 큰일이 날 거야. 레스티리아나 바스켈갈데의 보호에서 벗어난 전쟁 난민도 일단 모두 여기 가즈 공화국을 향해."

"그건…… 고생이네요. 이 나라의 국토 면적은 어느 정도입니까?"

"크지는 않아. 바스켈갈데와는 비교도 안 되고, 레스티리아랑 비교해도 절반 정도일걸. 하지만 오래 전부터 교통의 요충지로 번영한 덕분에, 경제적으로는 풍요로워. 그런 토양 덕분에 공화제의 역사도 길지. 공화제는 알려나? 일본도 공화제라고 들은 적이 있는데."

"어어……. 조금 다르지만 비슷한 면은 있습니다."

분명히 일본은 민주주의에 기반을 두어서 국민이 주권을 갖고 선거를 통해 뽑힌 국민의 대표가 국가를 운영한다는 점에서는 공화제와 같지만, 천황을 두었기에 사실상 입헌 군주제가 된다.

또한 공화국과 민주주의국이 완전히 같은 건 아니기 때문에, 공화제를 추앙하면서 연방 국가에 속하거나 왕을 둔 공화국도 역사상 존재한다.

"국가 원수는 있습니까? 그 사람이 어느 파인지에 따라서도 이야기가 꽤 변한다고 할까."

"당신들의 말로는 뭐라고 해야 하려나. 으음, 대…… 대, 대통령일까. 대통령은 중립이지만, 실제로는 레스티리아파야."

시이 대책에서는 다름 아닌 레스티리아조차도 용사 히데오 초빙에 대해 크게 의견이 나뉠 정도다.

하물며 용사 히데오 소환이라는 비기를 선택지에 넣을 수 없는 나라는 한층 혼란이 심하겠지.

"도시가 가까워지면 쇼코는 후드를 깊이 눌러써. 내 동행자라고 말하고 통행세를 조금 많이 내기만 하면 별다른 문제는 없겠지만, 조심해서 손해 볼 것 없으니까."

"알겠습니다."

시이의 공포가 만연한 가운데, 눈동자에 시이의 불길을 담은 소녀가 나타나면 패닉에 빠질 게 뻔하다.

하룻밤 자고 일어났더니 쇼코의 왼눈의 불길은 또 검게 타오르고 있었다.

뭔가를 가까이 가져간다고 불이 붙는 일은 없지만, 붕대 같은 걸로 가려도 숨길 수 없기 때문에 후드를 써서 눈을 보이지 않도록 하는 수밖에 없다.

"그러고 보면."

윌리엄도 그 붉은 눈동자만큼은 숨길 수 없다고 말했는데, 어쩌면 윌리엄은 쇼코와 같은 성질을 가진 게 아닐까.

"왜 그래, 야스 군?"

"아니, 아무것도."

"불길이라면 어지간히 접근하지 않으면 괜찮을 거라 생각해……."

"어?"

야스오가 생각하던 것과 다른 소리를 한 쇼코는 후드를 올리더니 잠시 주저한 후…….

"에잇."

"어."

작은 기합 소리와 함께 옆에 앉은 야스오의 손을 잡았다.

그러자 바람에 흔들리며 이마부터 관자놀이 근처까지 타오르던 검은 불길이 순식간에 라이터의 불꽃 정도로 작아지지 않는가.

"어머머……."

카탈리나가 쇼코의 눈과 그 손을 보고…….

"어머머머머."

"뭐, 뭡니까!"

다음에는 아주 의미심장한 눈으로 야스오를 바라보았다.

야스오는 얼굴을 붉히며 항의했지만 그렇다고 쇼코의 손을 뿌리칠 수도 없었고, 쇼코는 쇼코대로,

"헤헤헤……."

살짝 얼굴을 붉히긴 했지만 꼭 싫지도 않은 눈치니까 문제다.

이유는 모르겠지만, 그 불길은 쇼코가 야스오와 접근하면 할수록 작아지는 모양이다.

완전히 사라지려면 어젯밤처럼…….

"사이좋은 건 좋은 일이야."

"놀리지 말아 주세요!"

"으음……. 하지만 이래서는 꽤나 부담되는 여자네."

"그쪽도 무슨 소리야!"

야스오를 가만히 있을 수 없는 기분으로 몰아놓고, 쇼코도 카탈리나도 만족한 것처럼 앞을 보았다.

"아무튼 이걸로 어떻게 안 될까요?"

"으음, 뭐, 그래도 방심하면 안 돼. 젤데이트는 아직 그렇게 심하지 않다지만, 가즈 전역을 보자면 시이의 피해가 심각하니까. 그런 가운데 또 마왕 콜 전쟁처럼 대국 좋을 대로 이용당하기 싫다는 의견이 늘어나고 있어. 그러니까 올바른 독립을 유지하자고 말하는 세력도 생겨나서 꽤 인기를 모으기 시작했어."

국수주의라고 할 정도는 아니지만, 민주적인 공화제 국가이기에 그런 세력도 발흥하는 거겠지.

그건 어떤 의미로 지극히 자연스러운 일이라서, 보통은 흘려들어도 문제없는, 다른 나라의 사정이다.

그보다도 손에 느껴지는 쇼코의 손의 열기와 부드러움이 더 문제일 터였다.

"더 단호한 독립을 생각하는 건 원래 전쟁 난민을 보호했던 조직으로, 탄광의 카넬리안이라고 해……."

""……!""

탄광의 카넬리안이라는 이름만 듣지 않았으면.

"오오!"

시야가 갑자기 트이고 쇼코가 환성을 올렸다.

숲을 빠져나간 순간 광대한 평야가 세 사람을 맞아들이고, 꽤 멀긴 하지만 성채 같은 것이 뚜렷하게 보이기 시작했다.

"저게 젤데이트입니까?!"

"그래. 가즈 공화국 제일의 성채 도시. 히데오 성검천을 기리는 성왕신교회의 대성당이 있어서 종교적으로도 가즈 공화국에서 가장 중요한 곳이야."

성왕신교회.

그 이름은 히데오도 할리어에게서 조금 들었다.

지구의 사례에 어긋나지 않게 역사적으로 꽤나 옳고 그름이 뒤섞인 성스러운 마경이라는 게 엿보이지만, 일반 민중들이 평소의 신앙을 보내는 곳으로서는 충분히 기능하고 있겠지.

그렇긴 해도 히데오 성검천이라는 이름만큼은 몇 번 들어도 익숙해지지 않는데, 떨어진 아버지의 이름과 이런 식으로 재회하는 건 꽤 묘한 기분이다.

"야스오도 일단 얼굴을 숨겨. 그렇게 쉽게 히데오의 얼굴을 떠올리는 사람이 있을 것 같진 않지만, 기억하는 사람이 있을지도 모르니까."

"알겠습니다."

숲에서 빠져나온 것만으로도 전망이 좋아진 평야 여기저기에서 마차 같은 것이 성채 도시를 향하는 게 드문드문 보였다.

지금부터 경계하는 편이 좋겠다 싶어서 야스오도 쇼코도 외투의 후드를 머리에 썼다.

긴장은 했다.

하지만 그래도 두근거림을 억누를 수 없다.

이세계는 말하자면 새로운 사회다.

자기 인생에서 키워온 상식에 얽매이지 않는, 미지의 사람들이 이룬 사회다.

이윽고 비늘룡을 도시 벽 밖의 전문 마구간 같은 곳에 맡기고, 도시 벽을 별문제 없이 통과한 두 사람이 방문한 이세계의 도시 겔데이트는,

"뭐라고 할까…… 도시란 느낌이 아니네요."

그림자가 많은 거리였다.

쇼코의 혼잣말에 카탈리나는 가볍게 눈을 크게 떴다.

"알겠어?"

"왠지 모르지만, 좀 어둡다고 할까, 태양광이 적다고 할까."

모처럼 울창한 숲을 빠져나와서 밝은 평야로 나왔는데, 이번에는 인공의 숲에 들어온 꼴이었다.

키가 큰 건물이 많고, 길은 복잡하고, 길을 오가는 사람들의 숫자도 드문드문.

일본에서 뒷골목에 들어갈 때와 또 다른 것은 길 저편을 바라봐도 햇빛이 들어오는 이미지가 없다는 점이다.

그렇다고 그을렸다든가 퇴폐적인 분위기가 있는 것도 아니다.

길가가 낙서나 쓰레기로 넘쳐난다든가, 가까이 가기 힘든 분위기의 사람들이 곳곳에 있는 것도 아니다.

아무튼 야스오와 쇼코가 평소에 이미지하는 '도시'와는 근본적으로 조성이 다르다는 게 피부로 느껴졌다.

"그래, 아직 시간도 좀 있으니 관광을 해 볼까?"

""관광?""

뜻하지 않은 말에 야스오와 쇼코는 눈을 크게 떴다.

"쇼코. 놀라는 건 좋지만, 고개는 너무 들지 마. 아무리 작더라도 시이의 불길은 역시 눈에 띄어."

"아, 죄, 죄송합니다."

다급히 쇼코는 다시금 후드를 깊게 눌러썼다.

야스오와의 거리감으로 불길의 분출을 억제할 수 있다고 해도, 항상 손을 잡고 있을 수도 없다.

경계는 항상 하고 있어야 한다.

"오는 도중에 이 나라에 대한 여러 이야기를 했지? 쇼코가 느낀 위화감의 정체는 이 도시의 '명소'를 관광하면 알 거라 생각해. 따라와."

그렇게 말하더니 카탈리나는 앞장서서 걷기 시작했다.

"여기는 성채 도시고, 마왕 콜 전쟁 때 이 지역의 실질적인 최전선 역할을 해 왔어. 그리고 이 도시는 교통의 요충지. 그러니까 이 거리는 이런 식이 될 수밖에 없었지. 일단 저기에 가 볼까."

카탈리나는 그렇게 말하면서 가리킨 곳은 주변에서 가장 높은 탑 같은 건물이었다.

"우와아앗!!"

이 세계에 온 뒤로 몇 번째 환성일까.

쇼코는 발판 가장자리에 서서 시야 가득 펼쳐진, 그림으로 그리는 것은 도저히 불가능한 '웅대함'에 감탄하고 있었다.

돌로 지어진 50미터 정도의 탑.

그 최상층의 테라스는 겔데이트 주변을 한눈에 볼 수 있는 전망대이며 감시탑이었다.

1층 입구에 있던 병사의 검문소 같은 장소에 짐을 맡겼지만, 에스컬레이터나 엘리베이터에 익숙한 현대인인 야스오로서는 가파른 석조 계단을 열심히 올라가는 게 꽤 힘들었다. 하지만 그 위에서 펼쳐진 광경은 그런 피로를 가볍게 날려 버리는 것이었다.

"대, 대단한데……."

높이로서는 현대 일본의 수도권에 사는 두 사람에게 그리 대단할 게 못 된다.

하지만 그 전망의 깊이와 폭은 현대 일본에 살아서는 볼 수 없는 것뿐이었다.

아래쪽의 겔데이트 도시 경관도 압도되는 것이었지만, 그것을 둘러싸는 자연에 무엇보다도 감탄했다.

숲과 평원과 저 멀리 있는 산과 하늘만이 시야를 채우고 있었다.

일본의 유명한 전망 시설에서 볼 수 있는 것은 어디를 가도 도시 풍경이고, 시야 중간부터는 산들이 시야를 가로막는다.

하지만 이 전망대에서는 하늘과 대지의 경계를 볼 수 있다.

"대단해, 대단해, 대단해!!"

쇼코는 최상층에 온 순간부터 그 말밖에 하지 않게 되었고, 실제로 그 이외에 할 수 있는 말이 없을 만큼 그 풍경은 두 사람에게 충격적이었다.

"저 숲이 카탈리나 씨가 사는 숲이로군요."

야스오가 가리키자, 카탈리나는 고개를 끄덕였다.

"그래. 그리고 저기 보이지? 저 숲을 가로지르며 흘러서 이 도시의 서쪽 끝으로 들어오는 게 당신의 아버님이 악마와의 싸움 끝에 만들어 낸 [히데오 성검천]이야."

"정말로 그 이름, 어떻게 안 되나요?"

"나한테 말해도 말이지."

히데오 성검천은 위에서 보면 꽤나 광대하고 장대한 하천임을 알 수 있었다.

아버지는 전투 중에 악마의 공격으로 솟아난 물 때문에 생겼다고 했는데, 그런 말에서 상상하기에는 너무나도 먼 곳에서 흘러 오는 것으로 보였다.

그 수원은 어젯밤에 실컷 헤맸던 숲을 지나, 훨씬 더 멀리에 희미하게 보이는 산기슭에 있는 게 틀림없다.

이 강이 30년 전까지는 존재하지 않았다면, 대체 그 아버지와 악마와의 싸움은 얼마나 대규모이며 대단한 전투였을까.

지구의 현대 병기를 통해 연상할 수 있는 것과는 전혀 다를 게 틀림없다.

"보고 알았을 거라 생각하는데, 이 도시 주변에는 군대의 침공을 막을 수 있는 게 전혀 없어. 저 멀리 보이는 산을 넘어오기만 하면 그 다음은 여기까지 일직선. 그리고 배후에는 레스티리아와도 바스켈갈데와도 통하는 광대한 평야. 그러니까 여기 겔데이트는 웅크린 거북 같은 모습이 되었어."

도시가 어두운 최대의 이유는, 이 도시가 유사시에 말 그대로의 성채로 기능해야만 하는 숙명을 띠고 있다는 점에 있었다.

성벽은 높고, 건물은 밀집하고, 길거리는 침입자가 길을 잃도록 가늘게 만들어졌다.

마왕 콜 전쟁 당시는 물론이고, 그 이전의 역사에서도 이 도시는 교통과 경제의 요충지로서 야망 있는 많은 이들에게 주목을 받았겠지.

"여기선 잘 안 보이지만, 내 목적지는 저기 있는 시장이야. 야스오가 아까 밑에서 맡긴 건 오늘 아침에 당신들도 마신 차의 재료가 되는 건조 콩. 그리고 당신들의 목적지는…… 이 경우 저기가 되려나."

카탈리나가 가리킨 것은 시장에서 지금 있는 전망대를 사이에 두고 도시 정반대쪽에 있는, 크기는 이 전망대와 비슷한 정도의 높은 건물이었다.

건물이 밀집한 이 도시에서 보기 드물게, 주위에 어느 정도 공간이 확보되어 있었다.

"저건?"

야스오의 질문에 카탈리나는 대수롭지 않게 대답했다.

"가즈 기사단의 젤데이트 본부야. 용사 히데오의 가족인 걸 알면 분명 든든히 보호해 주겠지."

"!"

야스오는 무심코 숨을 삼켰다.

의심은 사고 싶지 않다. 하지만 카탈리나의 입에서 아버지의 이름이 나오면 아무래도 긴장하게 되고, 그걸 들킬지도 모른다는 두려움이 솟았다.

야스오는 그걸 얼버무리려고 카탈리나에게 질문을 던졌다.

"카탈리나 씨, 이 나라의 [기사]는 어떤 신분입니까?"

"무슨 소리?"

"아뇨, 일반적인 일본어에서 기사란 단어는 말을 타고 싸우고, 보병보다 재산 있는 전사 정도 정도의 인식인데, 실제로는 그렇지 않은 쪽이 많으니까……."

말로 잘 표현할 수 없는 답답함을 느꼈지만, 옆에서 쇼코가 야스오의 의도를 이해하여 말을 이었다.

"원래 있던 세계에서 [기사]란 말이 가리키는 신분이 시대나 나라에 따라 크게 달라요. 야스 군이 묻고 싶은 건 가즈 공화국의 [기사]는 봉건 영주 같은 것인지, 왕에게 공적을 인정받은 명예직인지, 직업 군인지 하는 거라고 생각해요."

쇼코의 말을 듣고 카탈리나는 이해한 기색이었다.

"이 나라에서 [기사]는 신분이나 칭호가 아니라 '직업' 이야. 공화국 수도의 기사단 본부가 관할하고, 실제 모든 [기사]는 [마도기사]라고 생각하면 돼. 일은 치안 유지와 영토 방어야. 이거면 답이 되었을까?"

"아, 예. 감사합니다."

그렇다면 적어도 겔데이트 본부라는 장소에서 보호를 받으면 이름뿐인 기사 칭호를 가진 지방 귀족에게 유폐될 일은 없겠지.

그런 생각을 하는데, 갑자기 카탈리나의 심각한 시선과 눈이 마주쳤다.

"당신들은 꽤나 고도의 교육을 받았구나."

"예?"

"숲에서 여기까지 오는 짧은 시간의 대화로 당신들이 적어도 역사나 정치, 수학과 경제에 대해 상당히 많은 교양을 가진 걸 알았어."

"그, 그렇습니까?"

"당신들은 내가 이 나라에 대해 해설하는 동안 단어에 대한 질문이 전혀 없었어. 예를 들어서 '공화제' 같은 건 이 나라에 살면서도 의미를 모르는 사람이 많을 말이야."

그건 너무 과대평가 아닐까.

적어도 야스오도 쇼코도 자기가 특별히 박식하다고 생각하지 않고, 그 정도는 조금 열심히 입시 공부를 한 문과계 학생이나 국공립 대학 지망생이라면 간단히 이해할 수 있는 이야기다.

솔직히 그렇게 대답하자, 카탈리나는 조금 기막힌 눈치로 어깨를 으쓱였다.

"그게 보통이라고 단언할 수 있다면 역시 이세계는 대단한 장소네. 당신들 같은 애들이 우글대는 거잖아?"

""…….""

야스오와 쇼코는 무심코 시선을 주고받았다.

두 사람으로서는 눈앞의 카탈리나도, 이 겔데이트 시도 경탄한 만한 이세계의 요소다.

당연하다는 듯이 사람들이 마법을 쓰고, 하늘을 날고, 이형의 생물을 사역한다.

이 정도가 가능한 세계의 인간이 대체 왜 일본을 위협적인 이세계라고 평하는 걸까.

카탈리나는 그런 두 사람의 생각을 느낀 모양이었다.

"안테 란데가 넓다고 해도 모든 국민이 학교에서 교육을 받을 수 있는 나라는 하나도 존재하지 않아. 혹시 당신들, 안테 란데에 사는 모든 인간이 마도나 마법을 쓸 수 있다고 생각하는 거 아냐?"

생각했다.

야스오는 마음속 어딘가에서 그렇게 생각했던 자신을 발견하고 놀랐다.

"마법을 쓸 수 있는 것도, 마도기사가 될 수 있는 것도, 더 말하자면 학교에서 배울 수 있는 것도 안테 란데에서는 한정된 사람뿐이야. 마왕 콜 전쟁 후에는 그 경향이 더 심해졌다고 해도 좋아……. 이왕 이리 된 거, 시장에 가기 전에 한 곳 더 안내하고 싶은 데가 있어. 관광이라고 하기에는 좀 보기 괴로운 장소가 될지도 모르지만."

카탈리나는 그렇게 말하더니, 얼른 전망탑을 내려갔다.

"어, 어디로 가는 겁니까?"

"30년 전의 흔적."

카탈리나의 대답은 간결했다.

※

"여기는……."

비슷한 석조 건물이 계속되는 가운데, 그 건물은 눈에 띄게 노후화한 인상이었다.

외관은 교회나 성당처럼도 보이고, 높은 건물이 많은 이 도시에서는 드물게 2층짜리였다.

녹슨 문 안쪽에는 정원 같은 게 보이지만, 드러난 지면에는 초라한 나무가 한 그루 있을 뿐이지, 딱히 아름다운 경관도 아니었다.

카탈리나는 건물을 에워싼 벽에 대충 박아놓은 문패 같은 것을 가리켰다.

"[반딧불의 집]이라고 적혀 있어. 반딧불이 어떤 곤충인지는 알아?"

"그야 물론……."

"발광하지만 열을 내지 않는 반딧불은, 탄광 안쪽에서는 인화나 폭발의 걱정이 없는 광원으로 사용되는 일이 있어."

"헤에……. 그렇……. 음?"

지금 카탈리나는 묘한 단어를 말하지 않았나?

"물론 반딧불의 빛은 조명으로 거의 도움이 안 돼. 그래도 탄광에서 일하는 사람들에게는 그렇게 약소하고 불확실한 빛조차도 목숨을 맡길 수 있는 불빛이었어. 여기는 그런 장소."

야스오는 무심코 긴장했다.

그건 거의 반사적이었다.

카탈리나는 지금 분명히 '탄광'이라고 말했다.

"여기는 난민 지원 조직, 탄광의 카넬리안이 운영하는 시설 중 하나야."

"!!"

몸이 굳었다. 마음이 싸늘해졌다.

여태까지 억눌러 왔던 경계심이 심장을 무서운 기세로 움직이게 했다.

카탈리나의 예리한 옆얼굴이 식은땀을 흘리는 야스오를 보았다.

그 눈 안쪽에 있는 건 대체 무엇일까.

역시 카탈리나는 쇼코가 [빗장]임을 알고, 탄광의 카넬리안에 넘기려고 온 걸까.

마법을 쓸 수 있는 듯한 카탈리나 씨에게서 쇼코를 데리고 도망칠 수 있을까.

패닉에 빠지려는 야스오의 생각이 폭발하기 직전,

"?!"

[반딧불의 집] 안쪽에서 소리 높은 종소리가 울리고, 야스오도 쇼코도, 그리고 카탈리나도 그쪽을 무심코 보았다.

 다음 순간,

 """ⅩⅩⅩⅩ!!"""

 대체 어디에 숨어 있었을까.

 골목 여기저기서 작은 아이들이 갑자기 모습을 보이고, 뭐라고 소리치면서 앞다투어 [반딧불의 집]으로 달려갔다.

 "어?! 어?!"

 "와와앗!"

 세 사람의 발밑을 빠져나가는 아이들은 모두 초라한 행색에 야위어 있었다.

 하지만 눈에 깃든 빛은 어딘가 빈틈없는 예리함 같은 것을 느끼게 했다.

 "지금 애들은……?"

 카탈리나는 대답하는 대신 똑바로 한 방향을 가리켰다.

 그 볼품없는 나무 주위에 조금 전의 아이들이 둥글게 모여 앉아 있었다.

 무슨 일인가 싶어서 보고 있자, 이윽고 [반딧불의 집] 안에서 어른이 한 명 나타났다.

 닳아빠진 긴 로브를 두른 노파였다.

 노파의 손에는 야스오와 쇼코가 오늘 아침에 카탈리나에게 받은 것과 비슷한 빵이 든 바구니가 들려 있고, 아이들의 눈은 똑바로 그 빵 바구니를 향하고 있었다.

아이들 중 한 명이 노파의 빈틈을 봐서 그 바구니로 손을 뻗으려 했을 때…….

"ＸＸ‼"

"아!"

쇼코가 무심코 작은 비명을 질렀다.

노파는 그 아이를 뒷발질로 걷어찬 것이다.

차인 아이는 바닥에 쓰러졌지만, 그래도 딱히 울지도 않고 토라진 얼굴로 노파를 바라볼 뿐.

한편 노파 쪽은 쇼코의 비명을 들었는지, 날카로운 눈초리를 로브의 후드 안쪽에서 빛내며 이쪽을 노려보듯이 순간 보았다.

그러자 카탈리나가 그 노파를 향해 살짝 고개를 숙였다.

"…….."

노파도 카탈리나를 보았는지 주름살 많은 눈꺼풀을 살짝 쳐들었지만, 곧 아이들 쪽으로 다시 몸을 돌려서 뭐라고 말하기 시작했다.

야스오의 귀로는 노파가 뭐라고 하는지 알아들을 수 없었다.

아마도 이 지역의 말이겠지.

말을 알아들을 수 없어도, 빈말로도 다정하다고 할 수 없는 음성임은 알았다.

그래도 아이들은 얌전히 노파의 말을 듣는 모양인지, 그로부터 몇 분 뒤에 한 아이에게 하나씩 빵이 배포되었다.

물론 걷어차인 아이도 분명히 빵을 받았다.

노파는 아이들 전원에게 빵이 돌아갔음을 본 뒤에, 이번에는 광장 구석으로 이동했다.

거기에는 수동 펌프식의 우물이 있었다.

노파는 모인 아이들 중에서 비교적 나이 많은 듯한 아이에게 뭐라고 말했다.

그 아이는 빵을 다 먹더니, 자기 두 손에 묻은 부스러기 하나도 놓치지 않으려고 손을 핥은 뒤에 우물의 핸들에 달라붙어서 위아래로 움직이기 시작했다.

머지않아 우물에서 우물물이 쏟아져 나오자, 빵을 다 먹은 몇 명이 또 앞 다투어 그 물에 달려들어서 열심히 그걸 마시기 시작했다.

일이 여기에 이르자 간신히 노파는 카탈리나 쪽으로 제대로 고개를 돌리고 느릿한 발걸음으로 이쪽으로 다가왔다.

"……."

탄광의 카넬리안이라는 말에 야스오는 크게 경계했지만, 눈앞에서 펼쳐진 광경은 아무래도 야스오가 품었던 이미지와 달랐다.

아니, 오히려 이건 어쩌면 탄광의 카넬리안 본래의……

"XXXX, 카탈리나?!"

이윽고 세 사람의 앞에 온 노파는 반쯤 화내는 목소리로 카탈리나에게 뭐라고 물었다.

"XXXX."

카탈리나도 두 사람으로서는 알아들을 수 없는 이 지방의 말로 노파에게 대답했다.

야스오와 쇼코는 두 사람의 대화를 그저 마른침을 삼키며 쳐다볼 뿐이었지만, 문득 노파가 야스오 쪽으로 그 날카로운 눈을 돌리고 말했다.

"그래. 한눈에 알았어."

"어?"

"너, 히데오의 아들이로군."

다소 억양이 이상하지만, 틀림없이 일본어.

게다가 '히데오의 아들'이라고 단언하는 말.

히데오의 경계심이 다시금 패닉 직전까지 끓어올랐지만, 노파는 곧 탄식하더니 야스오에게서 눈을 돌렸다.

"이세계에서 히데오의 아들이 찾아왔군. 또 전쟁이 일어나려나. 싫은데. 안 그래도 힘든 상황에서."

"무, 무슨, 의미, 입니까?"

"어? 뻔하잖아. 용사 히데오는 마왕 콜에게 인간이 이길 수 없으니까 신이 부른 거야. 지금 세계를 위협하는 건 뭐지? 시이 아니냐. 이번에도 안테 란데의 인간으로는 시이에게 못 이기니까, 신이 너를 부른 게 틀림없어."

아무래도 좀 이상하다.

성격이 험악해 보이는 노파다. 하지만 야스오를 '용사 히데오의 아들'이라고 단언하면서도 소동을 부리지 않고, 탄광의 카넬리안이 운영하는 시설에 있으면서도 시이에 대해 혐오감을 드러낸 발언을 한다.

할리어의 정보로 연상한 탄광의 카넬리안의 구성원이라고 생각할 수 없는 태도다.

야스오는 영문을 몰라서 무심코 카탈리나를 보았지만, 카탈리나는 야스오에게 시선도 주지 않고 노파에게 일본어로 물었다.

"그렇게 힘들어?"

"30년이나 지나면 지원도 끊기지."

그 질문에 노파는 얼굴을 찌푸리며 [반딧불의 집]을 돌아보더니, 우물물을 대야에 받아서 각기 옷을 빨기 시작하는 아이들을 보았다.

"한때는 하루에 200명을 돌보던 여기 반딧불의 집도 지금은 저 숫자의 아이들을 먹여 살리기 힘든 지경이야."

"저기, 저 아이들은, 대체……."

여태까지 지켜보던 쇼코가 무심코 꺼낸 질문에 대한 노파의 대답은 간결했다.

"고아야."

"어……."

그 짧은 말이 뜻하는 사실의 무거움에 쇼코는 말을 이을 수 없었다.

"이유는 각기 다르지. 버려진 아이도 있고, 어떤 이유로 부모가 죽었는데 피붙이가 없는 아이가 이 뒷골목에 저만큼 살고 있어. 여기는 일본어로 말하자면 구빈원이지."

"구빈원?"

낯선 말을 야스오는 바로 이해할 수 없었다.

쇼코도 마찬가지였는지, 한동안 눈을 껌뻑인 뒤에 놀란 표정을 보였다.

"고아원이 아닌가요?"

"고아원은 말이지, 저 애들이 살 수 있을 만큼 여력이 있는 시설이야. 여기는 저 애들이 잘 곳도, 먹을 만한 음식도 만족스럽게 없어. 지금은 애들이 모이는 곳이지만, 원래는 토르제소의 전쟁 난민들을 겔데이트에 어떻게든 정착시키기 위한 일을 하는 사무소지. 아이들을 떠맡기에 충분한 설비가 없어. 서류를 내면 세금도 괜히 더 뜯기고."

"그런⋯⋯."

노파의 말을 들어보면, 마왕 콜 전쟁 이후 십 년 정도는 이웃 나라들은 물론이고 가즈 공화국의 지원도 있었다. 덕분에 겔데이트에 위치한 탄광의 카넬리안은 이 반딧불의 집을 포함해 제법 괜찮은 난민 지원이 가능했다고 한다.

하지만 최근에는 전쟁 난민의 정착이 진행되며 지원 효율이 떨어졌고, 시이의 출현으로 사회 불안이 커지면서 나라 전체에서 곤궁한 이를 구할 여력이 떨어진다고 한다.

지원의 손이 줄어들면서 탄광의 카넬리안의 조직력 자체가 저하되었다. 현재 이런 작은 시설은 원래 탄광의 카넬리안 소속이라고 할 뿐이지 연락다운 연락도 없다. 실질적인 운영은 이 노파처럼 원래부터 있던 관리자와 지역의 지원만으로 꾸려나간다는 모양이다.

"카탈리나 씨는 이 반딧불의 집과 대체 어떤⋯⋯."

"이 여자는 묘한 성격이라서 말이지. 그림쟁이로서 귀족의 여흥에 어울려서 번 돈을 잔뜩 보내 주지."

야스오의 질문에 노파는 심술궂게 대답했지만, 카탈리나는 살짝 미소 지었다.

"이쪽의 케리 원장은 예전부터 극기심이 강하고 부끄러움을 타거든. 마왕 콜 전쟁 때는 우리 일가의 피난을 지원해 준 사람인데, 남들의 지원을 최소한밖에 받지 않아. 나로서는 가족의 목숨을 구해 준 사람이니까 더 많이 해 주고 싶은데, 기부금을 받게 하기도 힘들어서."

악담인지 칭찬인지 모르겠지만, 젊은이 둘로서는 이 두 사람의 말에 눈을 동그랗게 떴다.

케리라는 이름인 듯한 노파도 이 정도로 허둥대는 일 없이 내뱉듯이 말했다.

"나는 말이지, 궁상맞게 살고 있으면 누군가가 돈벼락을 내려 준다고 생각하도록 키우고 싶지 않아. 땅을 기고 진흙물을 마시기만 해선 어른이 되어도 세상을 꺼리게 될 뿐이지만, 여기서 최소한의 밥을 먹고 옷을 깨끗하게 하면 긍지를 지킬 수 있어. 그거면 돼. 세상을 싫어한다고 해도 세상은 도와주지 않는다는 걸 배우지 않으면, 안 그래도 태생도 성장도 열악한 애들은 제대로 된 어른이 되지 못해. 과도한 지원은 그저 해가 돼."

빠르게 읊어 대는 케리 원장의 말은 거칠기는 해도 아이들에 대한 사랑이 묻어났다.

그 모습을 보면 시이를 조종하여 인간의 긍지를 어지럽히는 악의 같은 건 전혀 느껴지지 않았다.

"그러니까 말이지 너."

케리 원장은 다시금 야스오에게 시선을 주더니, 그가는 두 손으로 야스오의 어깨를 붙잡았다.

"부탁한다. 이 세계를 구해 다오."

"어……어……."

"안심해. 네 존재를 떠들고 다니는 바보짓은 안 해. 대신 혹시 네가 아버지와 같은 사명을 띠고 안테 란데에 왔다면, 저 애들이 어른이 되는 미래를 지켜 다오. 부탁한다……."

그것은 애원이라고 해야 할 것이었을지도 모른다.

하지만 야스오는 그 마음을, 설령 거짓으로라도 받아들일 수 없었다.

그 힘은 자신에게 없다고, 여태까지 거듭 깨달았으니까.

그런 곤혹스러움이 전해졌을까, 케리 원장은 뜻밖에도 부드러운 얼굴로 끄덕였다.

"솔직한 애구나. 미안하다."

그리고 야스오의 어깨에서 손을 뗐다.

"네 아버지도 갓 도착했을 때에는 도망치려고 했다고 들었지. 그야 갑자기 세계의 운명 같은 걸 맡긴다는 말을 들어도 난처할 테고. 일본에서는 사회에서 어른 대접을 받는 게 꽤 늦는다고 하지. 너무 기대는 않고 기다리마."

"예……."

야스오는 모호하게 끄덕일 수밖에 없었다.

하지만 카탈리나가 여기서 뭘 보여 주고 싶었는지는 충분히 이해했다.

[이세계 안테 란데]의 현실의 한 측면이다.

카탈리나는 두 사람이 레스티리아의 상층부와 관련이 있다는 것을 모를 터이다.

하지만 그래도 야스오나 쇼코가 이세계의 사회 상식에 대해 품은 오해를, 이 현실을 보여 주는 것으로 풀려고 했겠지.

물론 야스오와 쇼코의 목적은 변하지 않는다.

하지만 그래도 안테 란데라는 세계가 일본이나 지구와 문화적 배경이 다를 뿐인, 분명한 인간 사회임을 생생히 느낄 수 있었다.

"할머니는 일본어를 잘하시네요."

다소 풀어진 분위기 속에서 쇼코가 그렇게 말하자, 케리 원장은 코웃음을 쳤다.

"예전에 카넬리안에서는 귀족에게서 지원을 받아내기 위해서 기초 교양으로 용사 히데오의 고향 말이 필요할 경우가 많았지. 가즈에서는 할 줄 아는 사람이 많지 않지만. 그런데 보아하니 너도 일본에서 온 거냐? 설마 네가 마도카 스기우라의 딸이라고 하지는 않겠지?"

"아, 아뇨, 저는……."

쇼코가 고개를 내저은 순간, 야스오에게 순간 망설임이 생겼다.

여기서 갑자기 마도카 스기우라의 이름이 튀어나왔다.

그게 어머니의 이름이라고 지금 여기서 밝혀야 할까. 히데오의 아들이라는 것만 해도 케리 원장이 갑자기 아이들의 미래를 맡길 정도다.

혹시 여기서 용사와 현자의 아이라고 밝혀지면, 야스오는 일본에 돌아갈 수 없어지게 되는 거 아닐까.

그 순간의 망설임이 결과적으로 다행이었다.

"XXXXX?"

갑자기 남자 목소리가 들려왔다.

야스오가 놀라 고개를 들고 그쪽을 보고, 쇼코가 무심코 야스오의 뒤에 숨었다.

나이는 20대 초반일까. 야스오보다 머리 하나 크고, 커다란 체격, 온화한 얼굴.

단정한 제복의 허리에는 야스오가 본 적 없지만, 분명히 '무기'라고 알 수 있는 외관의 검 같은 것이 매달려 있었다.

가즈 공화국의 마도기사다.

"XX카탈리나!!"

마도기사는 카탈리나를 아는 모양인지, 환한 얼굴을 하며 카탈리나에게 달려왔다.

카탈리나도 웃는 얼굴로 청년 마도기사가 내미는 손을 잡고 무슨 인사를 나누었다.

야스오는 일단 은근슬쩍 쇼코를 등 뒤로 감싸면서 카탈리나에게 작은 목소리로 물었다.

"이쪽 분은……."

"아, 그는 젤데이트 주류(駐留) 기사단의 마도기사, 피그라이드 하사야."

"어라, 지금은 일본어 시간입니까?"

카탈리나가 야스오에게 청년 마도기사를 소개하자, 피그라이드라고 불린 마도기사도 얼른 일본어로 말하기 시작했다.

"마침 잘됐어, 피그라이드 하사. 나중에 본부 건물로 갈까 했거든. 당신, 오늘은 본부에 있어?"

"카탈리나 씨가 저를 지명해 주시면 중령님도 저를 계속 본부에 놔둘 거라 생각합니다. 무슨 중요한 일입니까?"

피그라이드는 카탈리나에게 꽤나 정중한 태도로 대응했다.

물론 카탈리나 쪽이 연상이니까 부자연스럽지는 않다. 하지만 그가 말하는 '중령'이 상관이거나, 본부란 곳의 책임자라면, 카탈리나는 야스오가 생각하는 것 이상으로 영향력이 강한 인물일지도 모른다.

"실은 당신을 통해 기사단 본부에 부탁하고 싶은 일이 있는데, 조금 중요한 문제니까 자세한 이야기는 나중에 본부에서 할게. 지금부터 시장에 갈 건데, 거기 일이 끝난 뒤에…… 그래, 점심 지나서 갈게."

"알겠습니다. 기다리고 있겠습니다, 그럼……."

피그라이드는 그때 카탈리나의 뒤에 있는, 후드를 깊게 눌러 쓴 쇼코와 야스오를 힐끗 보았다.

"아, 이 두 사람?"

카탈리나는 이제야 깨달았다는 듯이 두 사람을 돌아보았다.

"실은 어떤 고귀한 분의 가족인데 몰래 겔데이트를 안내해 주고 있어. 나중에 본부에 갈 때 소개할게. 두 사람 다, 그러면 되겠지?"

"예⋯⋯."

"죄, 죄송합니다."

얼굴을 마주쳤는데 바로 인사할 수 없다는 무례에 야스오와 쇼코는 미안한 마음이었지만, 두 사람 다 시내에서 일개 마도기사에게 얼굴을 함부로 보여도 되는 입장이 아니다.

피그라이드는 두 사람의 그런 모습에 딱히 관심을 두는 기색도 없이 자세를 가다듬고 가즈 공화국의 것인 듯한 경례를 하더니,

"겔데이트 주류 기사단 소속, 피그라이드 루비즈입니다. 기억해 주시길."

한없이 상큼하고 성실하게 자기소개를 했다.

덕분에 두 사람은 한층 더 미안한 심정이 들어서 일단 일본인의 습성으로,

""잘 부탁합니다⋯⋯.""

한목소리로 인사를 했다.

"그래서 그 마도기사님이 이런 하층민들의 지역에 무슨 일로?"

거기서 케리 원장이 타이밍을 재어 대화에 끼어들었다.

여전히 말이 험하지만, 거기에 숨김없는 기쁨이 섞여 있음은 명백했다.

피그라이드도 익숙한 눈치로 품에서 작은 주머니를 꺼내어 케리 원장을 향해 던져 주었다.

받아 든 케리 원장의 손에서는 묵직한 금속음이 작게 울렸다.

"동생들이 배를 곯아서는 안 된다고 생각해서요."

피그라이드는 그렇게 말하고 어깨를 으쓱이며,

"어머니는 워낙 짠돌이라서 이렇게 용돈을 쥐여 드리지 않으면 끼니도 제대로 드시지 않습니다. 실제로 얼마 전에 염원하던 소위로 승진해서 급료에 꽤 여유가 생겼으니까요."

처음 보았을 때의 의연한 태도와 달리 경박함이 느껴지는 어조로 그렇게 말했다.

"어머나, 축하해!"

카탈리나가 케리 원장과 피그라이드를 교내로 보며 가볍게 웃고, 야스오와 쇼코도 두 사람 사이에 항상 있는 대화라는 사실, 그리고 어떤 사실을 이해했다.

"피그라이드 씨는 반딧불의 집 출신인가요?"

"너 뭘 들은 거야? 여기는 밥이라면 먹여 줘도 애들을 돌보는 곳이……."

쇼코의 질문을 케리 원장이 가로막으려고 했지만, 피그라이드는 계속해서 말했다.

"예. 저는 특별히 똑똑하다면서 어머니는 열심히 기사단에 들어가기 위한 교양을 전해 주셨습니다. 일본어도 그 일환이지요."

"……."

"뭐, 제가 그렇게 생각한 것뿐입니다. 어머니는 인정하지 않습니다."

"여전하네."

또 카탈리나가 웃고, 케리 원장은 쓸개 씹은 얼굴이 되었다.

"이 이상 볼일이 없거든 얼른 돌아가!!"

"예, 알겠습니다. 그럼 카탈리나 씨도, 두 분도, 오후에 찾아오시는 걸 기다리고 있지요."

피그라이드는 쓴웃음을 지으면서 케리 원장과 세 사람에게 인사를 하고 등을 돌리더니, 군인답게 꼿꼿한 자세로 길 저편으로 걸어갔다.

"여전히 한마디도 지지를 않아! 애초에 카탈리나! 너 애초에 여기 뭐 하러 왔어!"

"지금 말했잖아. 별 이유 없이 이 아이들의 관광 안내 도중에 들른 것뿐이야."

"흥. 또 이 애들의 그림이라도 그려서 돈 벌려는 거냐!"

"그것도 좋아. 비싸게 팔리거든 반딧불의 집에 기부할 수도 있겠지."

"그런 걸 일본에서는 '*호랑이와 너구리와 하마야' 라고 하는 거겠지!"

"'풋!'"

"뭐가 웃기냐!!"

"'죄, 죄송합니다⋯⋯.'"

말이 많이 틀렸기에 야스오와 쇼코는 나란히 웃었다가 케리 원장의 꾸지람을 사서 바로 사과했다.

"어머?"

그러는 동안 어느 틈에 아이들이 케리 원장의 근처로 와서 호기심 반, 공포 반으로 일행을 바라보았다.

---

* 일본 속담 '잡지도 않은 너구리의 가죽을 판다(取らぬ狸の皮算用/토라누타누키노카와잔요)' 라는 말이 '호랑이와 너구리와 하마씨(虎とタヌキとカバさんよ/토라토타누키토카바산요)' 라고 와전된 것.

"아, 안녕……."

쇼코는 눈의 불길을 들키지 않도록 조심하면서 가볍게 허리를 굽히고 손을 흔들었지만, 아이들은 반응하지 않았다.

"어, 어어, 이 아이들은 일본어를……."

"자기 나라의 글도 만족스럽게 못 읽는 애들이, 이세계의 말을 할 수 있을 리가 없겠지."

"그, 그러네요. 어어, 우, 우리는 수상한 사람이 아냐……. 하하."

"""……."""

"하, 하하……. 수상하네요."

달래듯이 말해 보았어도, 돌아오는 것은 무표정과 의심의 시선뿐.

쇼코도 야스오에게서 손을 놓은 이상, 눈동자의 불길을 잘 숨길 수 없고 똑바로 시선을 맞출 수도 없으니까 난처하지만…….

"아이들의 관심을 끌고 싶으면 먹을 거라도 가져와."

"먹을 거……. 으음, 가지고 있는 과자도 도시락도 모두에게 나누기에는 부족하고, 그렇다고 해도 지금 우리는 무일푼이고……."

아이들의 냉담한 반응에 대해 쇼코는 진지하게 고민했다.

"어쩔 수 없어. 이 아이들에게 우리는 잘 모르는 외부인이야. 원장님과 이야기하는 모습을 봤으니까, 악인이 아니라는 정도로밖에 여겨지지 않을 거야."

야스오가 위로하듯이 그렇게 말하자, 케리 원장도 수긍했다.

"그렇지. 게다가 애들이라고 해서 얕보다간 아픈 꼴 본다. 나는 이 녀석들이 시내에서 뭘 하는지 전혀 모르니까."

"이런 때에 그런 말은 좀 아니라고 생각하고 싶은데요."

부모를 잃은 스트리트 칠드런이 입에 풀칠을 하기 위해 할 수 있는 일은 그다지 없다.

그중에는 소매치기 같은 범죄에 손을 대는 애도 있을지 모른다.

하지만 겔데이트의 치안은 나쁘지 않은 모양이고, 이런 상황에서 일행에게 뭔가 한다면…….

"그렇게 생각하면 안 되지, 에잇!"

그렇게 생각한 순간, 케리 원장은 모인 아이들 중에서 조금 떨어진 곳에 있는 소년의 목덜미를 난폭하게 낚아챘다.

"어, 아, 아니."

케리 원장의 행동에 놀라는 야스오. 하지만,

"주머니에 들어 있는 거 꺼내 봐!"

그 소년은 우물쭈물로 셔츠를 빨았지만, 검댕투성이의 바지를 입은 채였다.

잘 보니 닳고 찢어진 주머니에 뭔가 네모난 것이 들어 있고, 케리 원장은 저항하는 소년에게서 억지로 그 안의 것을 꺼냈다.

"어?!"

그걸 보고 야스오는 눈을 휘둥그렇게 떴다.

케리 원장이 소년에게서 빼앗은 것은 바로 야스오의 휴대폰이 아닌가.

"어머나. 혹시 아까 점심 신호 때려나."

카탈리나가 그렇게 말하자 야스오도 떠올렸다.

그러고 보면 반딧불의 집에서 종소리가 울리는 동시에, 많은 아이들이 자신들의 발치를 통과했다.

설마 그때 슬쩍한 걸까.

"흥. 이건 뭐냐. 이상한 판자인데, 일본의 신기한 도구인가?"

소년은 자기 소득을 빼앗긴 게 불만인지 케리 원장에게 뭐라고 소리쳤지만, 케리 원장은 목덜미를 붙잡은 손을 놓고 소년의 머리를 한 대 쥐어박더니, 휴대폰을 야스오에게 던져 주었다.

"이번뿐이다. 다음에는 이렇게 되어도 안 도와줘."

"죄, 죄송합니다……."

"그 판자를 도둑맞은 것 때문에 네가 이 도시를 안 구해 주게 되면 더 큰일이니까."

그러고 보면 케리 원장에게 야스오는 히데오와 마찬가지로 이 세계에서 온 구세주 후보로 결정된 모양이었다.

"나에겐…… 그럴 생각도, 그럴 힘도 없지만…… 하지만……."

원망 어린 눈으로 이쪽을 보는 소년과 손 안의 휴대폰을 보며 야스오는 이를 갈았다.

그리고 앞으로 나서서, 휴대폰을 훔쳤던 소년 앞에 무릎을 꿇었다.

"……?"

의아한 얼굴로 야스오를 경계하는 소년에게 야스오는 휴대폰을 가져갔다.

그 순간,

"?!"

휴대폰에서 갑자기 음악이 흘러나오고, 소년도 다른 아이들도 카탈리나도 케리 원장도 눈을 크게 뜨며 놀랐다.

"지, 지금 건 뭐야? 오르골 소리로는 들리지 않는데……?"

경악하는 카탈리나에게,

"그런 도구입니다."

야스오는 간결하게 그렇게 말하더니, 이번에는 쇼코를 불렀다.

그리고 놀라는 이들을 무시하고 쇼코에게 화면을 보여 주자, 쇼코는 조금 놀라서 야스오를 보더니 이윽고,

"히, 힘내 볼게. 오래간만이니까 보면서 하면 어떻게든. 어어."

쇼코는 기분 탓인지 얼굴을 붉히면서도 야스오의 의도를 이해하고 휴대폰에 표시된 재생 버튼을 눌렀다.

그러자 야스오의 휴대폰에 들어 있던 [고향]이라는 곡이 부드러운 소리를 내며 주위에 울렸다.

야스오의 휴대폰에는 없어진 합창부 시절에 다운로드한 합창곡이나 연습곡이 많이 녹음되어 있었다.

과거에 일본의 풍경을 노래한 곡으로 친숙하지만, 요즘 시대에 가사의 내용 그대로 '토끼를 쫓고 붕어를 낚는' 소년기를 보내는 인간은 별로 없겠지.

현대에는 오히려 개개인의 유소년기를 떠올리는 심상 풍경으로서 상징적인 의미를 갖는다고 야스오는 생각했다.

쇼코가 주선율을, 야스오가 그것을 받쳐 주는 베이스 라인을 맡아서 편안한 가사의 노래를 불렀다.

제일 먼저 어렸을 적에 놀았던 추억을 부르고, 다음에는 부모와 친구들 생각의 가사를, 세 번째로 금의환향이야말로 제일이라는 가사를 불렀다.

　반딧불의 집의 아이들은 결코 축복받은 환경이 아닐지도 모른다.

　하지만 그들을 사랑하는 어른들은 분명히 있고, 피그라이드처럼 입신출세하여 뒷사람들을 생각하는 이들이 나타난다.

　[고향]의 노래는 반딧불의 집에서 지내는 아이들에게 잘 맞는 노래라고 야스오는 생각했다.

　느릿한 선율이 끝난 무렵에는 신기한 도구에서 흘러나오는 멜로디와 쇼코와 야스오의 혼성합창에 아이들의 눈동자에 약간 호기심의 빛이 돌았다.

　"ㅇㅇㅇ!"

　"어?"

　야스오의 앞에서 야스오와 쇼코와 휴대폰 사이에서 시선을 오가던 조그만 여자애가 야스오의 외투를 붙잡고 뭐라고 외쳤다.

　"ㅇㅇㅇ!" "ㅇㅇㅇ!" "ㅇㅇㅇ!!"

　"뭐, 뭐지?"

　그러자 다른 애들도 앞 다투어 같은 단어를 외치기 시작해서 야스오는 당황했다.

　"한 번 더 해 달라는 거야."

　"한 번 더? 같은 노래면 될까?"

　"같은 거라도 되겠지만, 다른 게 더 있으면 더 기뻐할걸."

카탈리나가 그렇게 말했기에 야스오는 쇼코의 손에서 휴대폰을 받아서 쇼코가 부를 수 있을 만한 것을 복잡한 얼굴로 찾기 시작했다.

"가사 카드가 있는 걸로 부탁해."

"으음, 그래도 말이지……. 아."

인터넷에 연결이 안 되니까 쇼코의 휴대폰으로는 가사를 확인할 수 없다.

그렇다고 해도 야스오도 휴대폰에는 곡밖에 들어 있지 않으니 곤혹스러웠지만,

"이거 기억해? 중학교 때 합창 행사의 과제곡."

"아, 이거. 응, 다른 거랑 비교하면 그래도 나을 거야."

이번에는 아까와 달리 리드미컬한 소리가 흘러나오고, 아이들도 케리 원장도 카탈리나도 또 눈을 동그랗게 뜨는 가운데 야스오와 쇼코는 발로 가볍게 리듬을 맞추며 선율을 읊조리기 시작했다.

바다를 보고 싶다고 바라는 괴물이 인간의 캐러밴과 함께 여행하는 이야기를 노래하는 밝은 발라드.

그 경쾌한 리듬은 젤데이트 아이들의 마음도 들뜨게 했는지, 다리로 리듬을 맞추는 두 사람을 따라서 몇몇 아이들이 펄쩍펄쩍 뛰기 시작했다.

이윽고 처음에 야스오의 휴대폰을 훔쳤던 소년도 못 참겠는지 그 무리에 섞이고, 아이들은 들어 본 적 없는 이국의 말로 부르는 노래에 제각기 노래인지 절규인지 모르는 소리를 내기 시작했다.

"평소에는 빵을 줘도 감사 한마디 안 하는 주제에 귀엽지 않은 애들이야."

케리 원장은 재미없다는 듯이 코웃음을 쳤지만, 그 눈은 계속 아이들과 그 무리의 중심에 있는 야스오를 향하고 있었다.

"당신의 사랑에 익숙해진 거야. 다 크면 피그라이드처럼 생각할걸."

"그건 그거대로 열받는데."

카탈리나도 신기한 힘으로 음악을 연주하고 노래하는 소년과 소녀를 가만히 바라보았다.

"신기하네."

"음?"

"그는 거의 마력이 없어. 저 얼굴만 아니면 히데오의 아들이라고 아무도 믿지 않아."

"뭐, 나도 그 말만큼 믿는 건 아니야."

"하지만…… 저렇게 자연스럽게 자기가 가진 힘으로 아이들을 웃게 해. 저건 역시 혈통이려나."

"곱게 자랐을 뿐 아닐까? 뭐, 그건 그거대로 요즘 세상에 드문 재능일지도 모르지만. 그보다도 나는 저쪽의 여자애가 신경 쓰여."

"역시 알았어?"

"이만큼 가까이서 이야기했으니. 남자애한테 다가갈 때마다 사라지기도 해서 더 눈에 띄어."

"주의할게. 아이들은 괜찮을까?"

"아이들은 본 적이 없으니까, 본다고 해도 그게 뭔지 모르겠지."

"이 사실은……."

"떠들 거면 한참 전에 떠들었어. 무슨 사정이 있겠지. 귀찮은 일에 고개를 들이밀 만큼 이쪽은 젊지 않아."

"고마워."

두 사람의 눈동자는 쇼코가 깊이 눌러쓴 후드로 향하고 있었다.

아무리 후드로 눈동자를 숨기려 해도 아이들의 각도에서는 일목요연하겠지.

검은 불길을 눈동자에 담은 소녀.

아이들은 모르니까 겁내지 않는 것뿐이다.

"무슨 생각이야. 저런 걸 피그라이드에게 데려가면 즉각 체포당해도 할 말 없을 텐데."

"물론 사정은 확실히 말할 거야."

"그건 상관없지만, 실은 우리한테도 시이에 대한 정보를 모아서 공화국 회의에 올리면 그와 교환하여 지원을 받으니까 어떤 정보라도 달라고 광산장에게서 오래간만에 연락이 왔어. 너희가 생각하는 이상으로 저 아이는 안전하지 않아. 시이에 대한 공포는 시간이 갈수록 구체적이 돼. 언제 어디서 저 아이를 노린 녀석이 뒤에서 찌를지 몰라."

"명심할게."

케리 원장은 재미없다는 듯이 어깨를 으쓱이더니, 두 사람을 둘러싸고 뭐라도 노래해 달라고 떠드는 아이들에게 다가가서 억지로 떼어내는 작업을 시작했다.

"자, 이 이상 너희가 괜한 소리를 하면 돈 달라고 할 거다! 너희도 재주를 공짜로 보이는 짓은 하지 마!"

"재, 재주?!"

"묘한 장치로 음악을 연주하고 노래를 부르고 춤을 춘다. 이게 재주가 아니면 뭐지? 아! 어이! 지금 걷어찬 건 누구야!!"

방해하는 케리 원장에게 아이들은 저마다 뭐라고 했지만, 케리 원장은 개의치 않고 두 사람을…… 아니, 쇼코를 노려보았다.

"너희도 너무 눈에 띄어서 좋을 거 없겠지. 소동을 듣고 신고하는 녀석이라도 있으면 좋은 일 없어!"

케리 원장이 왼눈을 가리키는 걸 보고 쇼코도 야스오도 놀랐다.

케리 원장은 알아차렸으면서도 아이들을 위해 쇼코를 믿었다.

쇼코가 인간이라는 것을.

"죄송합니다. 주의가 부족했습니다."

쇼코가 얌전히 그렇게 말하고 다시금 후드를 깊이 눌러썼다.

"너희도 지금은 카탈리나에게 신세지는 몸이겠지. 녀석에게 폐가 갈 짓을 하지 마. 그리고."

케리 원장은 콧소리를 내더니, 발치에 모인 아이들을 가는 팔로 안아 주었다.

"다음에 이 아이들에게 보여 줄 만한 모습이 되어서 오거라. 그럼 차 정도는 내 주지."

"아, 예!!"

쇼코가 조금 눈물 섞인 목소리로 그렇게 말하고, 야스오도 케리 원장에게 고개를 숙였다.

타이밍을 보아서 다가온 카탈리나가 두 사람의 어깨에 손을 올리자, 거기에 따르듯이 야스오와 쇼코는 반딧불의 집을 떠났다.

　다시금 카탈리나의 짐을 짊어진 야스오가 뒤를 돌아보자, 케리 원장의 발치에 모인 아이들이 야스오와 쇼코를 향해 크게 손을 흔들며 뭐라고 외치고 있었다.

　"또 오라고 하고 있어."

　카탈리나의 통역에 무심코 눈시울이 뜨거워진 야스오와 쇼코는 한층 후드를 깊이 눌러쓴 뒤에, 그래도 아이들과 케리 원장에게 잘 보이도록 손을 흔들고 반딧불의 집을 뒤로 했다.

막간 3

"게이트 타워라는 건 돈이 들지?"

"나라의 연간 예산의 3퍼센트라고 들은 적이 있다."

"아빠랑 쇼코 언니는 몰라도, 오빠라면 관광 기분일 거고, 나라 예산을 그렇게 쓰면서까지 보낼 필요가 있었을까. 그야 쇼코 언니의 마음이 편해지는 건 알거든? 하지만 나라 예산을 쓰는 일이니까 그런 소리를 해도 될까 싶어서. 국민의 세금이잖아? 민폐 아냐?"

"국민의 세금?"

"어? 아냐? 디아나 씨가 전에 그렇게 말했는데."

"아, 그건 표현의 문제일까. 분명히 게이트 타워를 움직이기 위해 필요한 금액은 국가 예산의 3퍼센트와 거의 같다. 하지만 딱히 매번 나라가 돈을 내는 건 아냐."

"어?"

"가령 레스티리아의 연간 예산을 100조 엔이라고 할까. 그 3퍼센트라고 하면 3조 엔이지? 그 3조 엔은 누가 내면 '국가 예산의 3퍼센트' 라고 표현할 수 있을까?"

"음?"

"이번 전이에 드는 경비는 전부 크로네 가가 냈을 거다. 즉 디아네이즈의 어머님, 엘리지나 각하의 개인 자산이니까."

"뭐어?! 개인 자산에서 3조?!"

"뭐, 3조는 예시고, 화폐 가치도 전혀 다르고, 아마 일본의 이미지보다는 싸게……."

"돌아오면 오빠랑 쇼코 언니에게 설교야."

"어?"

"안 그래도 저쪽에서 편하게 지내고 맛있는 거 먹고, 그게 전부 남의 돈이라니, 그런 사치, 동생은 용서 못 합니다!"

"아니, 딱히 편하게 지내는 것만은 아닐 텐데."

"내가 마도의 재능은 더 있는데!!"

"아하……. 부러웠나."

"부러워! 나도 가 보고 싶었어! 안전이 보장되는 이세계 여행 같은 건 무슨 일이 있어도 최종적으로 분명 즐거울 거잖아! 오빠는 디아나 씨나 쇼코 언니랑 데이트하는데, 왜 나는 학교에 가야만 하는 거야!"

"하하하……."

4장 새로운 위협

조금 낮은 벽으로 둘러싸인 그 구역은 겔데이트 중앙 시장으로 불리고 있었다.

벽 곳곳에는 위병이 지키는 문이 있고, 카탈리나는 거기서 위병에게 화폐를 건네고 대신 목패 같은 것을 받아 왔다.

"야스오, 내 꾸러미 좀 들어 줘."

"아, 예. 시장에 들어가려면 돈이 드나요?"

"그래. 나는 겔데이트 시민이 아니니까, 이 시장에서 물건을 사고팔려면 세금을 내야 해. 이 목패는 세금을 냈다는 증명으로, 이걸 가지고 있으면 오히려 시민들이 내는 세금은 내지 않아도 돼."

"소비세 같은 거려나?"

"그럴지도. 외국인이 면세되는 거랑 비슷한 느낌일지도. 야스 군, 내가 한쪽 들까?"

"쇼코, 잠깐."

야스오가 커다란 꾸러미를 세 개나 안고 있는 상황을 걱정한 쇼코가 한쪽을 들어주려고 했지만, 카탈리나와 위병이 날카로운 눈으로 쇼코를 보았다.

"당신이 그걸 들면 돈이 더 들어. 미안하지만, 여기서부터는 야스오 혼자서 들게 해."

"어? 아, 예……."

시장의 입구를 통과할 때, 위병은 계속 세 사람의 뒷모습을 지켜보았다.

쇼코는 설마 시이의 불길을 들켰나 싶었지만, 카탈리나가 살짝 안도의 한숨을 내쉬는 것을 보고 그게 아니라고 이해했다.

"장사를 하기 위한 짐을 들 수 있는 건 한 명뿐, 그러니까 세금도 1인분, 그런 룰이 있어."

"예?"

"혹시 쇼코가 꾸러미를 들었으면 장사하는 사람이 둘이 돼. 그러면 세금은 단숨에 네 배가 돼. 그런 방식이야."

"뭐, 뭔가요, 그 룰. 무슨 의미가……."

"이게 제일 효율 좋은 징세 방법이야. 겔데이트의 시민이 아닌 내가 시장에 들어가려면 세금을 내야만 한다는 게 어떤 의미를 갖는가, 당신들이라면 알 거라 생각하는데."

그 말에 야스오와 쇼코는 서로의 얼굴을 바라보았다.

세금은 위에게 뜯기는 돈이라고 기피하고 투덜대면서도 그 사용처나 효과에 대해서 자세히 알려고 하지 않는 것이 일본인의 안 좋은 버릇 중 하나다. 하지만 고3의 사회과 과목으로 현대 사회를 배우는 야스오는 진지하게 생각해 보았다.

그리고 머지않아 결론에 도달했다.

"반쯤 요새화한 도시의 성내 상업 보호를 위해서인가. 아까 그건 시장의 입장료가 아니라 최소한의 관세로군."

"아, 그런 건가."

혹시 겔데이트 밖에서 시장 안의 상품과 경합하는 경쟁력 있는 상품이 들어올 때를 대비하여, 들어오는 상품의 양에 따라 관세를 매긴다.

그러면 장사가 허락된 시장에서 시내의 상품과 가격 차가 일어나기 어렵다.

두 사람이 상품을 운반하면 세금이 크게 뛴다고 했으니까, 아마도 마차나 짐차 등을 이용할 경우에도 거기에 따른 계산이 있겠지.

도시 밖에서 경쟁력 있는 상품이 대량으로 유입되지 않도록 하는 조치로서의 관세.

하지만 죄다 못 들어오게 하면 그건 그거대로 쇠퇴하니까, 한 명이 들 수 있는 양의 상품만을 매매하는 소규모의 장사는 오히려 세금을 가볍게 매겨서 시장에 들어오게 한다.

실제로 행상인이나 카탈리나처럼 직업 상인이 아닌 이들이 사고파는 물건도 겔데이트의 시민 생활을 유지하는 중요한 산업이고, 그 숫자는 지극히 많다.

한 명당의 징세액을 가볍게 하는 만큼 물량으로 메운다.

물론 대규모로 상품을 가져오는 이에게는 확실히 세금을 많이 받는다.

야스오의 혼잣말을 들으면서 쇼코도 그런 이해에 도달했지만, 그렇게 되면 이해되지 않는 게 하나 있다.

"하지만 그러면 왜 도시 벽에서 수송품에 대한 세금을 매기지 않지? 통행세가 그렇게 비싼 느낌이 아니었어."

"대국 사이에 낀 교통의 요충지이기 때문일까. 또 공화제란 것도 커다란 이유일 것 같아. 또 아마도 의회 세력의 변화에 따라서 징세 방식이 변할 것 같아."

"정답이야."

카탈리나는 감탄한 듯이 야스오의 추측을 긍정했다.

일반적으로 교통의 요충지는 관문에서 신발 끈부터 마차의 못 하나에 이르기까지 재산을 꼼꼼히 계산하여 통행세를 매기는 것으로 번영하는 법이다. 하지만 마왕 콜 전쟁으로 피폐한 가즈 공화국에서는 레스티리아와 바스켈갈데에 대항할 만한 군사력이 존재하지 않는다.

또한 여차하면 어느 나라에 구원을 요청할 필요가 나올지도 모르는 사정상, 너무 빡빡한 세금을 물리면 두 나라에서 정치적 압력이 들어올 가능성이 있다.

그러지 않아도 시이의 위협으로 경제 활동이 축소되는 경향인 상황에서, 일률적으로 도시 벽에서 모든 세금을 징수하는 방식은 스마트하다고 할 수 없다.

특히나 겔데이트처럼 성벽을 대규모로 개수하지 않는 한 도시 면적의 확대를 기대하기 어려운 성채 도시에서는 그 밸런스가 지극히 까다롭다.

너무 조이면 물자 부족을 부르고 암시장이 생기게 될지도 모른다.

성내 산업의 보호, 국내의 치안 유지, 두 나라나 주위 도시와의 균형 등을 감안하여, 이 징세 모델은 앞으로도 상황마다 변화하겠지.

"실제로 세금을 더 제대로 징수하고 그만큼 시장을 개방하여 산업이나 상품을 수입하고 국내의 경제 활동을 재건해야 한다는 의견도 있어. 지금 공화국의 의회도 각 성채 도시도 전혀 수습이 안 되는 상태야. 저기를 세우면 이쪽을 세울 수 없다는 느낌으로."

"반딧불의 집 때도 그랬지만, 왠지 일본의 뉴스에서 들을 만한 이야기뿐이네. 검과 마법의 세계에서도 세금에게서는 도망칠 수 없구나."

야스오와 쇼코는 딱히 안테 란데에서 살려는 예정이 없지만, 어른의 세계의 현실은 이세계라도 가혹하다는 사실을 또다시 깨달은 기분이었다.

세금 이야기를 하자면 지구의 중세 도시에서는 물에 커다란 세금을 물렸다고 하고, 자기 땅 안에 우물을 가진 그 반딧불의 집은 세금으로도 고생하고 있음을 상상하기 어렵지 않다.

그래도 그 땅과 건물을 포기하지 않는 것은 수도관이 하나라도 있으면 아이들을 청결하게 지키는 고생이 하나 줄어드는 것과 카탈리나나 피그라이드 같은 지원자의 도움이 있기 때문이겠지.

"뭐, 개인이 여기서 불평한다고 변하는 건 없어. 얼른 정리하고 좀 이르긴 해도 점심을 먹을까."

카탈리나는 두 사람에게 기운을 넣으려는 듯이 그렇게 말하더니, 또 선두에 서서 걷기 시작했다.

시장 가장자리의 창고 같은 상점에 도착하자, 카탈리나는 야스오에게 꾸러미를 내려놓게 하더니 중년의 상점주에게 건넸다.

차의 재료를 담은 꾸러미를 세 개 판 대금이 많은 건지 적은 건지는 두 사람으로서 알 수 없었지만, 카탈리나의 얼굴은 그럭저럭 만족한 눈치였다.

그때 시장 안에 잔잔한 종소리가 울리고, 그게 정오를 알리는 소리라고 카탈리나가 가르쳐 주었다.

"하지만 왠지 이상한 소리네요."

쇼코가 주위를 둘러보았다.

"종이라기보다는 학교의 벨 소리 같은 느낌이 들어."

듣고 보니 어딘가의 종루에서 직접 들린다기보다도 학교의 교내에서 스피커를 통해 울리는 벨 소리로 들리기도 했다.

전자적이라기보다는, 이 경우는 마도적이라고 할까.

"아, 그건 아마도 저것 때문이야."

카탈리나가 가리킨 곳에는 끝에 동그란 것이 달린 전신주 같은 기둥이 있었다.

"저 끝에 있는 둥근 것에서 종소리가 들리는 거야. 아까 징세 문제와도 관련이 있는데, 이 도시는 꽤나 시간을 엄수하며 움직이고 있어. 하지만 건물이 밀집해서 보통 종루 가지고는 전혀 소리가 닿지 않으니까, 저렇게 마도 기술로 소리를 전달하는 거야."

그 말을 듣고 보니, 동력원이 마도일 뿐이지 학교의 벨 소리와 완전히 같다.

"또 저녁에도 한 번 크게 울려. 그 소리를 들은 뒤에는 시장을 닫고, 특정 업종을 제외하면 영업을 종료해야만 한다는 규정이 있고, 또 특별한 허가가 없으면 도시 벽의 출입도 제한돼."

그건 오후 5시에 울리는, 아이의 귀가를 알리는 동네 방송일지도 모른다.

이렇게 보면, 동력원이 마력이란 것을 제외하면 안테 란데는 전국에서 나름 과학적인 기술의 발전에 의한 은혜가 퍼져 있는 거겠지.

비교적 발전한 도시나 지역에서는 에스컬레이터가 있다고 이전에 디아나도 말했고, 생각해 보면 8mm 필름을 녹화 및 녹음하는 기술도 존재한다.

그렇게 생각하면 일본과 안테 란데의 기술적인 시대 차이는 야스오가 상상했던 것보다도 훨씬 적을지도 모른다.

아니, 마법이나 마도가 제법 일반화한 것을 생각하면, 이미 일본을 앞선 부분도 있겠지.

"이렇게 생각하면 디아나 씨나 할리어 씨가 금방 일본의 생활에 적응한 것도 왠지 알 것 같아."

카탈리나에게 들리지 않도록 쇼코가 그렇게 말하고, 야스오도 완전히 동감이었다.

"자, 슬슬 점심을 먹을까. 저쪽 광장에 자유롭게 쓸 수 있는 벤치가 있으니까 거기에 자리를 잡고 뭐든 사 올까."

"아, 기다려 주세요."

카탈리나가 기분 좋게 말하는 것을 쇼코가 제지했다.

"오늘 중에 먹어야 하는 도시락이 있으니 저는 괜찮습니다."

"도시락?"

"어어, 이쪽에 오기 전에⋯⋯. 저기, 야스오하고 먹으려고 점심밥을⋯⋯."

잊을 뻔했지만, 두 사람은 연인이고 이세계에 오기 전에 데이트를 가는 설정이었다.

애초에 보존을 전혀 생각하지 않은 내용물이고, 슬슬 먹어야겠다고 쇼코는 생각했다.

"헤에, 그럼 일본의 요리란 소리?! 진짜?!"

카탈리나는 눈을 반짝이며 쇼코의 짐을 보았다.

"안테 란데에도 일식은 있어."

쇼코는 물론이고 야스오도 처음 듣는 말이었다.

"정말인가요?!"

"그래. 용사 히데오와 같이 이세계에서 온 대현자, 마도카 스기우라가 만들었다고 하는 요리야. 그게 전 세계에 퍼졌어."

"풋."

야스오는 무심코 웃어 버렸다.

그러고 보면 어머니가 만든 요리가 레스티리아 기사단에 전수되어서 지금도 사랑받고 있다는 이야기를 들은 적이 있다.

히데오, 마도가, 엘리지나, 알렉세이의 여행 동안의 식사는 어머니가 도맡았다는 것도.

하지만 그게 [일식]으로 명명되어서 세상에 퍼졌다니 완전히 예상 밖이었다.

이런 사실이 알려지면 어머니는 책임감에 짓눌려서 우울해질지도 모른다.

그리고 아까 말할 수 없었던 것은 지금 이 순간에 확실히 말해야만 한다.

"저기, 카탈리나 씨, 아까도 궁금했던 건데, 마도카 스기우라라는 건……."

"어? 응, 당신 아버님의 동료로, 같이 마왕 콜을……."

"제 어머니 이름입니다."

"어."

"어?"

왜인지 카탈리나의 얼굴이 굳었다.

아니, 굳었다기보다는 일그러졌다고 말하는 편이 좋을지도 모른다.

이지적이고 예리한 이미지의 카탈리나가 어떤 영문인지 눈썹을 찌푸리고 코에 주름을 만들고 입을 찌푸리는 것을 보고, 야스오는 뭔가 실수했나 싶어서 겁먹었지만,

"아하……. 뭐…… 그건 그런가."

얼굴을 찌푸리게 한 원념 같은 것이 한숨과 함께 빠져나가고, 카탈리나는 추욱 어깨를 늘어뜨렸다.

"그래, 그렇군, 그건 그래, 후후후……."

"카, 카탈리나 씨?"

"아무것도 아냐……."

아무리 봐도 아무것도 아니지 않지만, 카탈리나의 분위기에서는 그 이상 묻지 말라는 마음의 방벽 같은 것이 보였다.

용사 히데오와 무지개의 대현자 마도카가 결혼했다는 사실에

더 극심한 반응을 예상했던 만큼 의외이긴 했지만, 카탈리나가 단순히 별로 개의치 않는 성격이었을 뿐일지도 모른다.

아무튼 극히 자연스럽고 평화적으로 어머니의 존재를 어필할 수 있었으니까 좋은 일로 치자.

"하아……. 응, 그보다 점심 식사에 집중하자. 하아……."

전혀 집중하지 못하는 카탈리나에게 쇼코도 다소 당혹스러움을 숨기지 못했지만, 그래도 카탈리나의 앞에 도시락을 내밀고 뚜껑을 열었다.

"쇼코, 괜찮으면 진짜 일식을 맛보게 해 줄 수 있을까? 대신이라고 하기도 그렇지만, 이 시장에서 손꼽히게 맛있는 것을 대접할 테니까."

"좋아요. 아니, 전혀 제대로 된 일식이 아니지만요."

쇼코가 펼친 도시락은 하루 이상 묵었기 때문에 안에 물방울이 맺히고 꽤 숨죽은 모습이었다.

그래도 자기가 먹을 것치고는 꽤 화려하게 준비했고, 영양 밸런스나 게이트 타워 안에서 먹을 것이라는 점을 고려했다는 사실은 요리를 하지 않는 야스오라도 알 수 있었다.

2단 찬합의 위쪽은 반찬통.

닭튀김, 방울토마토에 냉동식품인 듯한 찐만두가 하나.

이 시점에서 이미 일식이 아니지만, 역시나 술집 사부로야의 외동딸.

시간이 지나고 식었어도 모양이 예쁜 달걀말이에, 당근과 우엉과 연근과 곤약 볶음. 진한 육수로 끓인 듯한 무와 튀김.

그게 혼연일체가 된 도시락 특유의 향기가 살며시 피어올랐다.

"헤에, 이게 일본의 요리."

"아래는 주먹밥이에요. 이건 유부초밥이고요."

"쌀을 쥐어서 뭉친 것 말이지. 이건 이쪽에도 있어. 유부초밥이란 건?"

"달달하게 조리한 유부 주머니 안에 밥을 넣은 요리예요. 여기 갈색인 게 유부고요. 이건 틀림없이 일식이니까 괜찮으면 드세요. 젓가락, 쓰시겠나요?"

디아나와 할리어가 그랬던 것처럼, 카탈리나도 쇼코가 건넨 나무젓가락을 자연스럽게 사용하여 작은 유부초밥을 한 입에 먹었다.

"음, 맛있네. 이 유부, 달고 맛있어. 가정에서 만들 수 있는 거야?"

"불가능하지는 않지만 어려울 걸요. 이쪽에 대두가 있나요?"

"대두…… 들은 적 없어. 일본어로 된 이름이지?"

"예. 아까 판 차 원두보다 조금 큰 콩으로, 일본에서는 조미료의 원재료로 일반적입니다. 이것도 같은 콩에서 만드는 조미료로 만든 수프의 재료지요."

말하면서 쇼코가 집어 든 것은 레토르트 된장국 팩이었다.

된장 그 자체는 포장되어 있어서 안이 보이지 않지만, 쇼코가 가리킨 된장국의 사진을 보고 카탈리나는 몇 번이나 유부와 된장국 사진 사이로 시선을 옮겼다.

뜨거운 물을 준비할 수 없으니 된장국 팩은 집어넣으면서 쇼코는 해설을 계속했다.

"그 대두를 짜서 만드는 두유와 바닷물에서 만든 소금에서 나오는 간수를 섞어서 만든 하얗고 말랑말랑한 것을 온도가 다른 기름으로 몇 번이나 튀겨서 만들지요."

"소금은 알겠지만, 간수란 건 모르겠네. 즙이 많은 콩은 있지만, 그게 대두와 같은지 모르겠고 조미료의 원재료란 이야기도 들은 적 없어. 기름도 그것만을 위해 살 수도 없고, 나로서는 못 만들겠네. 아쉬워라."

아무래도 유부나 두부 제작법이 입시 공부로 얻은 지식일 리가 없으니까, 이것도 사부로야에서 얻은 지식이겠지.

그 뒤에도 카탈리나는 몇 가지 반찬을 쇼코에게 받아먹고, 꽤나 만족한 기색이었다.

그리고…….

"이렇게 요리 잘하는 애가 연인이라니 운이 좋네."

"어, 아니, 뭐."

스스로 만든 설정이지만, 역시 남이 언급하면 아무래도 겸연쩍음이 앞선다.

"저는 아직 멀었어요."

거기서 쇼코가 진짜를 알기에 나오는 겸손을 부렸다.

"아니……. 충분히 맛있다고 생각하는데."

무심코 솔직한 감상을 말하자 쇼코는 왜인지 빨간 얼굴로 노려보고, 카탈리나는 따스한 시선을 보냈다.

"……! 너, 너란 사람은…….'

"어머어머."

"어?"

"으으…….."

"어? 어?"

허둥대면서도 자기가 또 뭔가 실언을 했다는 것과, 카탈리나가 놀랄 만한 소리를 했음을 이해했다.

야스오는 카탈리나가 사 준, 처음 보는 채소가 잔뜩 든 샌드위치를 먹으면서, 그 이상의 발언을 삼가기 위해 시선을 내렸다.

대조적으로 기분 좋게 쇼코의 달걀말이를 먹던 카탈리나는 고개를 들고 중얼거렸다.

"아아……. 나도 그때 같이 갔으면 뭔가 변했을까."

"무슨 이야기인가요?"

"아무것도 아냐. 야스오, 분명 당신에게는 듣기 안 좋은 이야기야."

"하아……. 잘은 모르겠지만……. 하지만 이쪽 채소도 맛있네요. 드레싱이 독특하달까, 의외로 간장맛과 비슷하다고 할까."

"아, 나도 그런 생각 했어."

엉뚱한 대답이라는 건 알지만, 카탈리나가 분명 야스오가 상상도 할 수 없는 과거를 생각하고 있음은 대충 알았다.

화제를 바꾸려는 야스오와 쇼코의 마음을 이해했는지, 카탈리나는 살짝 끄덕이더니 장난스럽게 미소 지었다.

"간장……이라. 그것도 마도카가 남긴 것이라고 하면 어떻겠어?"

"예어?! 이것도?!"

이런 동네의 경식 재료에 이르기까지 부모의 생활 스타일이 침투했다고 놀라는 야스오. 하지만 카탈리나는 바로 손으로 입을 가리고 웃었다.

"농담이야. 그렇게 다 믿다니."

놀리는 거라고 깨달은 야스오는 얼굴을 찌푸렸지만, 보아하니 쇼코도 카탈리나와 마찬가지로 웃고 있었다.

그렇게 웃는 두 사람을 보니, 이 정도는 흘려 넘기자는 기분이 들었다.

"정말이지."

그래도 약간의 긍지를 위해 저항의 증거만이라도 남긴 야스오는 다소 난폭하게 샌드위치를 먹어치웠다.

"자, 다 먹었으면 피그라이드 소위에게 가야지. 두 사람 다, 이제 배는 찼어?"

분위기를 바꾸려는 듯이 카탈리나는 손뼉을 쳤다.

"오히려 당신들에게 고생일 것은 지금부터니까, 잘 먹고 기운을……."

그때였다.

시장 쪽에서 희미한 비명 소리가 들렸다.

세 사람이 고개를 드는 동시에 뭔가가 파괴되는 소리가 짤막짤막하게 울렸다.

"짐을 정리해!"

카탈리나의 목소리에 예리함이 섞이고, 야스오도 쇼코도 순순히 그 지시에 따랐다.

그러는 사이에도 비명은 서서히 커지고,

"아!!"

시야 가장자리에 노점 하나가 폭발하듯이 하늘로 날아올랐다.

상품인 듯한 과일과 채소, 그것들을 담은 광주리와 나무상자, 그리고 노점의 기둥 등이 여기저기에서 하늘을 날고, 날아온 사과 같은 과일이 야스오의 발치에 떨어져서 무참하게 박살 났다.

"대, 대체 뭐가……!"

"야스 군, 저기!"

갑자기 쇼코가 하늘을 가리켰다.

뭔가 싶었더니, 시장을 에워싼 벽 위에 갑자기 경갑옷으로 무장한 이들이 다섯 명 나타나서 비명이 들린 방향으로 날아가고 있었다.

그 초인적인 거동과 피그라이드와 같은 무장.

"마도기사!"

가즈 공화국의 마도기사대다.

동시에 위병의 모습을 한 이들이 시장으로 들이닥쳐서, 주위에 있는 이들에게 시장에서 나가라고 재촉했다.

당황하는 일행의 눈앞에 그 대답은 갑자기 나타났다.

사람들의 피난을 재촉하던 위병의 앞에 갑자기 검은 불꽃이 소용돌이치는 기둥이 출현한 것이다.

"시이!!"

"이렇게 사람이 많은 곳에?!"

야스오와 쇼코가 외치고, 카탈리나는 놀라서 마도기사들이 나타난 벽을 올려다보았다.

"그렇군, 그러니까 이렇게 빨리……! 두 사람 다 도망쳐. 쇼코를 들키면 죽이려 들지도 몰라!"

"어?!"

죽이려 든다는 말에 쇼코가 놀랐지만, 야스오는 깨달았다.

카탈리나의 불안은 결코 과장이 아니다.

인간 세상에 떠돌면서 사람들의 심장을 빼앗는 시이는 철두철미하게 인류의 적이다.

그런 시이의 불꽃을 왼눈에 담은 쇼코가 사정을 모르는 마도기사에게 들키면 어떤 꼴을 당하게 될지 모른다.

"본부로 가는 건 나중으로 하는 게 좋겠어. 시이가 나왔으면 피그라이드 소위도 현장에 나갔을 가능성이 높아. 갑자기 찾아갔다간 쇼코의 몸이 위험할지도 몰라."

카탈리나의 뒤를 따라서 서서히 커지는 혼란을 피해 시장 구역에서 도망치려고 했지만,

"카탈리나 씨! 앞에!"

주위를 경계하면서 달리던 카탈리나의 정면에 갑자기 검은 기둥이 지면에서 솟아났다.

야스오의 경고에 카탈리나가 정면을 보았을 때, 그 시이는 이미 장검인 듯한 검은 무기를 휘두르고 있었다.

잠시 뒤의 참극에 야스오가 무심코 눈을 감으려고 했지만,

"눈을 감지 마! 전장에서 눈을 감으면 죽어!"

카탈리나의 외침에 야스오는 아슬아슬하게 눈을 떴다.

시이가 휘두른 검은 빛을 띤 카탈리나의 손바닥에 궤도를 바꾸어서 하늘을 가르며 지면에 꽂혔다.

"인간의 질서를 깨뜨려라, 태고의 생명!!"

균형을 잃은 시이의 몸을 카탈리나의 주문과 함께 벽돌로 포장된 지면에서 솟구친 말뚝이 꿰뚫었다.

"도망쳐!"

"이, 이걸 이대로 놔두고 가나요?!"

"지금 내 마법으로는 쓰러뜨릴 수 없어! 마도기사에게 맡겨야해!"

야스오와 쇼코에게 반론을 허락하지 않는 박력으로 달리는 카탈리나. 두 사람도 뒤를 쫓을 수밖에 없었다.

"어, 어디로 도망치는 건가요?!"

"헉, 헉……. 그, 그렇게 빨리 마도기사대가 달려온 걸 보면, 솔직히 안전한 장소가 있을지 모르겠어."

"그렇게 빨리라는 게 무슨 소린가요?"

"비명이 일어나고 마도기사가 너무 빨리 나타났으니까……. 아마 시내의 여기저기에 시이가 나온 게 아닐까?"

"시내 여기저기……. 야스 군! 반딧불의 집 아이들이!!"

"아……!"

"큰일이야! 혹시 거기에 시이가 나타났으면 할머니 혼자서는 못 지켜!"

"제길……."

야스오는 이미 다리가 떨리고 있었다.

카탈리나가 보인 전투력은 본인의 말을 믿는다면 야스오보다 조금 강한 정도에 불과하다.

숲의 늑대를 쫓아 버린 쇼코와 쇼코 시이의 힘에 기대할까.

아니, 그것도 '쇼코의 힘'으로 계산하기에는 알 수 없는 점이 너무 많고, 마도기사들이 적대할 가능성이 크다.

그렇다고 상대에게 접촉하는 거리에서 간신히 손바닥에서 작은 벼락을 내는 정도인 자신이 뭘 할 수 있을까.

압도적인 전투력을 가진 디아나도, 할리어도, 아버지도 어머니도 없다.

거기 가면 자신이, 쇼코가 죽을지도 모른다.

자기가 가서, 혹시 시이와 만나도, 할 수 있는 일은 하나도 없다.

그래도.

"제길!!"

야스오와 쇼코와 함께 박자 틀린 노래를 부르던 그 아이들이 지금 이 순간 시이의 습격을 받고 있을지도 모른다고 생각하니, 도망칠 마음은 들지 않았다.

야스오는 고작 수십 분 전에 뒤로했던 길을 닥치고 달려갔다.

"!"

쇼코도 그 뒤를 따르고,

"아, 아니, 너희들!!"

카탈리나도 다급히 따라왔다.

야스오는 달리면서 스스로를 진정시키고 힘을 돋우기 위해 열심히 희망적인 관측을 했다.

야스오가 단번에 본 적 있는 시이는 여섯 마리.

할리어가 토코로자와 시내에 푼 것이 도합 30마리.

마치 자신이 이 도시에 있을 때를 노린 것처럼 나타난 시이지만, 이 넓은 겔데이트에서 그 인적 없는 뒷골목에 있는 반딧불의 집에 시이가 나타날 리가 없다.

분명 그렇게 되기 전에 피그라이드인가 하는 마도기사가 달려와 준다.

자신들의 걱정은 기우다.

"할머니!!"

하지만 그런 야스오의 낙관을 쇼코의 비명이 깨뜨렸다.

"이럴 수가……."

세 사람이 숨을 헐떡이며 반딧불의 집의 정원에 들이닥친 것과,

"……!!"

아이들을 감싼 케리 원장이 장검을 든 시이에게 베인 것은 거의 동시에 일어난 일이었다.

"큭……!!"

카탈리나가 지면에 손을 짚고, 그 손바닥에서 나온 마력이 돌길을 꿰뚫으면서 케리 원장을 벤 시이에게 닥쳤다.

하지만 거리가 너무 멀었다.

시이는 가볍게 도약하여 날아오는 흙말뚝을 피하고, 반딧불의 집 지붕 위에서 느긋하게 자세를 잡았다.

장비도 그렇고, 움직임도 그렇고, 아무리 생각해도 지극히 전

투 능력이 뛰어난 이가 토대가 된 게 틀림없다.

"카탈리나 씨! 저 녀석의 주의를!!"

야스오는 장검을 든 시이와의 거리를 신중하게 재면서, 쓰러진 케리 원장에게 달려갔다.

"야스오! 기, 기다려!! 으으!! 무슨 짓을!!"

시이는 부주의하게 다가오는 야스오를 그 붉은 눈으로 바라보았지만, 아슬아슬하게 카탈리나가 발사한 작은 불구슬이 주의를 빼앗았다.

"야스오! 뭐 하는 거야! 그녀는 틀렸어! 얼른 도망……."

"괜찮아요! 야스 군이라면 할머니를 구할 수 있을지도 몰라요! 카탈리나 씨! 그대로 녀석의 주의를 끌어 주세요!"

"어? 쇼코, 당신까지 무슨……. 아니, 기다려! 어이!!"

말하자마자 쇼코도 카탈리나의 제지를 뿌리치고 야스오를 쫓아 정원에 돌입했다.

쇼코의 목적은 이해했다.

케리 원장이 감싸는 채로 정원 구석에 모여 떨고 있는 아이들을 어떻게든 뒷길로 도망 보내려는 것이다.

하지만 아무리 그래도 무모하다.

카탈리나의 마법 실력은 전투 특화형인 시이를 막을 수 있는 게 아니다.

흙말뚝도 불구슬도 전성기와 비교도 되지 않을 정도로 약하다. 카탈리나가 위협이 안 된다고 판단하면, 저 시이는 카탈리나를 무시하고 두 사람을 노리겠지.

"그것만큼은…… 안 돼!!"

카탈리나는 결코 젊지 않은 몸을 채찍질해서, 필사적으로 지붕 위의 시이에게 불구슬을 내던졌다.

하지만 고작 대여섯 발을 쏘았을 때부터 시이는 카탈리나를 위협으로 간주하지 않는 듯했다.

일곱 발째의 불구슬을 그냥 맞아 주면서, 시이는 아래쪽의 야스오로 표적을 바꾸었다.

"야스오! 쇼코! 도망쳐! 이 이상은!!"

"기다려 주세요! 거의 다 됐어요!"

"뭐가 거의 다야! 됐으니까 도망쳐! 그러다가 죽어!"

카탈리나는 거의 비명을 지르고 있었다.

하지만 야스오는 완강히 케리 원장에게서 움직이지 않고, 대신 들려온 것은 쇼코의 목소리.

"야스 군! 얼마나 더 걸려?!"

"체감 2분 미만!!"

"1분이라면 버틸 수 있어!"

"미안!"

"무슨 일 있거든 책임져!!"

"아니! 당신들 대체……!!"

혼란에 빠진 카탈리나의 귀에 쇼코의 부드러운 목소리가 닿았다.

"다들 무서워하지 마. 나랑 저 오빠랑 카탈리나 씨가 지킬 테니까."

아이들에게 결코 통할 리 없는 일본어.

하지만 신기하게도 아이들에게 동요는 없었다.

그리고.

"으랴아아아아아아!!"

다음 순간 카탈리나는 믿기 어려운 것을 보았다.

폭음과 동시에 정원에서 지붕을 향해 도약하는 그림자가 있었다.

풍압으로 벗겨진 후드 밑의 두 눈, 그리고 손목, 발목, 허리에서 검은 불길을 내뿜는 쇼코가 탄환처럼 장검을 든 시이에게 육박했다.

"쇼코?!"

그것은 쇼코다.

그리고 카탈리나는 어떤 사실을 깨달았다.

쇼코가 두른 검은 불길의 형태는 기억에 있었다.

"저건 바스켈갈데의…… [파군]의 오리온?"

"잘도 할머니를!!"

도약한 기세 그대로 휘두른 오른쪽 다리.

행동은 초인적이지만, 전투 특화형 시이에게는 너무나도 단조로운 움직임이다.

당한다. 카탈리나가 숨을 삼켰을 때,

"……!"

왜인지 검을 휘두른 시이의 움직임이 멎었다.

달려드는 쇼코에게 붉은 죽음의 눈을 향한 채로 굳어 있는 그 옆구리에 쇼코는 혼신의 발차기를 꽂았다.

장검을 든 시이는 그 기세에 견디지 못하고 옆 건물의 벽에 꽂히게 되었다.

"이 정도로 끝나진 않겠지! 내가 상대할게! 덤벼!"

재주 좋게 지붕 위에 착지한 쇼코는 벽에 꽂힌 시이를 전력으로 도발했다.

두 눈을 덮은 검은 불길 안쪽에는 시이와 같은 붉은 눈동자의 빛이 타오르고 있었다.

카탈리나로서는 대체 쇼코에게 무슨 일이 일어났는지 모르지만, 거듭해서 놀랄 일이 일어났다.

"카탈리나 씨! 아이들을 부탁합니다! 할머니는 내가……."

"어……어?!"

그쪽을 보니 시이에게 베였을 터인 케리 원장이 멍한 표정으로 자기 상체를 일으키고 있지 않은가.

"어, 어떻게 된 거야……?!"

벽에 꽂혀 있는 시이를 경계하면서도 간신히 정원에 들어온 카탈리나는 케리 원장과 야스오와 쇼코와 아이들을 몇 번이나 둘러봤다. 케리 원장 쪽도 자기 몸과 야스오를 몇 번이나 거듭해서 보았다.

"너…… 이건 대체……."

야스오는 두 사람의 곤혹스러움에 짧게 말했다.

"죄송합니다. 카탈리나 씨에게 거짓말을 했습니다……. 타테와키!!"

"응?!"

"할머니는 괜찮아! 한 방 더 때릴 수 있겠어?!"

야스오는 벽에서 빠져나오려고 하는 시이를 가리켰고, 쇼코는 짧게 머리를 긁적였다.

"아무리 가짜였다고 해도 그게 연인에게 할 말이야? 최악이잖아!"

말하자마자 쇼코는 반딧불의 집의 지붕을 꿍음과 함께 박차더니, 자기가 날려 버린 시이에게 다시금 달려들었다.

그리고 붉은 눈동자와 눈동자를 마주치고 살짝 미소 지었다.

"그게 말이지, 연인이 하라고 하잖아. 그러니까 미안해."

그리고 그 몸을 꿰뚫을 정도의 위력을 가진 주먹을 가슴 한가운데에 꽂았다.

"기분 좋지는 않네……."

쇼코는 반격을 맞지 않도록 재빨리 몸을 틀어서 야스오의 곁으로 내려왔다.

숨 넘어가는 소리라는 게 시이에게 있는지는 모르지만, 명백히 움직임이 둔해진 시이를 올려다보고 야스오는 크게 숨을 들이마셨다.

그리고 그 입에서는 망설임 없는 전송의 노래가 나오기 시작했다.

"야스오……. 그, 그 노래는……!"

전송의 노래가 닿은 시이의 움직임이 멈추고, 그 몸이 가느다란 검댕이 되어서 녹아들기 시작했다.

동시에 야스오의 곁에 내려온 쇼코의 검은 불길도 왼눈을 제외하고 검댕처럼 흩어지기 시작했다.

"카탈리나 씨, 죄송합니다. 저희가 거짓말을 했어요."

불길이 흩어지는 동시에 조금씩 안색이 창백해지고 쇼코의 숨결이 거칠어졌다.

"카탈리나 씨가 정말로 우리 편인지 알 수 없었으니까……. 말할 수가 없었어요……. 저희는 대충 알고 있어요. 안테 란데에 대해서도, 시이에 대해서도, 시이가 뭘 했는지도, 마법도, 마도도……."

"쇼코……."

"원래 저희는 제게 깃든 시이의 비밀을 조사하기 위해 안테 란데에 왔습니다. 사실은 이 도시의 마도기사에게 보호받을 때까지 비밀로 해 두고 싶었지만……."

"사람의 목숨과는 바꿀 수 없지."

케리 원장을 벤 장검의 시이는 이미 흔적도 없고, 야스오는 숨을 내뱉고 그렇게 말했다.

"나는 몇 번이나 시이와 싸웠습니다……. 아니, 내가 싸운 건 아닌가. 전장에 있었을 뿐이지. 지금처럼 남에게 싸우게 하고, 나 자신이 할 수 있는 일이라고는 치유 마법과 전송의 노래뿐. 그래도 이 아이들을 지켜야만 한다고 생각했어요. 나도 할 수 있는 게 있으니까."

그렇게 말한 야스오는 케리 원장과 카탈리나 쪽을 보았다.

"우리는 시이를 조종하는 자에게 쫓기고 있습니다. 어쩌면 이

습격은 우리를 노린 것일지도 모릅니다……. 다만 이렇게 도시 곳곳에 나타나는 것도 묘하네요. 처음에는 두 분이 우리를 노리는 녀석들과 관련이 있지 않을까 의심하기도 했습니다. 그러니까 거짓말을 했습니다. 죄송합니다……. 하지만 이제 와선 그런 짓을 할 의미도 없지요."

시이에게 베인 케리 원장의 상처는 진짜였다.

카탈리나가 시이와 관련이 있다면, 두 사람을 도망 보내거나 손을 빌려주지 않고, 그저 시이가 있는 장소에 남기고 모습을 감추면 된다.

이게 모두 '적'의 책략이라면, 아무리 발버둥 쳐도 야스오와 쇼코에게는 방법이 없다.

그러니까 이 이상 숨겨도 의미는 없다.

그렇다면 눈앞에서 일어난 일에 대하여, 여태까지 살면서 길러온 정의를 수행할 수밖에 없지 않은가.

"두 분, 베아트리체 헬라. 혹은 윌리엄 발레이그르라는 이름을 모르십니까?"

야스오가 조용히 묻자, 베아트리체의 이름에 케리 원장과 카탈리나가 서로의 얼굴을 보았다.

"혹시 베아트리체는 [광산장]을 말하나?"

"아십니까?!"

"알고 자시고."

카탈리나가 얼굴을 찌푸렸다.

"말했잖아. 가즈 공화국의 국수적인 독립파에 대해선. 베아트리체 헬라는 지금 가즈 공화국의 보다 명확한 독립을 위해 제3세력으로 대두하는 [탄광의 카넬리안] 전체의 실질적인 리더야."

"그 녀석이 일본에 시이를 퍼뜨렸어요!"

쇼코가 기합을 넣어 말하자, 케리 원장과 카탈리나가 점점 더 곤혹스러운 기색을 보였다.

"히데오의 아들과 그 친구가 아무것도 모를 리가 없다고는 생각했지만…… 그렇다고 해도 당신들은 대체 뭘 어디까지 이해하고 있지?"

"적어도 안테 란데에서 평범하게 사는 사람보다는 많이 알고 있을 겁니다."

야스오는 떨떠름한 얼굴로 대답했다.

"조금 전에 말이지. 몇 년 만에 [광산장 전달]이 왔어."

그러자 케리 원장이 고뇌로 가득한 얼굴로 고개 숙였다.

"가즈 공화국에서의 지원을 끌어내기 위해 시이와 관련된 정보를 뭐든지 좋으니까 알려 달라고……. 나는, 그러니까 마도통신으로……."

"혹시 저에 대해……?"

쇼코의 질문에 대한 케리 원장의 대답은 후회의 신음뿐.

하지만 그래도 상상할 수 있는 일이었다.

할리어의 사건도 있어서 일행은 [탄광의 카넬리안]이라는 조직을 바로 악의 조직 같은 것으로 보았지만, 실제로는 이렇게 대부분의 구성원은 아무런 사정을 모른다.

이렇게 깨끗한 말단 조직에게서 끌어낸 정보 중에서 베아트리체 헬라는 [빗장]의 정보를 어떤 사소한 것이라도 넓게 모아들이려는 것이다.

이 반딧불의 집처럼 운영에 고생하는 구성원이라면 장래적인 지원을 위해 딱히 깊은 생각도 없이, 손에 들어온 정보를 전달하겠지.

케리 원장에게 가장 중요한 것은 이 반딧불의 집을 믿고 사는 아이들이니까.

"죄송합니다. 저희가 처음부터 저희에 대해 말했으면."

"그건 아냐. 당신들의 그 경계심은 옳아."

하지만 카탈리나는 의연하게 고개를 내저었다.

" '히데오의 아들' 도 '시이가 깃든 몸' 도 지금 안테 란데에서 어떻게 폭발할지 몰라. 자각이 있고 없고를 불문하고 자기가 '안다' 는 것을 숨기려고 한 것은 잘못이 아냐. 뭐, 나도 그녀도 설마 [광산장]의 이름이 직접 나올 줄은 몰랐지만……. 그렇다고 해도 일단 대비는 해 두길 잘했어."

"예?"

"아무것도 아냐. 하지만 그렇다면 당신들은 우리보다도 시이와 싸운 경험이 많다는 소리네. 이 다음에 우리는 어떻게 하면 될까?"

"……!"

야스오는 이 자리에 있는 전원을 둘러본 뒤에 말했다.

"자연발생이든, 누군가가 조종한 것이든, 시이가 이만큼 있으면 이 도시에 절대적으로 안전한 장소는 없습니다. 그 녀석들은 태연히 집안에서도 나타나고……. 다만…… 그렇지."

야스오는 어떤 사실을 떠올리고 얼굴을 폈다.

그러다가 정말로 그게 가능할까 싶어서 얼굴을 찌푸렸다.

"조금만 기다려 주세요. 야스 군, 지금 엄청 생각하고 있으니까."

괜한 소리 하지 말아 달라고 생각하면서도 야스오는 오늘 보고 들은 겔데이트의 여러 일을 생각했다.

"종소리다."

"뭔가 떠올렸어?"

"저기, 종소리를 이용하면 어떻게 될지도 몰라. 카탈리나 씨! 점심 때 들린 종소리, 그거 어디서 방송하는지 모릅니까?"

"시장에서 들은 그거? 그거라면 기사단과 시의회가 공동 관리하는 관리탑에서 울릴 텐데……. 도시 전체의 운영이나 치안과 관련된 거라서 보통 사람에게는 장소가 알려져 있지 않아. 그러니까 나도……."

곤혹스러워 하는 카탈리나의 대답에 야스오는 낙담했지만…….

"다들! 무사한가!!"

그때 갑자기 들려온 남자 목소리에 전원이 놀라서 고개를 들었다.

그쪽을 보니 반딧불의 집 지붕 위에서 창백한 안색의 피그라이드가 내려와서, 케리 원장이나 아이들이 무사한 모습을 보고 살짝 숨을 내뱉는 게 보였다.

"다행이다. 전원 별일 없어서."

"카탈리나와 이 꼬맹이와 계집이 아슬아슬하게 지켜 주었지."

"그, 그랬습니까······! 아니! 그 왼눈은!"

"!!"

"기, 기다려 주세요! 그녀는 시이가······."

쇼코의 왼눈의 불길을 보고 놀란 피그라이드를 야스는 다급히 제지하려 했지만, 그보다 먼저 카탈리나가 피그라이드와 쇼코 사이에 끼어들었다.

"소위, 그런 것보다도 당신에게 부탁하고 싶은 게 있어."

"아니, 카탈리나 씨, 무슨 소립니까. 그 소녀는 대체······."

"이 아이는 이세계 일본에서 온 내 손님이야. 시이가 아냐. 당신들이 두려워할 상대가 아냐. 그보다도 지금 도시 전체에 시이가 출현했지? 그러니까 당신도 여기가 습격받았을지 모른다고 생각해서 달려왔지?"

"어, 어어, 그건······. 잠깐만요?! 일본에서?! 무슨 일이 일어나는 겁니까?!"

"그래서 당신이 안내해 주었으면 하는 곳이 있어. 그······ 용사 히데오의 아들, 야스오 켄자키를."

"예? 어?! 용사 히데오의 아들?!"

피그라이드는 눈을 크게 뜨고 뒤쪽의 소년을 돌아보았다.

한편 야스오는 카탈리나가 무슨 소리를 하는지 몰라서 눈만 동그랗게 떴다.

"슬슬 올 때 아닙니까, 그거?"

그날 가즈 공화국과 레스티리아 왕국의 국경에 있는 검문소에 주재한 방면군에 전달 사항이 하나 들어왔다.

이날 경비관리를 맡은 방면군의 대장은 검문소 건물 안에서 지루한 눈치로 서류를 만지작거리면서 말을 걸어 온 부하에게 대답했다.

"왕도에서 높으신 분이 한 명 가즈 쪽으로 넘어간다. 겔데이트 행이라고 들었지."

"예, 하지만 한 명이라는 게 뭔 소리죠. 높으신 분 한 명이라는 게 이해가 안 됩니다. 누군지 모르지만, 수반 마도기사 정도는 있을 텐데."

"아니, 정말로 한 명이라는 모양이다……. 음?"

그때 검문소에 레스티리아 쪽에서의 마력 비행체 접근을 알리는 경보가 울렸다.

"아니, 설마 요즘 세상에 국경을 비행 돌파하는 바보가 있습니까?!"

"대공 마도병! 요격 배치에……. 아니, 잠깐, 저건……!"

검문소 건물의 창문을 통해 망원경으로 접근하는 마도 비행체를 찾던 대장은 쩌억 입을 벌린 뒤에, 다급히 경보 정지를 외쳤다.

"국경 개문! 국경 개문!"

"뭡니까?! 하늘에서 국경을 넘으면 가즈 쪽에서 가만히……."

"허가되었다!!"

"예?!"

그러는 사이에,

"왔다아아아아!!"

접근한 그 마도비행체, 엄청난 속도로 하늘을 날아 똑바로 다가오는 마도기사는 예의 바르게도 지상에 설치된 국경 게이트 위를 통과했다.

기이하게도 그것은 국경 경비대에 전달된 '높으신 분이 지나는 시간'과 일치했고,

"저건……."

마도기사가 날아간 하늘에서 종이 한 장이 팔랑거리며 검문소로 떨어졌다.

대장은 엄청난 속도로 날면서도 자기를 살피는 망원경을 인식하고 이것을 보여 주던 그 마도기사를 떠올리고 쓴웃음을 지었다.

"참나……. 무슨 장난이야. 으음, 나도 처음 보는군. 국왕의 옥새가 찍힌 긴급 특사의 증명……. 통과한 것은 왕국기사단 중앙군, 어어, 이름은……."

그때 국경선을 사이에 두고 다소 거리가 있는 가즈 쪽 검문소의 경보가 바람을 타고 희미하게 들렸다.

분명 저쪽도 난리가 났겠지.

"이거 허가고 뭐고 관계없이 불평을 듣겠군."

대장은 어깨를 으쓱이더니, 마도기사가 날아간 하늘을 올려다보았다.

"이렇게 평화롭고 날씨 좋은 날에 왜 저리 서두르지. 높으신 분이 하는 짓은 모르겠어."

※

피그라이드가 야스오와 쇼코와 카탈리나를 안내한 그 탑은 처음에 일행이 올라간 전망탑과 거의 다름없는 외관이었다.

"여기 말고도 몇 군데 [종루] 역할을 하는 탑이 있어서, 날마다 사용하는 장소를 바꿉니다."

도시의 시간을 지배하는 설비라면 그 정도 배려는 있는 게 당연하겠지.

"모든 장소에 방송설비 같은 게 있습니까?"

"그렇지요. 기구마도문법은 그대로 두고, 종만 책임자가 매번 움직입니다."

종의 관리는 행정이. 이송은 기사단이 책임을 지는 모양이다.

"하지만 정말로 그런 게 가능합니까……."

불안해하는 피그라이드의 물음에 그 이상으로 불안한 얼굴을 숨기지 못하는 야스오가 대답했다.

"가능한지 아닌지가 아니라, 해야만 합니다. 혹시 이 사태를 감시하는 인간이 있다면, 그 녀석은 어쩌면 방해하려고 들지도 모릅니다. 피그라이드 씨는 어떻게든 이 탑을 지켜 주세요."

"아, 알겠습니다……."

식은땀을 흘리면서도 각오를 한 기색인 피그라이드의 뒤를 따라 탑을 오르는 야스오였지만, 막상 좀처럼 각오를 하지 못해서 호흡이 가빠져 있었다.

"이쪽입니다……."

경비를 서던 위병을 물러나게 하고 안내한, 기묘한 기기가 가득 설치된 그 방에 들어가자 야스오의 불안은 극한까지 커졌다.

이 정도로 일을 벌이고도 혹시 생각한 대로 일이 흘러가지 않으면 순수하게 창피하고, 피그라이드도 어떤 책임을 지게 될지 모른다.

편의를 봐 준 카탈리나도 아무런 책임 없이 넘어갈 수 없겠지.

"야스 군!"

"우어억?! 무, 무슨……."

하지만 그런 마음을 꿰뚫어 본 것처럼 뒤에서 쇼코가 그 엄청난 힘으로 등짝을 두드렸기에 야스오는 무심코 쿨럭거렸다.

"자신을 가져! 할 수 있으니까!!"

쇼코는 울상이 된 야스오의 눈을 똑바로 바라보고 힘주어 말했다.

"혹시 안 되거든 내가 같이 모두에게 사과할 테니까! 기합 넣어! 반딧불의 집 아이들이 기대하고 있어!"

"격려를 하든지, 부담을 안겨 주든지, 한쪽만 해 줘."

야스오는 쓴웃음을 지으면서 [방송실]을 둘러보았다.

천장에서 매달린 것은 서로 이어진, 의외로 작은 종 세 개.

그 종을 에워싸듯이 사방에 축음기의 스피커 같은 나팔 모양의 것이 설치되어 있었다.

바닥에는 야스오로서는 의미를 모르는 마법진 같은 것이 새겨져 있었다.

그것이 예전에 본 무기 카스토르의 내부에 있던 기구마도문법과 똑같아서, 아마도 이 방 전체가 하나의 무기 같은 구조라고 짐작할 수 있었다.

잘 보니 종 쪽에도 문자나 도형이 새겨져 있고, 이쪽도 단순히 두드리면 울리는 종이 아닌 모양이다.

"좋네, 좋아. 무슨 녹음 스튜디오 같아서!"

"그러니까 괜한 소리 말라고!"

"우리는 밖으로 나가는 게 좋을까?"

"솔직히 무슨 일이 일어날지 몰라, 어디에 있어도 좋지만, 무슨 일이 있거든 바로 행동할 수 있도록 준비해 주면 고맙겠어."

"알았어. 맡겨 줘. 아직 조금 여력이 있으니까."

"사실은 타테와키가 싸우지 않았으면 싶지만."

"이제 와서 무슨."

쇼코는 복잡한 기색으로 웃으며 말했다.

"쓸 수 있는 거라면 뭐든지 써. 원인이나 사정의 해명은 나중에 해도 되니까. 아무튼 무섭지 않은 건 아니니까, 져야 할 책임은 착착 쌓이고 있거든."

"명심할게…… 하아아!"

야스오의 각오는 굳어지지 않았지만, 굳어졌다고 스스로를 속이기 위해서 일부러 크게 숨을 내쉬고 크게 고함쳤다.

"피그라이드 씨, 부탁하겠습니다!"

"알겠습니다……. 그럼……."

야스오의 신호에 피그라이드는 벽에 있는 한 점에 손을 대고 [방송실]의 기구마도문법을 기동시켰다.

동시에 야스오와 종을 둘러싼 네 개의 나팔이 살짝 소리를 내기 시작했다.

피그라이드가 손을 뻗어서, 이미 사태는 움직이기 시작했다고 알렸다.

야스오는 격하게 뛰는 심장을 필사적으로 진정시키면서, 한 차례 가볍게 헛기침을 하고 입을 열었다.

야스오의 낭랑한 [전송의 노래]가 기구마도문법과 마도 설비를 통해 겔데이트 시내의 전신주형 스피커에서 시내에 흐르기 시작했다.

시간을 알리기 위해 도시 곳곳까지 울리게 계산된 위치에 설치된 스피커는 실내에도, 어떤 뒷골목에도, 혹은 도시 벽 밖에도 전송의 노래를 퍼뜨렸다.

"이, 이건……."

[방송실]을 움직이던 피그라이드가 경악한 소리를 내었다.

야스오의 발밑에서 빛이 나오고, 그 빛이 바닥의, 벽의, 그리고 매달린 종의 기구마도문법에 깃들었다.

야스오의 노래에 맞추어서 세 개의 종이 맑은 진동을 울리고, 소리를 채취하는 나팔은 그것을 또 시내에 빠짐없이 전달했다.

"쇼코! 저걸!"

그러자 방송실 문 밖에서 창밖을 내다보던 카탈리나가 소리치며 쇼코를 창가로 불렀다.

달려간 쇼코도 곧 무슨 일이 일어났는지 알았다.

언뜻 봐선 마치 도시 곳곳에서 불길이 치솟는 것처럼도 보였다.

하지만 눈을 부릅뜨고 잘 보면, 그것은 시이기 전송될 때에 발생하는 검댕 같은 것임을 알 수 있었다.

아주 잠깐 사이에 도시 안에서 솟는 검댕의 기둥은 열 개, 스무 개로 끊임없이 늘어났다.

물론 그만큼 많은 시이가 출현했다는 소리이기는 하지만, 그 이상으로 카탈리나는 그 광경에 경탄을 감출 수 없었다.

성왕신교회의 상급 사제도 한 명이 한 번에 보낼 수 있는 숫자는 세 마리 정도라고 들었다.

하지만 아무리 거대한 기구마도문법의 힘을 빌렸다고 해도 혼자 부르는 전송의 노래가 열 마리나 스무 마리의 시이를 보냈다는 이야기는 들어 본 적이 없었다.

"카탈리나 씨, 저거!"

탑에서 십여 미터 떨어진 건물의 지붕 위에 시이가 기묘한 자세로 쓰러져 있었다.

몸에서 검은 불길이 피어오르기에 보기 어렵지만, 온몸을 경련하는 것처럼도 보였다.

그러는 동안에 어디에선가 마도기사가 나타나서 움직이지 않는 시이의 숨통을 끊었다.

그 시이는 그 순간부터 검댕이 되어 녹기 시작하고, 마도기사는 신기하다는 얼굴을 하면서도 야스오의 전송의 노래에 잠깐 귀를 기울인 뒤에 또 다른 시이를 찾아서 날아갔다.

"시이의 움직임을 막는 건가?"

"틀림없어요. 야스 군, 일본에서도 같은 걸 했으니까요."

"이, 이 정도 힘을 행사하면서 어떻게 그는 태연한 거야?! 보통 마력으로는 이렇게 안 될 텐데?!"

"본인도 모르는 것 같아요. 야스 군에게 마법을 가르친 마도기사도 신기해하는 눈치였어요."

"핏줄로 이뤄낸…… 걸까."

"그건 아닐 거예요. 이런 말도 좀 미안하지만, 야스 군의 아버지도 어머니도 보통 사람이고요."

"그건 일본에서의 이야기잖아? 히데오도 마도카도…….."

"그래도 관계없어요. 야스 군은 야스 군이에요. 애초에 야스 군은 부모님이 잘하는 걸 전혀 못하거든요. 분명 관계없어요."

"하지만 그래선 이런 상황을 설명할 수가…….."

"아까도 말했잖아요. 이유나 사정은 나중에 생각해도 돼요. 다만 카탈리나 씨가 도저히 납득할 수 없다면 그럴 듯한 이유를 제가 알아요."

"그건?"

쇼코는 노랫소리가 울리는 방송실을 힐끗 돌아본 뒤에 기쁜 듯이 말했다.

"야스 군은 마음 착하고 노래를 좋아하고 착실히 노력해 왔어요. 그저 그것뿐이에요."

"……."

카탈리나는 순간 기가 죽었다가, 한 차례 방송실을 돌아본 뒤에 탄식했다.

"확인해 두고 싶은데, 당신들이 연인이란 이야기는……"

"거짓말이에요. 뭐, 제가 대답을 기다리는 상황이지만요."

"못된 남자네."

"진짜로 그래요."

그때 탑의 창문에서 보이는 검댕의 기둥이 거의 사라졌다는 것을 두 사람 다 깨달았다.

시내에 출현한 시이가 모두 쓰러지고 전송된 것일까.

"알리는 편이 좋을까."

"그러네요. 이러니저러니 해도 몸에 상당히 부담이 가는 모양이고……."

두 사람이 밖의 상황을 야스오와 피그라이드에게 전하기 위해 탑에 등을 돌린 순간이었다.

"어?"

"어머?"

갑자기 탑 안이 어두컴컴해졌다.

마치 뭔가가 태양을 가린 것처럼.

그리고 돌아보았을 때, 쇼코와 카탈리나는 믿기 어려운 것을 보았다.

굉음과 함께 창문 가득 드리워진 거무튀튀한 적색.

그것이 무엇인지 순식간에 이해하기란 불가능했다.

다만 쇼코도 카탈리나도 있을 리 없는 일이 지금 자신들의 눈앞에 있음을 알았다.

이 계획을 실행하기 전에 야스오는 분명히 말했다.

베아트리체 헬라를 따르는 이가 가즈 공화국의 중추를 잠식했다면, 이 방송 설치를 사용한 전송의 노래 방송으로 시내의 시이를 막은 자의 위치를 쉽게 알아낼 거라고.

그러면 전송의 노래를 방해하기 위해 자객을 보낼지도 모른다.

그러니까 피그라이드도 쇼코도 카탈리나도 빈틈없이 전투에 대비해 달라고.

하지만.

이런 게 나타날 거라고는 아무도 예상할 수 없었다.

"피그라이드 씨! 야스 군을!!"

쇼코의 비명과 방송실이 있는 전망탑이 도중에 거대한 힘으로 부러진 것은 거의 동시였다.

※

카탈리나를 껴안고 창문으로 뛰쳐나갈 수 있었던 것은 기적 이외의 무엇도 아니었다.

안테 란데에 처음 도착한 그 숲 이후로 계속 쇼코의 위기를 구한 검은 시이의 불길.

눈동자, 손목, 발목, 허리 주위에서 타오르면서 쇼코에게 초인적인 힘을 주었지만, 딱히 격투기 경험도 전투 경험도 없는 쇼코가 초인적인 힘이나 체력을 얻었다고 해서 이러한 움직임이 가능할 리가 없다.

"저, 저건…… 뭐야……!"

쇼코는 카탈리나를 껴안은 채로 멍하니 중얼거렸다.

그것은 너무나도 거대했다.

방송실이 있는 전망탑과 다름없는 높이.

그것을 능가할 기세인, 길이를 잴 마음조차 사라지는 기다란 창.

도시를 짓밟아서 돌조각으로 바꾸는 네 개의 다리.

이미 쇼코가 아는 어떤 생물과도 공통점을 찾아볼 수 없는 그것 또한 죽은 이에게서 생겨난 시이일까.

시이라면 애초에 어떤 생물이었을까.

50미터는 될 듯한 탑을 창질 한 번으로 부러뜨리고, 도시의 한 구역을 그 다리로 짓밟는 검은 불길.

켄타우로스형의 괴수라고밖에 말할 수 없는 그 사이즈는 이미 결코 인간의 몸으로 대항할 만한 존재가 아니다.

"야스 군! 피그라이드 씨!"

쇼코는 비명에 가까운 목소리로 외쳤다. 하지만 주위의 잔해가 무너지는 소리에 묻혀 애초에 탑이 있던 장소까지는 전혀 닿지 않았다.

이 시이도 인간형 시이와 마찬가지로 지면을 꿰뚫고 나타난 것이라면, 그것만으로 대체 어느 정도의 피해를 지상에 미칠까.

"그, 그래, 바, 반딧불의 집은……!"

허둥대는 쇼코에게 안긴 채로 카탈리나가 신음했다.

"아슬아슬하게, 녀석의 다리에서 떨어진 지역이야……. 하지만 저런 거구가 상대면 구역 하나둘 정도 떨어진 거로는 아무런 의미도 없어……. 믿을 수 없어, 녀석은……."

"저게 뭔지 아시나요?!"

"녀석과 히데오 일행의 싸움 끝에, 히데오 성검천이 생겨났어."

지금은 그 얼빠진 이름도 분위기를 누그러뜨리는 데에 도움이 되지 않았다.

"악마장군 바롤. 마왕 콜 전쟁에서 가장 많이 인간을 죽인 악마……. 아아……. 세계가 두려워하던 일이 이럴 때에 현실이 되다니……."

시이가 나타난 이래로 세상에서 관찰된 시이는 대부분 인간형이었지만, 일부 동물형이 있다는 정보가 공유되었다.

토르제소 출신 군인들의 증언으로 시이가 죽은 이와 같은 힘이나 특징을 갖는다는 견해가 공유되게 된 이래로, 언젠가 마왕 콜 전쟁의 악마가 시이로 되살아나는 게 아닐까 하는 걱정은 분명히 있었다.

하지만 이 악마 바롤 시이의 모습은 첫 사례로 너무나도 위협적이다.

한 시간만 날뛰게 내버려 두면 겔데이트 전역이 완전히 쓸려나가겠지.

그리고 어떤 싸움이 있었든지, 영웅 히데오와 생전의 바롤이 싸웠던 결과로 히데오 성검천이 생겨났다면 그것은 주위에 무시무시한 피해를 미치는 격전이었을 것이다.

전성기의 용사 히데오도 그렇게 고전했던 상대를, 설령 시이라고 해도 어떻게 쓰러뜨릴 수 있을까.

"이거…… 틀렸을, 지도……."

출현 타이밍을 생각하면, 이 녀석도 야스오의 전송의 노래를 들었을 것이다.

하지만 쇼코의 눈으로는 바롤 시이의 어디에서도 전송의 노래에 영향을 입은 기색을 찾을 수 없었다.

인간형 시이와 비교도 되지 않을 정도로 전송의 노래나 성스러운 힘에 대한 내구력이 있는 것일까.

어찌 되었든 지금 쇼코가 저항의 의사를 가져도 될 만한 상대가 아니다.

하지만.

"아…….."

그것은 어떤 악랄한 신의 장난일까, 아니면 필연일까.

쇼코와 바롤 시이의 눈이 마주쳤다.

우연이나 착각이 아니다.

바롤 시이의 인간 하나보다도 큰 붉은 눈동자가 똑바로 쇼코를 보았다.

그리고 악마는 그 거대한 창을 똑바로 쇼코를 향해 휘둘렀다.

아주 느릿느릿한 동작이었다. 하지만 결코 도망칠 수 없다.

시이의 불길이 현현했음에도 쇼코는 공포에 다리가 움직이지 않게 되었다.

소리칠 틈도 없이 창이 움직이고, 쇼코의 시야를 어둠으로 물들이며 다가왔다.

"……?"

하지만.

"우와……?"

파괴도 충격도 죽음도 일어나지 않고, 몸을 흔드는 강풍이 잔해에서 나온 모래 먼지를 주위에 뿌렸다.

"쇼, 쇼코……."

카탈리나의 목소리에 무심코 감고 있던 눈을 뜨자,

"힉!"

눈앞에 빌딩보다도 더 큼직한 검은 창의 끝이 공중에서 정지해 있고, 그 너머의 바롤 시이와 또 눈이 마주쳤다.

무슨 일이 있었는지는 모른다.

모르지만, 그 직감은 쇼코 자신의 것일까, 아니면 안에 깃든 시이의 것일까.

이것은 우연이 아니라는 것은 알았다.

반딧불의 집에 있었던 장검을 든 시이도 마찬가지였다.

시이는 왜인지 쇼코를 공격할 수 없다.

"동료 취급은 하지 말아 줄래!"

달리 생각할 수 없다.

케리 원장은 물론이고 겔데이트에서 많은 인간이 지금 시이의 공격을 받고 있다.

그런 가운데 자기 혼자만 공격받지 않는 이유는 일반적으로 생각해서 하나밖에 없다.

쇼코가 정체도 의미도 모르는 [빗장]이기 때문이다.

"하지만 이거 쓸 수 있겠어!"

"쇼코!"

쇼코는 카탈리나를 지면에 내려놓더니 주먹을 휘두르며 선언했다.

"카탈리나 씨, 카탈리나 씨는 일단 반딧불의 집 사람들을 피난시켜 주세요. 저는 야스 군을 도우러 갈게요!"

"잠깐만?! 무슨 소리야! 이 상황에서 이 녀석의 눈앞에 뛰쳐나가도 할 수 있는 일은 없어!!"

"있어요! 봤잖아요! 시이는 저를 공격하지 못해요!! 저런 커다란 놈도 저를 안 건드려요! 이걸 안 쓸 수 없죠!"

"하, 하지만……."

"녀석의 발밑으로 가서, 다리를 움직이면 나를 밟게 될 거라고 뛰어다니면 이 이상 움직일 수 없을 거고, 제가 있는 곳을 녀석은 공격하지 않아요! 적의 눈앞에서 야스 군을 여유롭게 구할 수 있어요!"

쇼코는 소리치면서 두 발목의 검은 불길이 한층 커지는 것을 느꼈다.

"쓸 수 있는 것은 뭐든지 써요! 그게 시이라고 해도!"

"아니, 기다려!"

"못 기다려요! 이제 시간이……."

"그게 아냐! 시이에게 공격받지 않아도 무너지는 잔해나 불은 위험해! 할 거면."

카탈리나는 반쯤 포기한 듯이 품에 손을 넣었다.

"최대한 준비를 하고 가야지!!"

※

"우우……."

"눈을, 떴습니까……. 우으…… 다행이군요."

"아……. 피그라이드, 씨?"

흐릿한 시야 속에서 피그라이드의 목소리만이 들려서 야스오는 삐걱대는 몸을 필사적으로 일으켰다.

이윽고 모래 먼지 너머의 잔해 뒤에 푹 쓰러진 피그라이드를 보았지만, 야스오도 바로 달려갈 수는 없었다.

일어서려던 오른쪽 다리에 격통이 들고, 비명과 함께 다시 쓰러졌다.

"뭐, 뭐가……."

"탑이…… 무너졌습니다……. 어떻게든, 도우려, 했습니다만……. 실수……했습니다."

"피그라이드 씨……."

야스오는 오른쪽 다리가 왜 아픈지 모른 채로 피그라이드의 목소리가 들리는 쪽을 바라보다가 놀랐다.

피그라이드의 배를 피로 물든 목재가 꿰뚫고 있었다.

흩어진 잔해에 찔린 것일까, 아니면 달리 이유가 있었는지는 모르지만, 온몸이 피로 물든 피그라이드는 이미 움직일 힘이 없다는 게 명백했다.

"기, 기다리세요! 지금, 치료를……!"

하지만 야스오에게는 치유 마법의 힘이 있다.

피만 충분하다면 어떻게든 목숨을 붙여놓을 수 있다.

그렇게 생각했지만.

"으으……. 제, 제길!!"

자기 오른쪽 발목이 말도 안 되는 방향으로 휘어 있었다.

그걸 본 순간 의식을 잃을지도 모르는 격통을 갑자기 자각했다.

이래서는 피그라이드를 치료할 상황이 아니다.

자기를 먼저 치료하지 않으면, 높낮이가 있는 잔해 너머에 있는 피그라이드에게 갈 수도 없다.

하지만 여기서 야스오는 또 다른 사실을 깨달았다.

주위가 이상하게 어둡다.

대낮의 태양을 뭔가가 가르고 있다.

격통을 지르는 오른쪽 다리에서 눈을 돌리듯이 하늘을 보다가 야스오의 숨이 멈추었다.

"아니……."

괴수.

처음에 뇌리를 스친 단어가 그것이었다.

이런 거대한 것이 유기적인 움직임을 하고 있다.

그것만으로도 야스오의 온몸이 공포에 사로잡혔다.

말도 안 된다.

이런 것이 존재할 리가 없다.

게다가 이 검은 불길은, 저 검은 눈동자는.

이 녀석은 시이인가?

"이 녀석이…… 탑을, 파괴한 모양입니다……. 하하……. 이 런 일이……. 이런 괴물이, 어떻게……."

피그라이드의 목소리에는 이미 생명력이랄 것이 남아 있지 않 았다.

그 또한 절망한 것이다.

자기들을 내려다보는 이 거대한 시이가 변덕으로 한 발 내딛기 만 하면, 그 순간 자신들은 짓이겨져서 죽겠지.

그런데 두 사람 다 이 자리에서 도망칠 수도 없다.

그리고 지금 또 야스오와 피그라이드의 시야를 어둠으로 가두 는 것이 나타났다.

"창……인가?"

거대한 시이의 발밑에 있는 야스오로서는 바로 알 수 없었지 만, 이 녀석은 무기를 들고 있다.

그 무기가 너무나도 거대하다는 것을 야스오는 직감적으로 깨 달았다.

저 히데오 성검천을 만든 것은 사실 이 녀석이다.

"말도 안 되는……."

이때에 이르러 떠오른 하찮은 추리에 웃음을 터뜨렸다.

그런 야스오와 피그라이드를 가리듯이 그 덩치가 다리를 들었 다.

하지만 두 사람은 한 발짝도 움직일 수 없고, 버둥거릴 뿐.

죽음의 공포를 눈앞에 두고서도 너무나도 비현실적인 광경에 감각이 마비된 것일까, 야스오는 토코로자와에서 시이나 월리엄에게 당할 뻔했을 때만큼 공포를 느끼지 않았다.

여기서는 아버지의 성검 소환도 쓸 수 없고, 아무도 두 사람을 구하러 오지 않는다.

"바보 같잖아."

마지막에 그렇게 중얼거린 말이, 야스오의 유언이 된다.

"나는…… 활짝 트인 대지를 적시는 자로다."

그럴 터였다.

"뻗어라, 움! 피어올라라, 눈석임! 깨어나라, 엄동에 잠든 생명! 물의 성궁 포모나! 내 목소리에 현현하라!!"

충격은 없고, 그저 빛만이 하늘을 갈랐다.

눈을 태우는 빛에 무심코 눈을 감았다가 바로 떴을 때,

"우와왓!!"

이슬비 같은 물이 얼굴에 닿아서 야스오는 무심코 신음했다.

그와 동시에 거대한 것이 지면에 착지하는 소리가 나고, 눈앞에 닥친 거구가 잔해 위에서 크게 기울었다.

"아니……."

각오를 했을 터인 피그라이드조차도 멍해져서, 두 사람은 하

늘을 올려다보았다.

거구가 기울면서 얼굴을 내민 태양 안에서 검은 점이 야스오 쪽으로 급강하했다.

그것은 거대한 시이와 비교하면 너무나도 작은, 하지만 확실한 생명력을 느끼게 하는 소리와 함께 그 자리에 나타났다.

죽음이 지배하는 잔해의 거리에 빛나는 금색의 머리.

그 두 손에는 눈에 보기만 해도 무시무시한 생명력과 마력이 느껴지는 신성함을 띤 활.

무엇보다도 몇 달 동안 익숙하게 들은 그 씩씩한 목소리.

"기다리시게 해서 죄송합니다!!"

햇볕으로 반짝이는 머리 장식의 꽃을 올려다보며, 야스오는 믿기지 않는다는 얼굴로 그 이름을 외쳤다.

"디아나……?"

"예!!"

디아나다.

야스오가 익히 본, 레스티리아 마도기사 갑옷을 한, 디아네이즈 크로네가 거기에 있었다.

하지만 그 손에 있는 것은 레스티리아 기사단의 제식무기인 카스토르와 폴룩스가 아니다.

야스오가 본 적 없는, 꽃과 나무를 그대로 활로 만든 듯한 무기.

"드디어 이날이 왔군요. 악마장군 바롤…… 마왕 콜 밑의 악마가 시이로 나타나는 날이!"

"디아나…… 대체…… 어떻게."

"이야기는 나중에 해요. 야스오, 제가 시간을 벌겠습니다. 다리를 고치고, 그쪽의 가즈의 마도기사를 도와주세요."

"무, 무리야. 저런 걸, 어떻게 혼자서……."

아무리 디아나가 초인적인 힘을 가졌다고 해도, 어디까지나 야스오와 비교해서 그렇다는 말이다.

피그라이드는 물론이고 가즈의 마도기사도 이 상황에서 전혀 상대할 수 없는 적에게 혼자서 맞선다는 건 도무지 무리다.

하지만 디아나의 눈에 망설임은 없었다.

"해야만 합니다. 저도…… 저도 영웅의 딸이니까요!!"

"디아나!! 우와앗!!"

디아나가 화살을 메기지 않은 채로 시위를 당기더니 굉음과 함께 도약했다.

눈앞으로 떨어져 내린 거대한 창.

"하아아아아아아아아아아아아아!!!"

다음 순간 지상에 있는 야스오가 위압될 정도의 기합 소리와 함께 아무 것도 없었을 터인 활에서 무시무시한 마력이 발사됐다. 그리고 지금 떨어져 내리려는 창에 직격하여 그 덩치와 함께 밀어냈다.

"계속 간다!!"

몸이 튕겨서 크게 휘청댄 바롤 시이의 어깨에 디아나는 연속으로 빛의 화살을 꽂았다.

바롤 시이는 구역질마저 드는 신음 소리와 함께 디아나를 위협했지만, 날아오는 화살의 힘에 대항할 수 없는 건지 창을 그 이상

휘두를 수 없었다.

하지만 시이의 진짜 힘은 산 자의 심장을 빼앗는 그 힘이다.

디아나의 키를 가볍게 능가하는 직경의 붉고 흉흉한 눈동자에서, 공중에서 비상의 관성에 얽매인 디아나를 향해 똑바로 붉은 빛이 날아갔다.

"디아나!!"

과거에 무시무시한 적에게서 그걸 당할 뻔한 야스오는 소리쳤지만, 이미 회피도 불가능한 타이밍으로 여겨졌다.

하지만 기적은 또 다른 힘의 개입을 불렀다.

"이 이상 날뛰지 마아아아아!!"

디아나와 바롤 시이의 사이에 끼어들 듯이, 너무나도 거대한 탄환이 날아왔다.

붉은 빛에게서 디아나를 감싸듯이 날아온 것은 비늘룡과 그 등에 올라탄 쇼코였다.

"쇼코?! 위험해요!!"

디아나가 쇼코를 알아차렸을 때에는 이미 붉은 빛이 눈앞으로 다가와 있었다.

이래선 저 붉은 빛에 잡아 먹히겠다 싶어서 디아나의 등골이 얼어붙었지만,

[……!]

바롤 시이는 포효와 함께 거대한 눈동자를 닫고, 붉은 빛은 비늘룡과 쇼코에게 닿기 직전에 공중에서 흩어졌다.

"디아나 씨, 시이는 나를 공격할 수 없으니까 신경 쓰지 말고

뭔가 할 거면 지금 얼른!"

날아오른 관성에 따라 디아나의 앞을 통과하는 비늘룡의 등에서 쇼코가 재빨리 외쳤다.

비늘룡의 등에 쇼코 외에 누가 또 타고 있는 듯했지만, 아무래도 그걸 확인할 시간은 없었다.

지금 이 순간, 눈을 감고 창을 어중간하게 들고 있는 이 상태를 놓칠 수 없다.

쇼코가 목숨을 걸고 만든 이 틈을 디아나는 정확하게 꿰뚫었다.

공중에서 몸을 돌리고, 어떻게든 자세를 가다듬으려는 바롤 시이의 완만한 움직임 앞에서 디아나는 활에 최대한의 마력을 담아서,

"날아가라!!"

기울어진 바롤 시이의 가슴 한가운데에 꽂아 넣었다.

"큭!!"

그 굉음과 폭풍을 맞아 야스오는 신음했지만, 다음에 눈을 뜬 순간 눈에 들어온 것은 바롤 시이 이상으로 믿기지 않는 광경이었다.

"어어어?!"

전망탑조차 능가하는 거구가 공중으로 날아가 있었다.

디아나가 날린 빛의 화살의 충격으로, 그 거구는 하늘로 떠올라서 저 멀리 도시 벽 밖의 평야까지 날아갔다.

"야스오! 얼른, 치료를!!"

"어, 어어……!"

멍하니 올려다보는 야스오에게 그런 말을 남기고, 디아나는 날아간 시이를 쫓아서 날아갔다.

야스오가 본 적 없는 힘으로, 절망의 상징인 거대한 시이를 가볍게 도시 벽 밖까지 날려 버리다니……. 얼굴을 못 본 이틀 정도 사이에 디아나에게 대체 무슨 일이 있었을까.

"으아악!!"

의문을 품는 동시에 자기가 아직 살아 있다는 실감이 야스오의 온몸을 지배하고, 부러진 다리가 격통을 호소하기 시작했다.

"제길……! 배를 꿰뚫리는 거랑은 아픔의 질이 전혀 달라. 으아아아아!"

다리 방향을 바로잡고 치유 마법을 걸자, 고작 1분도 되지 않아서 발목이 원래대로 돌아왔다.

"우읍……."

전송의 노래나 치유 마법을 연속해서 쓴 탓에 마력이 떨어져가서 현기증이 일었다.

하지만 바로 옆에서 피그라이드가 죽어 가고 있다.

이 자리에서 일어난 일을 여럿이서 공유하려면 가즈 공화국의 마도기사인 그의 존재가 꼭 필요하다.

무엇보다도 그를 걱정하고 있을 반딧불의 집의 케리 원장이나 아이들을 위해서라도, 절대로 여기서 죽게 해서는 안 된다.

"사, 살아 있습니까."

"간신히……. 야스오, 지금 그건……."

"아, 지금 건……. 윽."

생각 외로 아직 안색이 나쁘지 않은 피그라이드의 질문에 대답하려던 때에, 아득히 멀리서 둔한 굉음이 들려왔다.

무심코 그쪽을 보니, 거대한 시이의 왼팔이 잘려서 히데오 성검천 언저리에 떨어지는 참이었다.

"하하……. 나도 놀라고 있어요. 무슨 일이 일어난 건지, 솔직히 잘 모르겠네요……. 하지만 분명 저건."

바람의 성검 루타바가, 화염의 성장 마로우를 불러내는 말과 같은 그 주문.

"그녀는…… 어쩌면 현대 안테 란데에 나타나야 할, 진짜 용사일지도, 모릅니다. 다만…… 실제로는……."

검성 알렉세이 크로네와 대마도사 엘리지나 래더가스트의 딸 디아네이즈.

피와 재능을 말하자면 켄자키 야스오와 비교도 되지 않는 혈통.

이유도 사정도 모르지만, 그녀는 분명 성검에 맞먹는 힘을 받은 것이다.

"내가 할 말은 아닐지 모르지만, 조금 걱정이 되네요."

지면 아슬아슬한 곳에서 급제동을 걸었지만 늦어서, 디아나의 앞을 지나친 기세가 남은 채로 착지한 비늘룡은 잔해들 사이를 데굴데굴 굴렀다.

"꺄아아아!"

"우와아아아!!"

내던져진 카탈리나를 시이의 불길을 두른 쇼코가 공중에서 받아냈고, 등 뒤에서 비늘룡이 뭔가를 성대하게 파괴하는 소리를 들으면서 간신히 다친 곳 없이 지면에 착지할 수 있었다.

"주, 주, 죽는 줄 알았다아아!"

"이, 이, 이쪽이 할 말이야, 그건!!"

두 사람은 지면에 엎어지면서 서로 투덜거렸다.

"카탈리나 씨! 야스 군과 피그라이드 씨, 살아 있었어요! 얼른 돌아가요!"

"잠깐 기다려! 저 상태의 비늘룡을 두고 가자고?!"

보아하니 가엾게도 비늘룡이 무너진 잔해 사이에서 뒤집힌 모습으로 허우적대고 있었다.

크게 다친 데는 없는 모양이지만, 곧바로 다시 펄쩍 일어날 수는 없는 기색이다.

"게다가 저 시이는 이미 시내를 벗어났어! 서둘러 가도 우리가 그들을 치료할 수단이 없어. 그 마도기사 덕분에 당장 목숨이 왔다 갔다 하는 위기에서는 벗어났을 거야! 쇼코! 당신도 몸이 멀쩡한 건 아니니까 진정해!"

카탈리나의 질타에 쇼코는 급해지는 마음을 간신히 진정시키듯이 한 차례 심호흡을 했다.

그 순간 먼 장소에 거대한 질량이 낙하하는 진동이 울리고, 쇼코는 그 소리가 난 방향을 돌아보았다.

그러자 바롤 시이는 숲 가장자리까지 날아가 있지 않은가.

"디아나 씨 대단하네……. 하지만 어떻게 여기를 알았지."

쇼코는 디아나의 전투 능력을 직접 아는 게 아니지만, 야스오나 할리어의 이야기로는 평균보다 압도적으로 우수해도 극단적으로 탁월한 전투 능력을 가진 것은 아닐 터였다.

그리고 안테 란데의 군사 사정에 둔한 쇼코라도 바롤 시이를 도시 벽 밖까지 날려 버리는 게 보통 힘으로 불가능하다는 정도는 이해할 수 있었다.

무엇보다도 야스오가 있는 장소에 정확하게 나타난 게 이해되지 않는다.

그런 쇼코의 의문은 바로 옆에서 들려온 목소리로 풀렸다.

"당신들이 나를 경계했듯이, 나도 당신들이 끌어들일 수 있는 것을 두려워했어. 야스오가 히데오의 아들이라고 안 뒤에는 특히나. 그러니까 어젯밤에 연락을 취했어."

"연락⋯⋯. 아!"

쇼코는 반딧불의 집 앞에서 카탈리나가 어딘가에 연락했다는 뉘앙스의 말을 했음을 떠올렸다.

" '히데오와 똑같이 생긴 남자애를 주웠는데, 당신들 관계 있어?' 라고 물었을 때의 그녀는 정말 엄청나게 허둥거렸지. 이래 보여도 화가로 이름이 알려졌고, 구세의 히데오 일행과도 꽤 오랫동안 알고 지냈어."

카탈리나는 바롤 시이를 꿰뚫는 빛을 가리키며 말했다.

"저 빛은 물의 성궁 포모나. 대마도사 엘리지나 래더가스트가 마왕 콜과 싸울 때 썼던 활이야. 하지만 사용하는 건 멀리서 봐도 엘리제가 아니었는데⋯⋯."

"엘리지나라는 사람의 딸이에요, 디아나 씨는."

"그래, 그런 거군. 역시 당신들을 데려온 건 레스티리아였어."

"아……."

"이제 와서 허둥거리며 숨기지 않아도 돼. 몰래 오려고 했는데 무슨 트러블이 생겨서 당신들만 가즈 공화국에 떨어진 거겠지. 대충 보니까 저 엘리제의 딸이 당신들을 안테 란데로 불러 온 거야. 그렇지 않아?"

"그, 그건……."

"뭐, 그런 점은 저 애가 바롤 시이를 쓰러뜨리거든 듣기로 할까. 지금은 여기서 피하자. 쇼코, 일단 주위를 둘러봐. 당신을 시이로 착각한 마도기사나 보내지 못한 시이가 아직 있을지도 몰라."

그때 쇼코와 카탈리나의 뒤에서 동물의 울음소리가 들려왔다.

잔해 틈새로 기어 나온 비늘룡이 무슨 불평을 하듯이 두 사람을 내려다보았다.

카탈리나는 품에서 꺼낸 피리를 짧게 불어 기분을 풀어 주면서 쇼코에게 말했다.

"역시 이 아이, 곧바로는 못 날아. 여기라면 반딧불의 집 근처니까 케리 원장과 아이들을 마도기사가 있는 곳까지 바래다 줘야겠어. 그 다음에 야스오와 피그라이드 소위를 찾으러 가야지. 야스오의 치유 능력을 믿는 거야. 알겠지?"

"예, 알았습니다."

본심을 말하자면 지금 당장 야스오를 찾으러 가고 싶다.

하지만 분명히 반딧불의 집 사람들을 내버려 둘 수도 없다.

"조금 더 익숙해지고 싶고."

시이의 불길이 주는 힘은 아직 계속되고 있고, 쓰면 쓸수록 지속 시간이 연장되는 것을 실감했다.

아직 시내에 인간형 시이가 나타날지 모른다고 생각하면, 지금은 이 힘을 어디까지 쓸 수 있는지 시험해 보고 싶다.

"아……. 나도 완전히 물들었네."

나는 이렇게까지 호전적인 성격이었을까.

사람의 목숨이 걸린 비상사태인데도 불구하고 묘하게 웃긴 느낌이 들어서 쇼코는 무심코 웃음을 흘렸다.

"타테와키와 카탈리나 씨, 무사할까. 엄청난 기세로 날아갔는데."

"글쎄요……. 저는 비늘룡이 그런 속도로 날 수 있는 것을 몰랐으니까, 확실한 것은……."

배를 꿰뚫은 목재를 뽑아내고 어떻게든 지혈하면서 야스오는 피그라이드를 치료했다.

역시나 단련된 마도기사는 체력이 있는 걸까, 손에서 느껴지는 피그라이드의 생명력은 이미 그가 위험한 영역에서 빠져나왔음을 말하고 있었다.

"슬슬 괜찮을까……. 이제 토할 것 같아……."

"아!"

피그라이드가 위기를 벗어났다고 판단한 순간, 야스오의 온몸을 엄청난 권태감이 덮쳤다.

쓰러질 것만 같은 야스오에게 피그라이드는 다급히 손을 내밀어 부축해 주었다.

"고맙습니다. 용사 히데오의 아들이 목숨을 구해 주다니…….
제 평생의 자랑거리로 삼겠습니다…….."

"하하, 그거라면 무너지는 탑에서 나를 구해 준 게 피그라이드
씨 아닌가요. 오히려 자랑할 거면 그쪽을 자랑해 주세요……."

"아뇨. 결국 저는 그 시이의 위협에서 야스오를 피난시킬 수 없
었습니다. 희생도 많이 나왔겠죠……. 마도기사로서 부끄러울
따름입니다."

야스오가 그렇지 않다는 말을 가볍게 할 수 있을 수도 없고, 피
그라이드도 그것을 바라지 않겠지.

"그리고 실제로 야스오를 구한 것은……."

피그라이드는 야스오를 부축하면서 일어서서, 도시 벽 너머의
빛을 보았다.

"저 아름다운 마도기사입니다."

"저기, 피그라이드 씨……."

"피그라고 불러 주세요."

"피그 씨……. 나를 그녀에게로……. 디아나에게로 데려다줄
수 있을까요. 싸움은…… 분명 곧 끝날 테니까요."

※

어머니 엘리지나에게 물려받은 물의 성궁 포모나는 디아나의
마력을 통상 무기의 몇 배나 되는 발력으로 현현시키고, 그저 거

대할 뿐인 시이의 온몸을 차례로 깎아냈다.

하지만 그래도 소모되는 마력량에 디아나의 몸이 서서히 따라갈 수 없어지기 시작했다.

"나는…… 아직 약해!"

디아나는 이틀 동안의 일을 생각하면서 포모나의 빛의 화살을 쏘았다.

"마음도, 몸도, 마도도!!"

그것은 거의 화풀이였다.

"마도기사로서도, 한 명의 인간으로서도…… 이래서는…… 소중한 사람을 지킬 수 없어!!"

디아나가 빛의 화살을 쏠 때마다 바롤 시이의 몸이나 불길이 차례로 날아가고, 결국에는 그 기다란 창이 지면에 떨어져서 소멸했다.

"내가…… 모두가 강해지지 않으면…… 안 테 란데는…… ."

디아나의 처절한 눈동자가 바롤 시이의 거대한 붉은 눈동자를 똑바로 바라보았다.

"야스오의 고향을 지킬 수 없어!!"

지상에 생겨난 유성이 바롤 시이의 머리를 꿰뚫고, 결국 그 거구를 완전히 평야에 쓰러뜨렸다.

"허억……. 허억……. 허억……."

가쁜 숨을 내쉬면서 천천히 바롤 시이의 옆에 내려온 디아나는 원망스러운 눈으로 거대한 시이의 주검을 노려보았다.

"죽어서도…… 사람들에게 복수하지 않으면 성이 풀리지 않는 너희는…… 어디서 왔지……?"

[크…… 그아아아…….]

악마장군이었던 시이의 거대한 입에서 새어 나오는 것은 이취와 신음 소리뿐.

"큭……."

죽음의 냄새에 무심코 얼굴을 찌푸린 디아나는 서서히 빛을 잃은 붉은 눈동자를 보고 슬프게 얼굴을 찌푸렸다.

"왜, 누가 이런……."

이야기로 들었을 뿐인, 사라졌을 터인 과거의 악마라고 해도 죽어서도 새로운 죽음을 바랄 리가 없다.

대체 시이란 무엇일까.

왜 이렇게 생명에 심한 짓을 하는 걸까.

누가.

"그 질문에 대답하려면 나름 시간이 필요하지."

"?!"

그야말로 한순간.

바롤 시이도 하늘도 대지도 강도 숲도 도시도, 모든 것이 빛을 잃고 그저 검정과 흰색으로 변했다.

바롤 시이의 얼굴과 자신 사이에 솟아난 듯한 그 남자를 보자마자 디아나는 분노에 얼굴을 찌푸리고 포모나를 쳐들었다.

"어이쿠! 그건 좀 참아 줘. 쌍둥이의 칼날은 아프지도 가렵지도 않지만, 포모나는 평범하게 아프거든."

검댕 묻은 셔츠, 멜빵과 바지, 검은 캐스켓 모자.

그리고 손에 든 칸델라.

"윌리엄 발레이그르……!"

시이의 불길 안쪽으로 흉흉한 붉은 왼눈을 가진, 죽음의 체현이라고 부를 수 있는 남자의 이름을 디아나는 불렀다.

"당신의 목적은 대체 무엇입니까! 야스오나 노도카를 습격하나 싶더니, 쇼코에게 시이를 씌우고……. 여기 겔데이트의 소란도 당신의 짓입니까!"

"흠, 믿어 주지 않겠지만, 이번 일과 쇼코 타테와키 문제는 나에게 책임이 없다고 명언해 두지. 자네들에게 악당은 베아트리체 헬라야. 할리어 베레거를 꼬드긴 그 녀석 말이지."

"베아트리체 헬라……."

아직 그 모습을 모르는 자의 끝없는 악의를 느끼고 디아나는 무심코 몸을 떨었다.

"이번에 겔데이트를 덮친 시이 중에는 아마 있지 않았을까. 그 시니스트라라는 무기를 가진, 원래 레스티리아의 마도기사도……. 우와앗?!"

디아나는 경고 없이 포모나의 빛의 화살을 날렸다.

윌리엄은 놀라서 그걸 회피하고 과장스럽게 가슴에 손을 얹었다.

"무서운 짓 좀 하지 말아 주게나. 그걸 맞으면 아프다고 했잖나."

"당신을 이 자리에서 죽이고 세계의 평화를 지킬 수 있다면, 저는 서슴없이 그러겠습니다!"

"얼굴은 예쁘지만, 하는 말은 번듯한 군인이군. 뭐, 그래야지. 크로네와 래더가스트의 자식. 물려받은 포모나를 제법 잘 쓰고 있어. 자네들, 딱히 켄자키 가의 도움 같은 건 필요 없지 않나?"

"처음부터 그래야 했습니다. 하지만 이미 늦었죠. 게다가…… 분명 당신은 우리가 용사 히데오에게 도움을 청하든 청하지 않든 분명 켄자키 가 사람들에게 위해를 끼쳤겠지요."

"음, 뭐, 정답…… 우왁!"

머리 바로 옆을 지나간 빛의 화살에 윌리엄은 과장스럽게 비명을 지른 뒤에 디아나를 보았다.

"다음에는 맞출 겁니다. 시이에 대해 아는 것과 당신의 목적을 말하세요."

"딱히 맞더라도 아플 뿐이니까 맞추고 싶다면 맞춰도 되는데……. 뭐, 좋아. 그렇게 말한다면 딱 하나만. 쇼코 타테와키와 관계 있는 것이지."

"……?"

"나도 [빗장]이야."

"예?"

"하지만 베아트리체 헬라는 나를 붙잡을 수 없어. 그러니까 나 이외의 [빗장]을 찾고 있지. 나 자신은 그렇게 신경 쓰지 않지만, 자네들의 윤리관으로 말하자면 그녀의 손에 [빗장]이 넘어가는 건 자네들에게 별로 좋은 일이 아니겠지."

"[빗장]이란 무엇입니까! 당신이 그렇다면, 설마 당신은 인간입니까?!"

"'설마'라는 말은 심하지만, 일단 아니야. 하지만 사실 그녀는 다소 착각하고 있어서 말이야. [빗장]의 소체는 살아 있는 인간이 아니라도 돼. [보이는 눈]을 가졌는가 아닌가가 중요하지."

그렇게 말하며 윌리엄은 칸델라를 든 손으로 자기 왼눈을 가리켰다.

"쇼코 타테와키는 내가 보기로 정말로 극히 평범한 일본인이야. 다만 분명 그 시이와 궁합이 아주 좋았던 게 불운이었겠지. 그녀가 [빗장] 후보가 된 것은 정말로 단순한 우연. 그녀에게 씐 시이가 어떤 특별한 시이인 것도 아냐. 하지만 아무리 레어한 우연이라도, 눈에 띈 [빗장]을 쉽사리 방치하는 짓을 그녀가 할 리가 없지. 조심하도록 해. 일본에서 이 바롤처럼 강력한 시이가 해방되면 정말로 큰일이 날 테니까."

"……."

희생된 생명의 가치는 안테 란데도 일본도 다를 바 없다.

하지만 일본에서, 더 말하자면 지구에서 이런 거대한 시이가 나타나면 어떻게 될까.

그저 쓰러뜨리면 되는 문제가 아니다.

그 뒤에 세계는 분명히 변하겠지.

야스오와 쇼코가 사는 그 평화로운 거리가, 나라가 변한다.

"절대로 그렇게 놔두지 않겠습니다!!"

"나한테 그렇게 말해도 말이지. 뭐, 나로서는 어디서 누가 죽든 아무래도 좋지만, 베아트리체가 멋대로 구는 것은 싫고, 켄자키 가도 최종적으로는 내게 협력해 주었으면 싶으니까 오늘은 이만 실례하지. 너무 오래 있으면 정말로 날 죽일 것 같고."

"기다리세요! 당신의 목적이 아직……!"

"내 목적 같은 걸 들어서 어쩔 거지? 포모나를 든 자네라면 분명히 전보다 내 동료로 삼고 싶긴 한데, 절대로 싫겠지?"

도발하는 건지 다독이는 건지 모를 윌리엄의 어조에 짜증을 내던 디아나는 위화감에 살짝 눈썹을 찌푸렸다.

"동료? 동료라고 했습니까?"

"야스오 켄자키나 노도카 켄자키도 가능하면 동료로 들이고 싶기는 해. 야스오는 대단해. 전투에서는 도움이 안 되겠지만, 방송 시설을 사용하여 겔데이트 전체의 시이를 혼자서 정화하다니. 거기에 보통 마도기사 정도로 싸울 수만 있으면 말할 나위가 없을 텐데."

윌리엄은 쓴웃음을 지으며 어깨를 으쓱이더니, 캐스켓 모자를 고쳐 쓰고 시커먼 하늘을 올려다보았다.

"어차, 너무 오래 있었나. 이번에야말로 정말로 돌아가야겠군. 야스오와 엘리지나 래더가스트에게 안부 전해 줘."

디아나의 대답은 빛의 화살이었다.

"이거야 원. 아름다운 얼굴과 달리 무서운 아가씨야."

윌리엄은 회피하지도 않고 빛의 화살을 그 몸으로 받았다.

바롤 시이를 산산조각 낸 포모나의 빛의 화살은 윌리엄을 또 검댕처럼 분쇄했다.

아니, 분쇄한 것으로 보였을 뿐이다.

디아나는 무심코 긴장했다.

검댕이 소용돌이를 이루고, 마치 의사를 가진 거대한 뱀처럼 흑백의 공간으로 똬리를 틀더니 디아나에게 달려들었다.

"!! 이게!!"

다가오는 검댕을 향해 빛의 화살을 연속으로 날렸지만, 안개에 대고 쏘는 것처럼 아무런 느낌도 없었다.

"아……!!"

그리고 검댕이 디아나에게 닿았다.

"우……아아아아!!"

차갑다, 그런데 뜨겁다.

아마도 이 세상의 불쾌한 감촉을 모두 집약한 듯한 감촉이 검댕 하나하나에서 전해지며 디아나의 몸을 빠져나갔다.

그 압력에 디아나는 서 있을 수도 없어서, 한심하게도 지면에 주저앉았다.

[포모나의 사용자여……. 용사 히데오의 행방을 알고 싶거든 생명의 경계를 찾도록 해라.]

디아나는 몸을 뚫고 지나가는 불쾌한 검댕이 하는 말을 들었다.

[성궁 포모나, 성장 마로우, 성검 루타바가……. 구세의 히데오 일행의 성스러운 무기는 모두 …………로 이어진다.]

"무, 무슨……. 어디로, 이어진다고."

[다.]

그 소리를 디아나는 이해할 수 없었다.

아니, 본능이 이해를 거부했다.

"끄아아……!!"

영원처럼 생각되는 한순간 뒤, 몸에 달라붙은 검댕이 사라지는 동시에 흰색과 검정색의 공간도 붕괴했다.

그 뒤에는 디아나와 바롤 시이가 싸운 흔적만이 깊게 남은 겔데이트의 평야가 남았을 뿐이었다.

"디아나!! 무사해?!"

"야스오……."

갑자기 뒤에서 들려온 목소리에 디아나는 주저 앉은 채로 멍한 얼굴로 돌아보았다.

거기에는 가즈 공화국의 마도기사에게 부축을 받은 야스오가 서서, 디아나를 걱정스럽게 바라보고 있었다.

"혹시 지금 여기에 윌리엄이 있지 않았어?"

"보였습니까."

"그래, 토코로자와의 그 검은 공간 같은 게 있고 디아나의 모습이 어디에서도 보이지 않았으니까, 혹시나 붙잡힌 건가 싶어서……. 뭔가 당했어?"

디아나의 분위기가 심상찮다고 느낀 야스오가 걱정스럽게 말하자, 디아나는 고개를 내젓더니 아직 그 불쾌한 감촉이 남은 다리를 질타하며 간신히 일어섰다.

"괜찮습니다……. 조금 오래 이야기를 했습니다만, 위해는 없었습니다. 이제…… 물러간 모양입니다."

"그, 그래……."

디아나는 주위에 검댕이 남지 않았나 경계하다가 깨달았다.

"바롤이…… 그 거대한 시이가 어디에서도 보이지 않습니다만, 혹시 야스오가 보내 주었습니까?"

"아니, 그럴까 했는데, 꿈쩍도 하지 않았어. 아니, 윌리엄의 결계와 디아나가 걱정되어서 그럴 겨를이 아니기도 했고……."

"우리의 눈앞에서 보통 시이와 마찬가지로 대지에 빨려들어서 사라졌습니다. 그게 마왕 콜 전쟁에서 날뛰었던 바롤의 시이였다면, 언젠가 또 싸워야만 하나 싶어서 등골이 서늘합니다."

"그랬……습니까."

야스오의 옆에 선 가즈 공화국의 마도기사가 그렇게 말하고, 디아나는 살짝 고개 숙였다.

"그, 그렇긴 해도 대단했어. 그렇게 커다란 걸 쓰러뜨리고…… 저기, 이쪽에서 디아나가 싸우는 걸 처음 봤는데, 이쪽이 싸우기 쉽다든가 그런 게 있어?"

그런 디아나의 모습은 걱정했는지 야스오가 조금 지나칠 정도로 밝은 목소리로 그렇게 물었다.

디아나는 고개 숙인 채로 미소 지으며 고개를 내저었다.

"아뇨. 여러 일이 있었습니다. 고작 이틀 동안에…… 많은 일이……. 이 성궁 포모나는 어머니가 가진 영웅의 무기를 이번만 특별히 빌려온 것입니다. 어머니는 입장 때문에 간단히 가즈에 오실 수 없었기에…… 하지만."

디아나는 고개를 들고 똑바로 야스오를 보았다.

"카탈리나 요스테른 님에게서 야스오인 듯한 분을 보호했다는 연락이 레스티리아에 들어왔을 때, 가만히 있을 수 없었습니다. 가즈 공화국은 탄광의 카넬리안의 조직력이 특히나 강한 나라였습니다. 혹시 만에 하나 야스오와 쇼코의 신변에 무슨 일이 생겼을까 생각하니…… 저는…….”

디아나의 눈동자가 눈물로 젖는 걸 보고 야스오는 허둥거렸다.

“아, 아니, 저기, 이쪽도 많은 일이 있었어. 걱정 끼쳤을지도 모르지만, 나도 타테와키도 그 카탈리나 씨 덕분에 쌩쌩하고, 피그라이드 씨 덕분에 죽지도 않았고, 아, 분명 게이트 타임에서 아버지가 빛난 그거, 분명 그게 뭔가 문제였던 거잖아? 디아나 때문이라든가 레스티리아 때문이 아니니까…….”

계속 떠드는 야스오의 말이 끊어지고, 시야에 금발과 꽃장식이 흔들렸다.

“다행이다……. 정말로…… 정말로 야스오로군요……. 무사하네요…… 다행이다…… 다행이야아아아…….”

“우왓?!”

“어라라…….”

눈에도 들어오지 않는 속도로 정면에서 뛰어드는 바람에, 마력을 잃고 체력도 잃은 야스오는 그대로 뒤로 넘어졌다.

풀밭이라서 피그라이드도 딱히 도와주지 않았기에, 디아나는 야스오의 위에 겹친 채로 울음을 터뜨렸다.

“미안해요! 늦어서 미안해요! 저는, 저는……!”

“디, 디아나! 히, 힘들…….”

“정말로 걱정했습니다. 무서웠습니다! 저 때문에 야스오에게 무슨 일이 생기면 어쩌나 생각하면 무서워서…….”

“그, 그러니까 디아나 잘못이 아니고 아버지 탓이잖아……!

부, 부탁이니까, 차, 창피하니까 좀 떨어져……."

"야스오……. 우에에에엥."

"저는 자리를 피할까요?"

"피, 피그 씨, 그건 오히려 창피한데……."

디아나를 안아 주기도 그렇고, 자기를 걱정해서 우는 여자를 달래 준다는 재주는 야스오에게 도저히 불가능하다. 쓴웃음을 지으며 그 자리를 떠나려는 피그에게 도움을 청하려고 손을 뻗었을 때 야스오는 그것을 보았다.

하늘에서 묘하게 둥글둥글한 생물이 날갯짓하면서 내려왔다.

그것은 틀림없이 카탈리나가 다루는 비늘룡이다.

왜 비늘룡이 이쪽을 향해 내려오는 걸까.

답은 하나밖에 없다.

"디, 디아나! 부탁이니까 진정해! 난 괜찮으니까! 이대로 있다 간 괜찮지 않게 되니까……."

하지만 야스오의 애원도 헛되이, 비늘룡은 뜻밖으로 완만한 움직임으로 지상에 내려왔다.

그리고 몇 초 뒤,

"뭐 하는 거야…… 두 사람……."

시이의 검은 불길 너머로 차갑게 내려다보는 쇼코의 붉은 눈동자와 딱 눈이 마주쳐서 야스오는,

"이미…… 틀렸을지도 몰라."

마력의 고갈도 있어서 체념하듯이 힘을 쭉 뺐다.

막간 4

"아……. 정말로 1주일 만에 돌아올까, 그 녀석."

"노도카……. 왜 그리 화풀이처럼……."

"내가 학교랑 학원에서 고생하는 동안 오빠가 남의 돈으로, 그 것도 양손에 꽃으로 마음 편한 이세계 여행을 즐기고 있다고 생 각하면 원망이 그치지 않아요."

"양손에 꽃……. 으음, 뭐, 부정은 않겠지만, 그렇다고 해서 야 스오가 뭘 할 수 있을 거라곤 생각되지 않고, 그렇게 마음 편하지 도 않을걸."

"그건 알지만, 하지만 평범하게 생각해 보지 않을래요?"

"음?"

"가기 전에 쇼코 언니네 부모님에게 인사했죠? 저쪽에선 당연 히 디아나 씨의 어머니랑도 만나는 거잖아요."

"그렇지."

"그건 완전히 부모 공인이란 소리잖아요. 부모 공인이란 소리 잖아요?! 그 한심한 오빠가, 그 한심한 오빠가!!"

"부모 공인? 공인이라는 게 무슨 소리지. 왜 두 번이나 말하 지?"

"디아나 씨도 쇼코 언니도 오빠랑 커다란 비밀을 공유하는, 세계에서 세 사람뿐인 동료잖아요?!"

"나와 노도카와 마도카와 히데오. 엘리지나 각하, 그리고 타테와키의 부모님까지 합쳐서 열 명은 되는데."

"보통 그런 상황이면 어느 쪽이랑은 플래그가 서지 않겠어요?! 디아나 씨는 애초에 오빠한테 약하고, 쇼코 언니도 왠지 오빠한테 이상하게 마음을 허락했다고 할까."

"아하……. 으음……."

"게다가 다름 아닌 그 오빠니까 분명 모든 플래그를 멋~~~~지게 똑 부러뜨리고 돌아올 거라고요! 으으, 열받아! 이럴 거면 내가 용사로 입후보하면 좋았을걸!"

"뭐……. 야스오……. 돌아오거든 애써 봐라."

속장

쇼코가 기분을 풀기까지 한나절 걸렸다.

오해라고 할 정도의 오해는 아니었지만, 야스오가 무사할지 걱정했는데 그가 디아나와 껴안고 지면을 뒹굴고 있었다(는 걸로 보였다)면 쇼코의 입장으로는 토라져도 어쩔 수 없다.

겔데이트 시내에서 완전히 시이가 사라졌다고 확인된 뒤에도 끝이 보이지 않는 피해 상황이나 긴급 특사로 국경을 돌파한 디아나와 겔데이트 기사단과의 실랑이, 반딧불의 집 사람들의 안부 확인 등에 많은 시간이 걸렸다.

결국 바롤 시이 소실 현장에 있었던 전원이 다시금 모일 수 있었던 것은 그날 심야였다.

"저기……. 정말로 죄송합니다. 저는 야스오가 무사하다는 것에 감격해서, 결코, 저기, 흑심이 있었던 것은……."

"이제 됐어! 그렇게 사과하면 이쪽이 창피하니까!!"

비교적 피해가 적었던 구역에 있는 숙소에 방을 잡고, 야스오, 쇼코, 디아나, 카탈리나, 그리고 피그라이드가 모여 앉았지만, 조금 전부터 디아나의 사죄가 끊이지 않아서 오히려 쇼코가 카탈리나의 웃음을 사게 되었다.

"야스오가 부럽군요. 저도 좀 그랬으면 좋겠습니다."

"피그 씨도 그렇게 웃으면서 그런 소리 하지 마세요!!"

솔직한 성격에서 나온 솔직한 감상인 것이 더더욱 안 좋다.

"아무튼!! 그렇게 해서 나와 야스 군은 게이트 타워에서 떨어진 뒤에 숲에서 카탈리나 씨의 보호를 받아 여기에 있어! 디아나 씨 쪽은 결국 뭐가 어떻게 되었던 거야?!"

"저, 저 혼자만 정상적으로 레스티리아의 게이트 타워 출구에 도착했습니다. 야스오도 쇼코도 히데오도 없었기에 어머니를 포함한 전원이 대혼란이었습니다."

야스오와 쇼코만이 아니라 히데오도 게이트 타워에서 튕겨났다는 소리다.

이유는 여러 모로 생각할 수 있지만, 아버지의 현재 위치는 디아나가 레스티리아에 도착하고 수십 분 뒤에 판명되었다고 한다.

"어머니가 이 포모나를 써서 히데오의 대략적인 위치를 찾아내었습니다. 포모나와 루타바가, 그리고 마도카의 마로우는 안테 란데의 삼라만상을 관장하며 각각 호응하는 신기니까요....... 다만 문제가 있어서......."

이건 야스오도 디아나에게 안긴 뒤에 쇼코의 차가운 시선을 빠져나온 직후에 들은 이야기인데, 아버지는 아직 디아나나 엘리지나와 합류하지 않았다고 한다.

"그럼 쉽게 이동할 수 없는 장소에 계신다는 뜻입니다. 히데오의 존재는 야스오 이상으로 위험을 부르는 요소를 띠고 있으니까, 피그라이드 소위처럼 특별한 케이스가 아니면 국내에서도 좀처럼 남에게 협력을 요청할 수 없어서……."

"솔직히 저도 아직 젊은 몸이기에 긴장하고 있습니다. 그 이상으로 지금 저는 전설의 순간을 목도했다고 생각하니 가슴이 뜁니다."

디아나보다 연상일 터인 피그라이드도 계급 차이와 실력 차이를 의식한 건지, 원래부터 디아나의 부하였던 것처럼 디아나를 반짝거리는 눈으로 바라보았다.

"대마도사 엘리지나 래더가스트 님의 이름에 맹세코, 결코 함부로 비밀을 누설하지 않겠다고 약속하겠습니다!"

"아, 예. 잘 부탁드립니다……."

올곧고 묘하게 압력이 강한 피그라이드의 분위기에 디아나는 살짝 기죽은 기색이었다.

"하지만 사정을 들어 보니 복잡한 면도 있습니다. 저는 탄광의 카넬리안이 없었으면 어렸을 적에 목숨을 잃었을 테니까…….그 카넬리안의 광산장이 세계를 위협하는 시이와 관련이 있을지도 모른다는 건 좀처럼 믿을 수 없습니다."

"하지만 사실입니다. 이번 바롤 시이도 반딧불의 집의 케리 원장의 정보를 받고 발생시킨 것으로 추측됩니다. 베아트리체 헬라는 레스티리아의 마도기사였던 시이를 골라서 통솔하는 힘을 가진 것이 거의 확정되었습니다만, 이번 사태는 그것조차도 뛰어넘는 대사건입니다. 이대로 방치할 수 없습니다."

악마장군 바롤은 히데오 성검천의 에피소드도 있어서 세계적으로 이름이 알려졌다.

오늘 겔데이트에 있던 사람 모두의 입을 막을 수는 없다.

이미 세계에 악마 시이가 나타났다는 사실이 퍼지고, 세계는 더더욱 어두운 분위기에 휩싸이겠지.

"뭐, 그건 앞으로 생각할 일이지만, 그 전에 아버지는 왜 합류할 수 없어?"

"그게…… 아무래도 히데오는 바스켈갈데 영내에 추락한 모양입니다."

"바스켈갈데에?"

"예. 게다가 꽤나 오지인지, 날아가든 뭘 하든 반드시 바스켈갈데에게 존재를 들킬 테니까 움직이려고 해도 움직일 수 없다……. 그리고 야스오가 일본에서 그랬던 것처럼 히데오를 소환할 수 없는 이유도 아마 거기에 관계가 있습니다."

"그건 혹시 성검 루타바가의 내력?"

카탈리나의 질문에 디아나는 고개를 끄덕였다.

"원래 히데오의 성검 루타바가는 바스켈갈데 연방에서 발견된 것입니다. 연방의 북쪽 산맥에 조용히 자리 잡은 고대 민족의 신전. 히데오의 추락 현장도 그 주변입니다. 이게 우연이라고는 생각하기 어렵습니다……."

"그래……. 그 포모나 마로우도 같은 장소에 있었어?"

"아뇨. 각기 다른 장소에 있는 고대 민족의 신전에 안치되었다고……."

고대 민족이란 말만 들으면 유구한 역사와 로망이 느껴진다.

하지만 야스오는 어머니의 성장 마로우의 '완전한 모습' 을 떠올리고, 사용자를 그런 마법숙녀 스타일로 전투를 시키는 고대 민족에게 로망을 느끼고 싶지 않았다.

"히데오가 무사하다고 확인된 한편 야스오와 쇼코의 행방을 전혀 알 수 없어서 저희는 완전히 패닉이었습니다. 혹시 두 사람에게 무슨 일이 있으면 타테와키의 부모님께도, 마도카나 노도카에게도 고개를 들 수 없고, 무엇보다 제가 걱정 때문에 가만히 있을 수 없어서……."

"그래서 야스오가 무사하다고 알자마자 안심과 불안이 뒤섞인 마음에 무심코 껴안은 거로군."

"예……. 죄송합니다……."

"카탈리나 씨!!"

명백히 상황을 재미있어하는 불량 숙녀 카탈리나의 말에 디아나는 한층 더 몸을 움츠렸고, 쇼코는 새빨간 얼굴로 소리치고, 야스오는 그저 침묵을 지켰다.

"하, 하지만 어머니에게 카탈리나 님의 마도 통신이 들어왔을 때는 정말로 놀랐습니다. 가즈에 사신다고는 들었지만, 국경을 넘는 통신 마도 기기를 가지고 계시다니……."

"그건 모르는 게 당연해. 원래 30년 전에 여행 도중에 히데오나 엘리제와 만난 이후로, 엘리제와 정기적으로 연락을 하고 있었어. 그림 하나가 국보로 지정되었다고 해도 그 명예만으로 계속 먹고 살 수는 없고……. 혼자 여행을 계속한 실적을 사서……. 뭐, 여러 일을 맡겨 주고 있어."

"혹시나 싶지만 그건……."

피그라이드가 불안하다는 듯이 묻자, 카탈리나는 고개를 내저었다.

"믿어 주지 않을지도 모르지만, 레스티리아 국내뿐이야. 나는 토르제소 태생이지만 가즈에서 자란 몸이고, 내가 여기 정착하게 받아들여 준 것에도 감사하고 있어. 가즈의 정보를 엘리제에게 흘리는 짓은 맹세코 없어. 엘리제라면 나처럼 눈에 띄는 인간보다 더 우수한 부하를 여럿 데리고 있겠지. 나는 오히려 눈에 띄기에 할 수 있는 일로 엘리제를 돕고 있어. 그러니까."

카탈리나는 야스오와 쇼코를 차례로 보았다.

"당신들은 필사적이었지만, 뭔가 숨기고 있고 거짓말을 하고 있다는 건 처음부터 알았어."

"프로 앞에서 꽤 창피한 짓을 했네요."

"말했잖아. 의심을 사든 어쨌든, 중요한 정보만 쥐여 주지 않으면 돼. 당신들의 그 경계심은 초보치고는 좋았어."

위로하듯이 그렇게 말한 뒤, 카탈리나는 디아나와 피그라이드를 보았다.

"나는 정말로 최근에 레스티리아 국내의 탄광의 카넬리안의 낌새를 조사해 달라는 부탁을 받았어. 토르제소 출신인 나에게는 간단한 일이야. 실제로 케리의 반딧불의 집을 포함하여 내가 조사한 범위에서의 모든 카넬리안 관련 단체는 예전처럼 자선 단체로 활동했어. 다만 분명히 약간의 위화감이 들기는 했지만."

그 빙산의 일각이 반딧불의 집의 케리 원장이 받은 [광산장 전달]이었겠지.

"디아나가 말한 그 윌리엄 발레이그르란 녀석이 남긴 말이 뭔지는 잘 모르겠지만, 아무리 생각해도 방치했다간 좋은 결과가 나올 것 같지 않아. 레스티리아에도, 일본에도, 여기 가즈 공화국에도 말이지. 당신이나 엘리제는 앞으로 어쩔 생각이야?"

"솔직히 판단하기 어렵습니다. 야스오나 쇼코의 안전은 일단 확보되었습니다만, 바롤이 나타난 것을 생각하면 지금 야스오와 쇼코만을 일본으로 돌려보내도 안전하다고 할 수 없고……."

"대국적인 방침이 정해지지 않는다면 눈앞의 일을 할 수밖에 없지 않아?"

"그 말씀은?"

"그 윌리엄에 대해서는 조사할 길이 없는 거지? 디아나의 말을 듣기로는 지금 당장 적극적으로 뭘 할 느낌도 아냐. 그럼 당신들이 해야 할 일은 세 가지로 좁혀지지 않을까."

많게도 적게도 느껴지는 말에 야스오가 고개를 갸웃거리자, 카탈리나는 손가락을 세우며 말했다.

"하나, 히데오와의 합류. 둘, 쇼코와 시이의 관계성 해명. 셋, 베아트리체 헬라의 배제. 이중에서 난이도나 우선순위를 생각해서 움직이면 되지 않을까."

"카탈리나 씨, 배제라니……."

"상황 증거는 베아트리체 헬라가 세계 인류에 적대하는 악인이라고 말하고 있어. 시이를 조종하는 시점에서 인류에게 좋은 영향을 미치는 존재일 리가 없고, 실제로 희생자가 많이 나왔어.

어떤 형태로든지 배제 이외의 선택지는 없어. 다만……."

"증거, 그리고 몰아붙일 수단이 없다."

피그라이드의 말에 카탈리나가 고개를 끄덕였다.

"그런 거야. 이번 소동도 윌리엄 발레이그르라는, 야스오와 디아나밖에 만난 적 없는 묘한 녀석이 설명한 것뿐이지, 객관적으로 제시할 수 있는 증거는 하나도 없어. 지금 베아트리체 헬라에게 손을 댔다간 그건 테러나 암살이 되어서 인간 세상에 큰 응어리를 남겨. 그러니까 지금 당장 베아트리체 헬라를 배제할 수 없어. 그렇다면."

카탈리나는 주욱 일행을 둘러보았다.

"바스켈갈데에 갈 수밖에 없지 않을까? 히데오와 쇼코를 위해서."

"저를 위해서 말인가요?"

갑자기 자기 이름이 안테 란데 나라와 연결되어서 쇼코는 눈을 껌뻑였다.

"그래. 이건 꽤나 자신이 있는데, 쇼코 안에 있는 그 시이, 원래 바스켈갈데 사람이 아닐까 해."

"어떻게 그런 걸 압니까?!"

디아나가 기세를 타고 말하자, 카탈리나는 자기 손목을 가리켰다.

"디아나는 못 봤을지도 모르지만, 쇼코, 대단했어. 검을 든 시이를 상대로 격투로 이겼으니까."

"어?!"

디아나는 놀라서 쇼코를 보고, 쇼코도 딱히 부정하지 않았다.

"으음……. 뭐, 이쪽에 온 뒤의 일이지만, 어쩐 영문인지 위기가 되면 시이의 힘이 잘 작동해 줘. 지금은 왼눈뿐인 이 불길이 오른눈에서도 나오고, 또 손목과 허리와 발목에도 고리 같은 것이 나오고, 몸에 힘이 막 넘쳐난다는 느낌으로……."

"손목, 발목, 그리고 허리……."

"그건 혹시."

쇼코의 해설에 디아나와 피그라이드가 동시에 입을 열었다.

""바스켈갈데의 [파군]의 오리온?!""

"그런 거야."

카탈리나가 만족스럽게 끄덕였다.

"나와 타테와키도 좀 알아듣게 설명해 줘."

야스오가 해설을 청했다.

"실제로 보지 않으면 단언할 수 없습니다만, 쇼코의 말이 사실이라면 그 시이의 불길의 형태는 바스켈갈데 연방이 개발한 가장 오래된 무기 중 하나인 [파군]의 오리온이라는 무기와 흡사합니다."

디아나가 그렇게 말하고, 피그라이드도 동의했다.

"저는 한 번 실물을 본 적이 있습니다. 오래된 무기라서 지금은 현장에서 쓰는 사람이 없는 모양이지만, 바스켈갈데에서는 무기 개발의 기초를 닦았다고 하며 모두가 다 압니다. 현대의 것처럼 마력을 빛 등의 발력으로 변환하는 게 아니라 사용자의 운동 능력을 강화하도록 쓴다고."

"아하, 그러니까…….."

야수를 하늘 높이 차올린다든가, 시이를 건물 벽에 꽂아 버리는 등, 안테 란데에 온 뒤의 초인적인 거동은 물론이고, 할리어가 토코로자와에 왔을 당초에 다른 시이와는 명백히 일선을 긋는 운동 능력을 가졌던 것도 이 사실 때문이겠지.

"디아나는 전설의 무기인 포모나를 다루고 있고, 그게 있으면 히데오와는 연락이 가능해. 야스오와 쇼코는 지금 당장 일본으로 돌아갈 수도 없어. 쇼코의 시이가 가진 무기의 실물이 지금도 바스켈갈데에 있어. 또 히데오를 소환한 것 자체는 바스켈갈데에게 들키기 싫으니까 레스티리아에서 원군을 부르는 건 좋은 판단이 아냐……. 이 정도면 결정난 것 아닐까?"

"야스오, 쇼코…….."

카탈리나의 말을 잇듯이 디아나가 두 사람을 돌아보았다.

"이번에야말로 제가 두 사람을 지키겠습니다……. 그러니까 부디…….."

디아나가 말을 멈춘 것은 야스오와 쇼코가 각각 손을 들었기 때문이다.

"아니, 그 이상 말하지 마."

"디아나 씨가 잘못했다고 생각할 필요, 전혀 없으니까."

"야스오……. 쇼코?"

"아니, 우리 아버지 문제고."

"내 문제고."

야스오와 쇼코는 태연하게 그렇게 말했다.

"같이 가자. 바스켈갈데에. 나도 보호만 받고 있을 수 없다는 걸 이번 일로 알았고, 오히려 야스 군을 지키며 싸우는 장면뿐이었고……. 인간이 상대라면 조금 자신이 없지만."

"나는 이번에 더더욱 내가 전투에 도움이 되지 않는다고 알았지만, 그만큼 치명상만 아니면 어지간한 상처도 고칠 수 있는 걸 알았어. 전보다는 전투 전후에 도움이 될 거야. 더 이상 뼈가 부러진 디아나를 혼자서 싸우게 하지 않을 테니까."

"야스오…… 쇼코……!"

"괜찮다면 저도 데려가 주십시오. 크로네 소령님 정도는 아니지만, 이래 보여도 실력은 있습니다. 어지간한 시이나 마도기사 상대로 뒤지지 않습니다!"

"피그라이드 소위……. 하지만 괜찮겠습니까? 겔데이트에서의 근무는."

피그라이드가 허리춤의 검을 어필하면서 그렇게 말하고, 디아나는 눈물을 보이면서 물었다.

"안테 란데의 마도기사라면 이 상황에서 따라가지 않는다는 선택지는 없습니다. 크로네 소령님이라면 아시겠지요?"

"그렇군요. 저도 분명 그러리라 생각합니다."

기사단의 최전선에서 활약하는 디아나나 피그라이드처럼 마왕 콜 전쟁 이후에 태어난 세대는 군인으로서의 긍지를 가졌으면서도 모두가 용사 히데오의 모험담에 대한 동경을 가슴에 품고 있다.

디아나가 그랬던 것처럼 피그라이드 또한 용사를 동경한 소년

중 하나였다.

"게다가 저는 탄광의 카넬리안에게 은혜를 느낍니다. 어머니와, 어머니가 믿은 카넬리안이 그릇된 짓을 하고 있다면, 저는 그걸 바로잡을 의무가 있죠. 이 도시에서 사는 그 아이들을 지키기 위해서라도 저는 싸우고 싶습니다."

"결론은 나온 모양이네."

카탈리나가 만족스럽게 끄덕이더니 품에서 꺼낸 은색의 피리를 야스오에게 건넸다.

"나는 짐만 될 테니까 같이 갈 수 없지만, 내 비늘룡을 데려가도록 해. 먹이가 좀 귀찮지만, 네 명 정도라면 가볍게 태우고 날 수 있으니까 바스켈갈데 영내에 들어가도 분명 도움이 돼."

"고맙습니다!"

마력을 쓰지 않고 하늘을 날 수 있는 비늘룡이 있으면 오가는 길이 매우 편해질 게 틀림없다.

안테 란데에 온 뒤로 정말로 농밀한 이틀이었다.

하지만 이 농밀함은 아직 더 깊고 진해질 것 같다.

"이거, 정말로 1주일 만에 돌아갈 수 있을까?"

"나는 야스 군과 그 숲에 떨어진 시점에서 기한 내로 못 돌아가겠다고 이미 포기했어."

"타테와키의 부모님과 약속했으니까, 쇼코는 반드시 기한 내로 일본으로 보내드리겠습니다!"

"여러분의 안전은 제가 확실히 지키겠습니다! 안심하세요!"

내일부터의 모험을 앞두고 신기한 고양감에 휩싸인 젊은이들을 보면서 카탈리나는 살짝 미소 짓고 중얼거렸다.

"당신들도 이런 식으로 여행을 했던 걸까……. 히데오……."

30년 전에 지나간 구세의 히데오 일행의 모습을 겹치듯이 화가
는 젊은이들의 열량을 그 눈에 새겼다.

── 계속 ──

후기

초중학교 시절을 급식으로 보낸 제게 '학생 식당' 그리고 '매점'이라는 시설은 동경과 두려움의 대상이었습니다.

고등학교에 들어가면 매점에서 빵을 두고 싸우지 않을까, 학생 식당에서 아줌마에게 혼나면서 곱빼기를 주문할까, 그런 뜬금없는 상상을 했습니다.

막상 고등학교로 진학한 제 눈앞에 펼쳐진 광경은 실로 맥 빠지는 것이었습니다.

메뉴 주문은 다툼 같은 게 일어날 수 없는 식권제.

인기 메뉴는 아침 연습하러 온 이들에게 다 털리고.

매점 같은 시설은 존재하지 않고, 빵 판매장은 식당 내부의 빵 가게 같은 취급이라, 학생들은 시내의 맥도날○보다도 질서정연하게, 그리고 묵묵히 줄을 서서 빵을 구입.

그리고 무엇보다 실망한 것이 죄다 비싸다는 점이었습니다.

물론 시내에 있는 가게에 들어가서 먹는 것보다는 싸죠. 하지만 간장 라면이 480엔. 카레가 400엔이라는 건 아르바이트도 않는 고등학생이 매일 먹기에는 너무나도 비싼 자리였습니다.

그럼 빵은 어떠냐 하면, 고등학교가 무대인 이야기에 등장하곤 하는 야키소바 빵이 놀랍게도 200엔 오버.

게다가 그것만으로 배를 채우려면 최소한 세 개는 먹어야만 할 정도의 사이즈.

이건 도무지 일반적으로 전교 학생이 쟁탈전을 벌일 만한 가격 설정이 아니었습니다.

물론 제 어머니는 매일 500엔이나 들어서 키레나 라면을 먹는 것을 허락해 주시지 않고, 3년 동안 학생식당에서 일품을 먹는 것보다 훨씬 찬수가 많은 도시락을 감사의 마음으로 매일 먹었습니다.

감사감사.

오래간만입니다, 제일 인기 메뉴인 돈가스 카레를 먹을 수 없었던 것이 고등학생 시절의 유일한 아쉬움인 와가하라입니다.

결과적입니다만, 와가하라가 식사 메뉴를 스스로 결정하게 된 것은 대학교에 들어간 뒤의 일이었습니다.

제대로 요리를 할 수 있게 된 것은 그로부터 더 늦어서 25세를 넘었을 적이었습니다.

식사 메뉴의 결정은 자립한 어른이 되기 위해 불가결한 한 걸음이라고 생각합니다.

뭘, 언제, 어디서, 어떻게 먹을지 정하려면 상응하는 경제력, 행동력, 음식에 대한 견식, 보호자에게서의 독립이 필수입니다.

반대로 말해 볼까요. 이렇게 한차례 모든 능력을 구사해서 식사의 독립을 이룬 어른이 되었기에, '어머니의 맛'이란 것이 더

없이 고맙다고 깨닫는 것일지도 모릅니다. 모든 것을 남에게 의존해도 되던 풍요로운 시절의 추억으로.

그런데 대부분의 어른은 마음속에 '어머니의 맛' 같은 것이 있는 듯한데, '아버지의 맛'이란 것은 별로 들은 적이 없습니다.

하지만 요즘은 아버지도 육아에 참가하는 게 당연하게 되고 있는 시대.

지금 아이들이 성장했을 적에는 '어렸을 적에 아버지가 이런 걸 만들어 주셔서'라는 식의 향수도 생겨날까요.

참고로 제가 잊을 수 없는 '아버지의 맛'은 커피를 마시면서 PC 앞에 앉은 제 키보드 옆에 슬며시 놓인 꽁치 통구이입니다.

오후 2시 반. 컴퓨터 책상에 커피와 꽁치.

애초부터 생선이라면 눈빛이 변하며 폭주하곤 하는 아버지였습니다만, 대체 무슨 생각으로 그 타이밍에 꽁치를 구우신 걸까요. 아직 미스터리입니다.

이 책은 아직 자기 식사 메뉴를 결정할 수 없지만, 결정할 수 있게 되려고 무의식중에 성장해 가는 녀석들의 이야기입니다.

어디의 마왕님과 달리 아직 누군가의 보호를 받지 않으면 내일의 식사도 준비하기 어려운 그들입니다만, 다음 권에서 또 아주 조금 어른으로 다가간 그들의 모습을 지켜봐 주시면 감사하겠습니다.

그럼 또 다음 권에서 만나 뵙지요!!

용사의 아들 3

2025년 02월 20일 제1판 인쇄
2025년 03월 05일 제1판 발행

지음 와가하라 사토시 | **일러스트** 029

제작 · 편집 노블엔진 편집부

발행 데이즈엔터(주)
등록번호 제 2023-000035호
주소 07551 서울특별시 강서구 양천로 570 NH서울타워 19층
대표전화 02-2013-5665

ISBN 979-11-380-5698-4
ISBN 979-11-380-0487-9 (세트)

YU-SHA NO SEGARE Volume 3
©Satoshi Wagahara 2018
Edited by 전격문고
First published in 2018 by KADOKAWA CORPORATION, Tokyo.
Korean translation rights arranged with KADOKAWA CORPORATION, Tokyo.
through Korea Copyrighr Center Inc.

그 탐정은 죽어서도 사건의 진상을 파헤친다!
극상의 본격 미스터리, 개막!

또 죽고 말았나요,
탐정님

1~2

정말이지, 탐정은 목숨이 몇 개 있어도 모자라는 직업이다.

죽었다. 또 살해당했다.

전설의 명탐정을 아버지로 둔 초짜 고등학생 탐정, 오우츠키 사쿠야.

오늘도 의뢰를 받고, 의기양양하게 불륜 조사나 고양이 찾기 등 수수한 일에 임하지만, 어째서인지 가는 곳마다 살인 사건에 휘말린다. 게다가 '피해자'는 자기 자신?! 그리고 특수한 체질 때문에 매번 되살아나는 오우츠키 사쿠야를 무릎베개로 맞이하는 것은 우수한 조수 리리테아.

"또 죽고 말았나요, 탐정님."

탐정으로서, 피해자로서, 사쿠야는 목숨을 걸고 어려운 사건들을 해결해 나간다──!!

©teniwoha 2021
Illustraion : riichuIllustraion riichu
KADOKAWA CORPORATION

테니오하 지음 | 리이츄 일러스트 | 2025년 3월 제2권 출간

청춘의 상상, 시동을 걸어라!

낙제아로 찍힌 공녀 전하와 가정교사의 마법 혁명 판타지
2025년 애니메이션 방영 예정!

공녀 전하의 가정교사

1~7

"부유 마법을 그렇게 간단히 다루는 사람
처음 봤어요."
"간단하니까요. 모두 하려고 하지 않을
이에요."
 사회의 기준에서는 측정할 수 없는 규격
마법 기술을 가졌으면서도 겸허하게 살아
는 청년이 은사의 부탁으로 가정교사로서
도하게 된 것은 '마법을 못 쓰는' 공녀 전
모두가 포기한 소녀의 가능성을 저버리지
는 그가 가르치는 것은—— 상식을 파괴하
마법수업!

**소녀에게 봉인된 수수께끼를 해명할 때,
교사와 학생의 전설이 시작된다**

©Riku Nanano,cura 2020
KADOKAWA CORPORATION

나나노 리쿠 지음 | **cura** 일러스트 | **2025년 3월 제7권 출간**
청춘의 상상,시동을 걸어라!

팔리다 남은 떨거지 스킬로, 『외톨이』는
이세계에서 치트를 넘어선 최강의 길을 걷는다――.

외톨이의 이세계 공략

1~8

애니메이션 방영작

학교에서 '외톨이'로 보내던 하루카는 어느 날 갑자기 반 아이들과 함께 이세계로 소환된 다. 이세계 소환의 정석인 '치트 스킬'을 얻을 수 있다고 생각했으나―― 스킬 선택권은 선 착순, 그것도 반 아이들이 다 가져간 상태?!

아무도 안 가져간 떨거지 스킬, 그리고 『외톨 이』 스킬의 효과로 인해 파티도 못 들어가 고 독한 모험에 나설 수밖에 없게 된 하루카.

그러던 중에 반 친구들의 위기를 알게 되고, 치트에 의존하지 않으며 치트를 넘어서는 이 단적인 최강의 길을 걷기 시작하는데――.

최강 외톨이의 이세계 공략 이야기, 개막!
2024년 10월 애니메이션 스타트!!

고지 쇼지 지음 │ 에노마루 사쿠 일러스트 │ 2025년 2월 제8권 출간
청춘의 상상, 시동을 걸어라!

V 아바타의 안쪽 사정

1

고등학생이면서 프로 일러스트레이터로 활약하는 치카게는 어느 날, 함부로 다가가기 어려울 만큼 완성된 미모를 지닌 고고한 소녀, 카미오에게 '마마가 되어 주지 않을래?' 란 부탁을 받는다. 여기서 '마마' 란 VTuber의 캐릭터 디자이너를 말하는데──.

그런 카미오에게 열의를 느낀 치카게는 마찬가지로 고등학생 일러스트레이터인 키리사, 칠칠치못한 이웃사촌이자 대인기 개인 VTuber인 니아를 동료로 삼아서, VTuber 「시즈나기 미오」 프로젝트를 발족, 다 같이 카미오를 인기 VTuber로 만들기 위해 활동하기 시작한다!!

제18회 MF문고J 라이트노벨 신인상 수상작!

©Mayu Kurokagi 2022
Illustration : Fuzichocoillustration Fuzichoco
KADOKAWA CORPORATION

쿠로카기 마유 지음 | 후지 초코 일러스트 | 2024년 12월 제1권 출간
청춘의 상상,시동을 걸어라!